U0024692

風雲時代

風雲時代

卷2
刺客出擊
燕歌行
酒徒
著

目錄

CONTENTS

第一章

火藥時代

眼前木頭盒子中，槍管、藥室、手柄一應俱全，
尾部還依稀銘刻著「至正某某年」字樣！
也就意味著一個火藥時代的開始，
大規模的戰場應用，早晚都會提上日程。

離開皇宮，脫脫立刻把自己的心腹謀士李漢卿叫到身邊，用極低的聲音吩咐：「小四，朝廷馬上要對徐州用兵，選了逯魯曾為主將，帶兩淮鹽丁進剿。你拿著我的信物，去淮南那邊走一趟，吩咐那邊的幾個達魯花赤，派出的兵馬一定要精挑細選。」

李漢卿三角眼一轉，立刻明白了脫脫的本意。躬下身，回道：「明白，屬下一定會幫逯魯曾大人提前把人馬準備好！」

他是脫脫的書僮，行四，自幼被掠入丞相燕鐵木兒的府邸，鞍前馬後服侍脫脫，甚至連書都是陪著脫脫一起讀的，因此識得不少字，差一點被脫脫的老師吳直方列入門牆。雖然因為他出身低賤，此事終未能成，卻也混出了個不大不小的「鬼才」之名。

後來脫脫見他做事認真，心思夠機敏，乾脆順水推舟讓他脫了奴籍，還了原本的李姓，跟在自己身邊聽用，所以李四給自己取了個非常大氣的名字，喚作李漢卿。回到家裡，繼續給脫脫當奴才，在外邊，則仗著脫脫的名頭四處招搖。

正所謂**宰相家的門房四品官**，這自幼一起長大的書僮，怎麼著也相當於一個侍郎，因此，有功名在身的官員見到了李四，皆要稱呼他一聲漢卿兄；那些沒功名或者官職階級稍低一些的，少不得就得叫他一聲：李老爺或者四老爺，以顯其身分尊貴。

這位李四老爺，也是極其不敢忘本，無論在外邊如何招搖，凡是脫脫吩咐下來的事情，哪怕是刀山火海，也絕不會皺一下眉頭。

長此以往，脫脫也就更倚重於他，凡是不方便自己直接出面的，或者根本就無法見光的事情都會交給李四去做。李四也每每都做得滴水不漏，令脫脫滿意得更是無以復加。

這次，顯然又是件見不得光的勾當，因此脫脫也不多廢話，抬起手，在李漢卿的頭頂上梳理了幾下，就像給胯下駿馬梳理鬃毛一般，笑道：

「小四，派你做事，我最為放心，待逯魯曾抵達淮南之後，你也隨軍一道去徐州。記住，無論此戰結果如何，你必須活著回來，把看到所有情景，詳詳細細說給我聽！」

「是，大人！小四只要一口氣在，絕不敢辜負大人的囑託。」李漢卿身體微微一僵，隨即將腰挺起來，回答得極為響亮。

當晚，他就帶上十幾個心腹隨從，裝做探親訪友的公子哥，騎著馬趕向了淮南。

沿途經過滕州的時候，還不忘停下來找個客棧投宿，順便替脫脫打聽一下徐州紅巾軍的最新動向。

那滕州距離沛縣只隔著一個微山湖，對去年冬天兀刺不花屠城之事，恨得一直牙根癢癢。此刻聽過路人問起徐州紅巾的事，多嘴的店小二立刻咬牙切齒地說道：「您是問殺了兀刺不花的李爺麼？那可是響噹噹的好漢子。要不是他老人家有本事，咱們沛縣十萬男女老少的仇還不知道要等到什麼時候才能報呢！」

「小六子，別多嘴，趕緊給客人去打熱水洗臉！」掌櫃的見多識廣，被小二的舉動嚇得魂飛魄散，趕緊拍了下櫃檯，大聲呵斥道。

「就去，就去！」小二一邊答應著，一邊繼續說道：「我看您不像個凡夫俗子，與其把大好頭顱等著蒙古人來砍，不如也去投了芝麻李呢。他那邊絕對虧不了您這樣的人物，小的也就是又蠢又笨，身上還沒多少力氣，要不然，也早去投奔他老人家了！」

「小六子，你作死麼？作死自己去死，別拖累我！」沒等他把話說完，掌櫃的已經拎著根雞毛撣子從櫃檯後衝了出來，衝著他沒頭沒腦地亂抽。「作死，作死。你也不想想你老子娘。你死了，讓她今後指望誰去！」

打走了多嘴的小二，他又趕緊向李四等人道歉，「這位爺，您別聽他瞎嚼舌頭，這孩子小時候腦袋被馬踩了，說話做事都瘋瘋癲癲，小老兒是念在街坊的分上，不忍心見他活活餓死。才硬著頭皮收留了他。誰料到這小子死性不改，早晚得把自己送到大牢裡去！那芝麻李是個大反賊，我們都恨不得吃他肉，剝他的皮，您這邊請，小老兒給您砌一壺好茶，您先漱漱口，潤潤喉嚨！」

「不必了！」原本想學著折子戲裡的模樣暗中查探一番。誰料沒騙過開旅店的小老頭兒。

李四心中煩躁，丟下幾個銅錢，大聲吩咐：「你把馬給我用上好的精料餵上，我到外邊酒樓裡去吃。記住，一定要上等的精料，否則爺爺饒不了你！」

「唉，唉！」掌櫃的連聲答應著，親自帶人把馬匹牽到了後院馬廄中，用早春的草芽餵上。

那李四則倒背了手，像個公子哥般帶著隨從在街上閒逛，每遇到人多的地方，都免不了要擠進去，看看熱鬧。

此刻正月剛過，各類店鋪的生意還沒有完全回暖，因此街面上看起來頗為冷清，聊聊幾處看起來頗為紅火的買賣，則是專門收購土產雜貨的鋪面，幾乎每個鋪面門前都排著一條長隊，進城販貨的挑夫一個個擦著腦袋上的汗滿臉興奮，彷彿擔子裡裝的全是無價之寶一般。

憑著在兩任丞相府裡練出來的眼力，李四見人說人話，見鬼說鬼話，很快，就跟開鋪子的掌櫃混了個熟。

見對方大把大把地拿錢收購挑夫送來的半透明石頭，便裝作好奇的模樣，笑著問道：「這是什麼？最近行情很好麼？」

「這位小爺有所不知！」那收貨的掌櫃最近賺錢賺得手軟，笑道：「這東西，叫做石硝，原本也不怎麼值錢，但最近行情一下子就漲了上來。小爺如果感興趣的話，我可以給你介紹幾個大的貨主，都是存了幾萬斤的，你吃下來，再想辦法運到黃河南邊，保準不會虧本！」

「黃河南邊誰要這東西？」李四愣了愣，敏感地覺得此物可能與芝麻李有關，皺著眉頭問。

「那我就不知道了！」掌櫃地看了他一眼，裝起了糊塗。「反正我就是個收貨的地商，那些行商把貨買了去，賣給誰，小的真的干涉不了，也從不過問！」

見雜貨鋪子掌櫃起了疑心，李四便起身告辭。隨後又帶著隨從逛了另外幾家收雜貨的鋪子，看到最大宗的交易依舊是石硝，次之的，便是市面上以前也很少被人問津的硫磺。至於每夥蟻賊都必然會重金求購的鐵器、鐵料，反而只排到了第三位，無論價格上漲幅度和交易量，都跟石硝和硫磺差得很遠。

李四見此，心中立刻便明白了幾分。走到僻靜處，將兩名最機靈的隨從點手叫到身邊，吩咐道：「你們兩個趕緊回大都去向左丞大人彙報，就說李四在滕州發現紅巾賊正在大肆收購石硝和硫磺，那所謂的晴天霹靂，恐怕真的如紅巾軍自己對外宣稱的那樣，與火器有關！」

「四爺是說，紅巾軍的告示上說的是實話？他們腦袋被驢踩過麼，居然實話實說？」

兀刺不花戰敗身死的事，在大都城內早就傳得沸沸揚揚，那兩名隨從就在右丞府當狗，自然早就知道徐州紅巾軍自己貼告示澄清沒有天雷的事情，疑問的話脫口而出。

「讓你們去彙報就趕緊回去彙報，哪那麼多廢話！」李四喝罵了句，隨後才冷笑著解釋：「這就是撒謊的最高境界了，明明就是實話，卻讓你只願朝反了去猜。快去，讓右丞大人趕緊想辦法禁止這兩樣貨物向徐州交易！否則一旦讓芝麻李積攢起足夠的火藥，再想拿下他，朝廷需要付出的代價可就大了！」

「是！」兩名隨從不敢怠慢，答應一聲，立刻小跑著回客棧取馬。

其他隨從看見了，難免問道：「四老爺，四老爺，那石硝和硫磺原本不就是禁止之物麼？您怎麼還要請右丞大人……」

「蠢貨！」李四聽得不耐煩，抬手給了問話者一個暴栗，「那是什麼時候的事了？咱們大元朝的禁令比牛毛還多呢！但只要是能賺到錢的，你看哪一條曾經認真執行過?!」

「唉，唉，四老爺說得是，說得是！」挨了打的隨從滿臉陪笑，不敢再多問一個字。

這大元朝在立國之初，的確禁止過硝石和硫磺交易，可那些禁令只是對漢人和南人有效。換了蒙古人和色目人，則誰都不會拿它當回事。特別是後者，只要能賺錢，親娘老子都能拿出來賣，豈會在乎禁令不禁令？因此久而久之，這些禁令就都徹底變成了廢紙。

除非朝廷再度重申，並以嚴刑峻法為後盾，否則，即便你把硝石賣到州衙門口，只要不踏上那幾個石臺階，裡邊的大人們也會睜一隻眼閉一隻眼。

探出了一項重要情報，李四也沒心情繼續在滕州逗留了，找了家看起來頗為乾淨的酒樓簡單吃了一頓，便回客棧結了帳，帶領手下隨從繼續向南奔行。

他急著替新任淮南宣慰使逯魯曾去挖坑，當然不肯朝西走到運河上乘船，而是直接出了南門，沿著官道一路狂奔。

誰料才奔出了十多里，前方道路忽然變得無比狹窄，十幾輛滿載貨物的馬車排成一條長隊，擠在最窄處，將整條官道擠了個水泄不通。

「不長眼的東西！」跟在李四身後的隨從王二十一罵了一句，就想用皮鞭頭前開路。

李四卻猛的探出手，一把扯住了他的胳膊。「別多事，這裡不是大都。咱們從路邊泥地上繞過去！」

「憑什麼？」那些隨從在大都城內當螃蟹當慣了，到了外邊，豈肯給一群鄉巴佬讓路？立刻齊齊將頭轉過來，七嘴八舌地抗議：「四爺您也太謹慎了吧。雖然這裡不是大都，卻也是大元朝的地界，誰還敢不給咱家主人面子！」

「一群吃糠的蠢貨，比豬還蠢！」李四狠狠瞪了眾人幾眼，教訓道：「這裡距徐州不過是三兩天的路途，芝麻李在徐州折騰出那麼大動靜來，這邊的黔首們居然一點都不慌，該怎麼過日子怎麼過日子，要說這地方官府跟紅巾賊之間沒貓膩，有可能麼？真正把當地的差役招了來，誰能保證他們站在哪一邊？」

眾隨從聞聽此言，嚇得連連倒吸冷氣。剛才大夥的確都看到了，這滕州的地面上的確寧靜得如同世外桃源一般，好像壓根就沒感覺到蟻賊的巢穴近在咫尺，那城門也四敞大開著，根本不怕步了徐州後塵！

這說明什麼？這只說明了一件事，騰州的官員和百姓早就知道紅巾賊不會攻打他們！甚至連派手下騷擾一番都不會。

而能讓芝麻李如此禮敬有加的辦法只有一個，那就是由官府的人暗中跟芝麻李搭上關係，向徐州紅巾賊繳納一筆錢糧，買一時之苟安。

只是這地方上的官兒們做得也太明目張膽了些，畢竟蟻賊不過是在一兩個府裡折騰，而朝廷治下像這樣的府卻有好幾百個。

「你們懂什麼，所謂**千里做官，只為撈錢**。」

見一干隨從臉上露出將信將疑的表情，李四皺了下眉頭，說道：

「如果讓蟻賊打到了城裡，他即便把所有家產都拿出去打點，最後也逃不了全家流放千里的命，但是派手下去跟蟻賊勾搭，花的卻不是自己的錢，即便哪天芝麻李被朝廷抓到，供出他的名姓來，也可說是賊人死到臨頭胡亂攀咬，只要查無實據，朝廷為了安撫人心，也不能將他們怎麼樣！」

眾人聽了，倒吸了口冷氣。如果事實真的如同李四所猜測的話，此刻把官差招來，等待著眾人的，恐怕就是被殺人滅口的命運了。在死亡的陰影下，眾隨從們不敢繼續囂張，老老實實地將坐騎撥離官道，在泥地上深一腳淺一腳往前繞。

此刻已經是二月初，冰消雪盡，春潮洶湧，而滕州又緊鄰著微山湖和運河，因此官道兩邊竟布滿了大大小小的爛泥坑，不小心一腳踩下去，人和馬就會被淹到脖頸處。

鬼才李四騎在馬上向前繞了二十幾步，見腳下的泥地實在是陷阱重重，只好嘆了口氣，帶著滿身泥漿的隨從們再度回至官道上，然後跳下坐騎，稍稍整理了下身上的衣服，快步走到擋住自己去路的車隊旁，衝著一位看上去像管事模樣的漢子微微拱手道：

「這位兄台請了，在下急著去南邊走親戚，能不能請您麾下的夥計挪出條通道來，讓在下先過去？在下知道這是不情之請，但實在是親戚那邊催得急，您看……」

「在這兒等著，我去問問東家！」

管事不高興地翻了下眼皮，丟下一句硬梆梆的話，邁步擠進了車隊當中。

三繞兩繞，便來到車隊正中央一群正在站著說話的人面前，壓低了聲音向對方請示。「朱大哥，來了，您看……」

被眾人稱為朱大哥的，不是朱八十一又是哪個?!

只見他迅速扭頭朝李四的臉上看了看，然後用僅僅能讓身邊幾個人可以聽見的聲音，悄悄吩咐：「六子，我給你擋著，你去偷偷認一認，是不是他們？」

店小二王六子立刻從朱八十一肩頭旁探出半個腦袋，看了看，然後又迅速將腦袋縮了回去，低聲喊道：「是，就是他，一直在城裡打聽紅巾軍的消息，還把城裡收雜貨的地方全都給轉遍了！」

「行了，老于，給六子拿兩吊錢回去買點心孝敬老娘，洪三，你帶幾個弟兄先從側面過去，把他們的退路斷了，然後等我的號令！」朱八十一說罷，立刻轉過頭，帶著化妝成管事的吳二十二就朝李四這邊走了過來。

鬼才李四自幼跟在脫脫身後，與其他蒙古貴族們明爭暗鬥，到現在為止，手上至少沾了幾十條人命，對危險的直覺，遠非普通人能比。在先前拉著馬返回官道上時，已經感覺到今天的事情有些不對勁，後來又看到人群中好像有個熟悉的影子在偷看自己，立刻知道自己恐怕是被人盯上了。

因此不待朱八十一帶著「夥計們」走到自己身邊，就主動向前迎了一步，長揖及地，道：「小可急著趕路，給兄台添麻煩了，慚愧，慚愧！」

「不必多禮！」朱八十一擺擺手，「不小心堵了你的路，本來就是朱某的錯，有什麼麻煩不麻煩的！敢問貴姓大名？您這是要到哪兒去？怎麼都下午了才從城裡出發，就不怕路上遇到麻煩麼？」

「不遇到你，就什麼麻煩沒有！」鬼才李四雖然不知道站在自己眼前的，就是傳說中那個那個長了四個翅膀的朱八十一，卻也從對方身上隱隱透出來的殺氣中，感覺到了此人恐怕身分非同一般。

心中偷偷罵了幾句，然後陪著笑臉回道：「免貴，姓李，在族中排行第四，兄台叫我李四即可。此番去南邊是專程到舅舅家與表妹完婚，因為婚期就訂在本月二十八，所以不敢在路上做太多耽擱！」

一番話竟然答得滴水不漏，朱八十一聽了，免不了又重新上下打量此人。

只見李四生得唇紅齒白，猿臂狼腰，的確如同個養尊處優的公子哥般，只是一雙眼睛顯得與長相太不協調，隱隱約約總是有凶光在裡邊閃爍，抬頭看看徐洪三等人還沒迂迴到位，他便笑了笑道：

「那你可得小心些，雖然婚期耽擱不得，可一過了黃河，就要進入芝麻李的地盤上，那紅巾賊都是一群走投無路的流民，最恨的就是李兄你這種出身豪富的人！」

「以訛傳訛罷了！」鬼才李四肚子裡直罵娘，嘴巴卻做出一副仗義執言的模樣，「那紅巾軍將來想必是要和朝廷爭天下的，如果見到穿著整齊一點的就出手濫殺的話，豈不是會寒了天下富戶的心！再說了，小弟只是為了迎親，才穿得稍微像了點兒樣子。實際上自己家中不過是略有幾畝薄田，能收些租子上來，確保每天衣食無憂而已！」

「是麼？」聽李四答得如此圓滑老到，朱八十一愈發覺得此人身分可疑。笑了笑，道：「我還是第一次聽說過紅巾軍在外邊居然有如此好的名聲呢！若是芝麻李得知你這樣誇他，肯定會親自登門拜謝，將小舍引為知己！」

「小弟也是胡亂猜測的，沒真正見過義軍是什麼模樣！」李四看了看，繼續回道：「但既然他們占了個『義』字，肯定不會無緣無故就向行人動刀子。朱兄，你以為呢？」

「這……」朱八十一還真被李四給問愣住了。

按照他的本意，既然這個明顯操著北方口音的傢伙在四處打聽紅巾軍的事情，又專門去市井中留意過雜貨的交易情況，為了保險起見，自己恰巧遇上了，就不該讓此人和他的隨從活著離開。但此人左一個「濫殺」，右一個「義軍」，字字句句都站在理上，讓融合後世宅男思維的他，真的有些難以取捨。

不除掉此人吧，萬一他是蒙元朝廷的奸細，通過硝石和硫磺價格暴漲的消息，其實不難推測到上次徐州之戰中紅巾軍反敗為勝的真正原因。儘管趙君用和唐子豪兩人已經用欲蓋彌彰的手段，將真相暴露的速度儘量向後拖延。

但沒弄清對方的身分就貿然動手的話，按著姓李的傢伙所言，徐州義軍的義字就有些名不副實了。畢竟此地距離徐州還有上百里距離，紅巾軍的勢力範圍暫時也沒擴大到黃河以北，就因為此人曾經打聽過紅巾軍的事就毫不猶豫地殺了他，萬一殺錯了人，事情傳揚出去，芝麻李數月來替徐州紅巾苦心營造的義軍形象，必然會一落千丈。

正進退兩難間，卻又聽那李四打了個哈哈，笑著說道：

「朱兄是不是怕徐州紅巾不像傳說中那樣秋毫無犯？這事情其實很簡單，指望別人手下留情，不如先將自己變成誰也咬不動的刺蝟。我這有個東西，朱兄一看就明白了！」

說罷，也不管朱八十一答應不答應，轉過身，大步走向自己坐騎，從馬鞍後解下一個三尺多長的木頭盒子，笑著走回朱八十一面前，輕輕用拇指將盒蓋上的鎖扣向上一挑，「朱兄請看，這便是小弟的依仗所在！」

「啪！」精緻的木盒蓋子彈開，露出猩紅的絲絨裡襯出來。絲絨上，端端正正架著一個銅管，兩尺多長，通體圓潤筆直，只是在距離末端三寸處的地方，凸起了個球形。在球囊的正下方前後兩個位置，各裝了個木柄。球囊的上方，則打著一個半寸長的條形孔，裡邊嵌著一暗灰色的紙捻兒，正是他夢寐以求卻始終無法造出來的東西，火槍！

「啊！」朱八十一愣了愣，身子迅速後退。與此同時，心中一萬隻羊駝滾滾而過。

火槍！自己費了九牛二虎之力，無數錢財，至今還沒弄出半點眉目的東西，居然就躺在眼前的木頭盒子中。槍管、藥室、手柄一應俱全，尾部還依稀銘刻著「至正某某年」字樣！

雖然是最原始的那種，引線需要用手來點燃，卻已經開始批量生產。那也就意味著一個**火藥時代的開始**，大規模的戰場應用，早晚都會提上日程。

天可憐見，老子還以為元朝人沒掌握火銃的製造方法，還想著領先一步去虐古人！古人的火銃都發展到雙手握柄式，並大規模量產了，老子還在組織著一大幫鐵匠研究如何才能更快地在熟鐵棍子上鑽窟窿眼兒呢！

想到大批手持原始火銃的蒙元士兵跨過黃河，然後排成一字長蛇陣，將徐州義軍給排隊槍斃，朱八十一腦門上的白毛汗都滲出來了。

不行，必須避免這種悲劇的發生！可如何才能避免？

殺掉眼前這個李四，將火銃據為己有麼？眼前這個姓李的傢伙，頂多是個大戶人家的公子哥，或者某個蒙元高官的心腹爪牙，殺了他，照樣避免不了火槍走上戰場。況且既然已經開始批量生產，殺了眼前這幾個人，也根本阻止不了火銃的裝備進度。

眼下蒙元王朝暫時沒將其大規模列裝到軍隊當中，恐怕問題要麼出在造價太高，要麼還是出在火藥威力上……

瞬間有十幾個方案從他腦海裡滾過，但任何一個，都無法將紅巾軍這邊火器發展落後的劣勢從根本上扭轉。

那鬼才李四卻好像壓根兒沒看到他的臉色變化般，笑著將盒子重新蓋嚴了，然後故作驚詫狀，道：

「朱兄莫非認識此物麼？不瞞您說，小弟也是剛剛重金購得了十幾柄，打算用在路上防身。其具體威力，真的沒檢驗過！」

「去你奶奶的，你要是沒檢驗過，老子今天就隨了你的姓！」朱八十一心裡怒罵，卻不得不裝出一副人畜無害的笑容。

「哈哈，還真讓賢弟猜中了，愚兄的確曾經見過此物，只是當時身上的錢不湊手，所以沒能買一桿收藏。結果過後再去找，那賣火銃的人已經不知道走到什麼地方去了！」

「哎呀，那真是可惜了！我聽人說，這東西打造起來可不容易呢！」鬼才李四咧了下嘴巴，滿臉懊惱，好像沒買到手銃的人是他自己一般。

「是啊，可惜了！」朱八十一繼續唉聲嘆氣，同時用眼睛不斷朝李四的隨從身邊瞄。

如果每個人都帶著一桿火銃的話，十幾個人，就是十幾桿火銃。無論誰被十幾桿火銃瞄上，心裡都不會安生。更何況作為一個融合了後世靈魂的人，他天生就對管狀武器多了幾分忌憚！

兩個人面對面打著哈哈東拉西扯，都知道對方身分肯定有問題，卻誰也不願主動戳破這層窗戶紙。

人少的一方，雖然有火銃在手，真打起來，未必有機會殺出重圍；而人多的一方，卻因為弄不清銅火銃的威力和有效殺傷距離，遲遲不敢命令屬下動手。二人在官道上互相心存忌憚，可苦了其他趕路者，就這麼一小會兒的功夫，已經堵住了好幾家商隊。一個個吹鬍子瞪眼，在遠處大聲抗議：

「兀那車隊的東主，能讓一下路麼？你們兄弟兩個想聊天，什麼地方不能聊啊！把好好的大道給堵死了，讓別人去爬泥坑麼？」

朱八十一聽了，不由羞得臉色微紅，正琢磨著如何找個藉口挾持李四跟自己一同回徐州，卻又聽對方笑呵呵地提議：

「小弟和朱兄今天一見如故，有心交個朋友，這支飛龍手銃，就當見面禮送給朱兄如何？也算了了朱兄一樁心願！」

朱八十一畢竟兩輩子跟人打交道的經驗加在一起也沒李四一輩子多，因此在對方面前未免有些縛手縛腳。此刻聽對方願意主動讓步，也就乾脆順水推舟，口中稱謝道：

「如此，愚兄就算交了賢弟這個朋友。愚兄姓朱，名字就喚作重九，日後賢弟有空到這一帶遊山玩水，想到愚兄家裡坐坐，就到黃河南岸找朱重九就是了！」

「小弟李漢卿，見過重九兄！」李四立刻將手銃連同盒子一併放在地上，然後正式向朱八十一見禮。

朱八十一年齡其實遠不及李四大，但這輩子生活坎坷，長得實在有些滄桑，因此乾脆就托了大，側開半步，以平輩之禮相還。

「不敢當，不敢當。漢卿老弟，為兄也沒什麼東西回敬你，這把刀是偶然機會得來的，乾脆送了你吧！」

說著話，從腰間解下芝麻李贈的寶刀，雙手遞給了鬼才李四。

二人兄友弟恭，當著眾位隨從和趕路者的面，上演了好一齣溫情大戲。裝夠了，才收起各自得到了禮物，揮手告別。

待李四混在路人中間，騎著馬跑遠了，先前奉命去抄後路的徐洪三才迂迴到位。發覺目標已經不見蹤影，趕緊跑到朱八十一面前，氣喘吁吁地問：「都督，那小子走了？您怎麼這樣就放他走了？」

「我倒是想留下他，但留得住麼？」朱八十一到現在還沒從震驚中緩過神來，指了指放在馬車上的火銃盒子，無奈地回應。

「這是什麼？」徐洪三愣了愣，伸手去掀盒蓋。

向來對他寬厚有加的朱八十一卻猛的朝他手背上打了一巴掌，大聲呵斥：「別亂動，這是要命的東西。」

見徐洪三滿臉委屈，想了想，道：「沒留下人，留下這個東西已經足夠了。其實，既然對方手裡有這東西，咱們辛苦隱藏的那些秘密也不過是一層窗戶紙罷了！」

戰鬥結束之後兩個多月來，他之所以處處配合趙君用，哪怕是後者在對外的公開文告上，把他力挽天河的功勞一筆抹殺也毫無怨言，就是為了避免蒙元朝廷意識到火藥的真正威力，將此物更有效的投入到戰場。

畢竟，徐州軍到目前只控制了半府之地，加上被大夥視為敲詐勒索對象的幾座州縣，也不過是兩個路的地盤。而蒙元王朝，卻擁有一百八十多個路，三十三個府，五百多個州，上千個縣。龐大的戰爭機器運轉起來，即便還是用那種落後的垃圾火藥，也足夠將徐州紅巾軍活活堆死！

現在，秘密肯定已經保不住了，並且蒙元朝廷手裡還掌握著大批的火槍，雖然不至於給每個士兵都發上一桿，但只要普及到一定程度，照樣能令徐州紅巾軍目前所取得的優勢蕩然無存。

正感慨間，卻聽見自己的司倉參軍于常林大聲說道：

「捅破就捅破吧，反正咱們也不可能瞞對手一輩子，只要咱們兵練得比韃子精，上陣之後別再像上回那樣沒頭沒腦地亂打，照樣能打得他們滿地找牙！」

「也對！」朱八十一深吸了口氣，點點頭。

武器的優勢未必能完全決定戰爭的勝負，當年李自成還領著一群農民呢，不也照樣虐得晚明的軍隊望風而逃！從最近兩個月自己瞭解到的情況來看，這大元朝到了末期，又能比大明朝強在哪裡！

想到這兒，他低落的心情終於再度振作了起來，揮了下手，大聲吩咐：

「洪三，你和老于兩個，帶三十名弟兄，押著貨物走運河；二十二，你帶上其餘弟兄，騎著馬跟我立刻返回徐州！」

「是！」隊伍裡的骨幹軍官，都是當日跟他同生共死過一回的，因此彼此間配合非常默契，大聲答應了一句，便將所有「夥計」分成了兩波，一波趕著馬車跟隨徐洪三、于常林二人去走運河；另外一波，則挑了最好的馬匹，保護著朱八十一和被他視作無價之寶的木頭盒子，沿著陸路，匆匆忙忙朝徐州趕。

離著徐州城還有十幾里遠，耳畔就傳來接連不斷的雷鳴聲，「轟隆隆，轟隆隆」，嚇得胯下戰馬不斷地打響鼻兒。

抬頭細看，只見黑黃色的煙塵將整座城池都遮掩了起來，彷彿那一帶隱藏著數十萬妖魔鬼怪，正紮著堆兒，在陽光下噴雲吐霧。

「他奶奶的，咱們辛辛苦苦四處給他們弄火藥原料，他們也不知道節省一點用！」吳二十二作為蘇先生的弟子，身上免不了也帶著些小家子氣，聽周圍的爆炸聲一波接著一波，忍不住撇著嘴抱怨。

「是啊，是啊！雖然錢來得容易，也架不住他們這麼糟蹋！」其他弟兄也附和道。

自打上一次戰鬥中，朱八十一帶著他們在關鍵時刻力挽狂瀾，原始手雷就成了各軍的首選武器。非但朱八十一的左軍成立了專門的擲彈兵千人隊，其他各軍的也恨不得把手雷給每個弟兄都配上一打。並且在唐子豪、蘇先生和李慕白等人的一致努力下，手雷的花樣也從竹筒填火藥，憑空增加了許多新鮮品種。

有鑄鐵殼子加了鐵渣和火藥的爆炸彈；有木頭殼子加了硫磺、乾鋸末和火藥的縱火彈。有熟鐵殼子，上面打了三個孔，裡邊填充劣質火藥，點燃引線後不會爆炸，只會一邊噴雲吐霧，一邊發出刺耳聲音的鬼哭彈；還有一種黃陶殼子填充了狼毒、蟾酥、巴豆、砒霜、茱萸和北元那種劣質火藥的發煙彈，不用來炸人，專門用來熏戰馬的眼睛。

點燃了引線之後，用一個巨大的竹子彈弓朝著敵軍騎兵陣地砸過去，非但能把戰馬給熏得喘不過氣來，連馬背上的騎兵都給熏得涕泗橫流，短時間內根本無法睜開眼睛。

要不是朱八十一早就跟他們這幫傢伙打過交道，清楚彼此的底細，否則都會懷疑他們是不是個個都為穿越貨，要不然，怎麼連原始的催淚彈都能造得出來？並且事先沒得到過任何人的指點！

古人的智慧是無窮的，每當想起兩個月以來那些花樣百出，功能各異，材質也不盡相同的另類手雷，朱八十一就佩服得五體投地。

除了那些花樣和功能不斷翻新的手雷之外，手雷的投擲方式，在蘇明哲和李慕白等人的共同努力下，也產生了天翻地覆的變化。

有專用的發射繩，可以綁在手雷上，使用者揚起胳膊甩幾個圈子之後，再猛的鬆開手指將手雷和繩子一道甩出去，發射距離至少比徒手增加一倍以上。

有特製的竹彈弓，事先反彎成一個巨大的弧，然後把手雷安到末端的發射勺裡頭，扣動扳機發射出去。通過竹臂中蓄力的瞬間釋放，可以將裝了一斤黑火藥的鑄鐵手雷發射出三百步遠。非但取材方便，造價低廉，操作起來也非常簡單易學，實在是居家旅行、殺人越貨的上上之選。

還有一種特大號的發射器，則參考了蒙元軍隊中常見的回回炮。由配重、槓桿和支架等部件組成。發射時的程序雖然繁瑣了些，需要首先固定槓桿，然後朝槓桿揚起一端的配重筐裡裝填沙土，最後才能扣動扳機，將槓桿另外一端發射斗裡的裝填了整整四斤黑火藥的特大號手雷砸出去。

但最大射程卻能到達一千多步，折合後世差不多有一千五百餘米，無論是威力還是射程，都甩了原來的回回炮不止二十條街。

最後這一種發射器，幾乎完全由趙君用麾下的司庫參軍李慕白一個人單獨研製。

那廝在第一次旁觀新配方黑火藥發射時被嚇尿了褲子之後，便徹底迷上這種「神授之物」，不但參與了各種「新式」手雷的研發改進工作，還廢寢忘食地製造各種投擲器械。

在朱八十一出門去收購硝石，順便實地觀測這個時代黃河兩岸地形之前，那廝已經將回回炮改進出了城頭專用、野戰專用和精簡便攜三種型號，並且帶著一群徒弟根據實際發射情況，總結配重、炮彈重量、發射臂、發射距離四者之間的關係，期望能總計出一套完整的口訣來，以便在實戰中做到想讓手雷落到誰頭上就能落到誰頭上的目標。

無論這個宏偉的目標到底能不能實現，手雷都因為其巨大威力，成為各軍武器的首選。

相比之下，大刀、長矛、盾牌、鎧甲等冷兵器和防禦裝備，就爭奪得不像原來一般強烈了。拜此之賜，上次戰鬥中從羅剎兵身上扒下來的兩千九百多副鑌鐵甲，倒是有一千兩百多副落到了左軍手裡。

能一次得到這麼多製作精良的鑌鐵甲的原因主要有二，首先是因為左軍在戰鬥中的確起到了逆轉乾坤作用，事後多分一些戰利品，其他各部也說不出什麼多餘的話來。其次，則純屬趙君用私下裡以前剋扣左軍器械行為所做出的一點補償。

經歷了城外一戰之後，他再也無法拿朱八十一來歷不明說事，勉強將後者真正當作了徐州紅巾的一員。雖然在州衙裡頭議事時還經常會給朱八十一甩臉色看。

對於趙君用這種小肚雞腸行為，朱八十一鬱悶了幾次之後，倒也漸漸習慣了。五根手指還有長有短呢，他不可能要求整個徐州軍上下都是一個模子刻出來的，都像芝麻李一樣大肚能容。

在城頭上親眼目睹了那一場血淋淋的殺戮之後，他算**徹底被推進了這個時代，徹底把自己當成了徐州軍的一員**。不管是主動也好，被動也罷，他總算明白了，在蒙元大部分上層人物眼裡，他和芝麻李、趙君用等人其實沒任何兩樣。

哪怕在腦袋上刺上兩個大大的字「順民」，對方依舊會毫不猶豫地把刀砍過來，因為在對方眼裡，他們和芝麻李、趙君用以及城內城外的所有漢人一樣，都是被征服的奴隸，隨時可以予殺予奪。儘管他與李、趙兩個在長相、生活習慣、說話穿衣方面，不刻意去找的話，已經找不到任何相似之處。

朱八十一對做奴隸不感興趣，無論是在上輩子還是這輩子，無論是給異族做奴隸還是給自己同族做奴隸，他都不感興趣，但是既然已經被迫融進來了，他就不能再抱著原來的那種想法，找機會偷偷溜走去抱朱元璋的大腿，必須**努力做一些改變**，避免自己和徐州軍一道，像上輩子所處那樣時空一樣，消失於歷史的長河當中。

最簡單的改變舉措，向軍隊中引入火器，目前已經初見成效。經過城外一場惡戰之後，整個徐州軍上下對火器重視的程度，絕對屬於這個時代之冠。

擲彈兵這個稱呼，也不知道提前了多少年正式進入了歷史舞臺。每個軍、每個營都有專門的擲彈兵，每天訓練時消耗的各類手雷數量都以萬計算，「轟隆隆」地在城外就像打雷，把城池附近的空地炸得到處都是大坑。

「轟隆隆！」又是一連串巨響，將朱八十一從回憶中拉回現實。

馬上就要進城了，頭頂上的煙塵厚度與朱大鵬所處的二十一世紀帝都絕對有得一拼。如果把城門換成鐵閘，把守城的士兵臉上都套個鐵罩子的話，朱八十一都懷疑自己來到了電影魔戒中的世界，就差有人突然跳出來，叫自己一聲大魔王了。

朱八十一被自己心裡頭突然冒出來的古怪想法嚇了一跳，趕緊默默地糾正。融合了屬於不同時空的兩個靈魂，他心裡經常會冒出一些神經質的想法，整個人看起來也神神叨叨的，動不動就自言自語一番。

城門口當值的士兵們卻不覺得朱大都督有什麼不正常，能在關鍵時刻力挽狂瀾的大英雄，就該特殊一些。如果言談舉止都和大家夥兒一樣，那才是真正的不正常。因此，遠遠地看到朱八十一的馬頭，就搶先上前施禮，熱情地喊道：

「都督回來了！都督路上辛苦！」

朱八十一也習慣了被人以官職相稱，騎在馬背上拱手還禮，「弟兄們都安好吧！最近城裡有事情麼？大總管和長史兩個安好？」

「都好，都好，城裡最近沒任何事情發生，除了一些不安分的蒼蠅總是想混進來打聽火藥的事情，被趙長史都給抓出來一刀宰掉了！」眾兵丁都知道他沒什麼架子，讓開道路，七嘴八舌地回應。

「難免的事！」朱八十一笑了笑，「人家吃了敗仗，總得找出個原因來，否則睡覺時怎麼可能踏實！」

「哈哈哈！」眾人被朱八十一的幽默話語逗得仰頭大笑。豈止是睡不踏實，簡直是聞風喪膽才對。

在打敗了兀剌不花之前，徐州軍所能控制的地盤，不過是黃河以南，雲龍山以北的一畝三分地。出了這個範圍，非但蒙元地方官員們要喊打喊殺，就連一些規模稍大一點的寨子，也對李大總管的號令絲毫不當一回事。而如今，這方圓兩百里內的寨子，哪個不是主動送來了錢糧？

蒙元朝廷的地方官們雖然不敢像各寨的土財主那樣明著投懷送抱，暗地裡也沒少派人前來遞好話，偷偷送上成車的銀子，只求能和芝麻李達成默契，不去抄他們的老巢！

笑夠了，大夥又跟在他的戰馬屁股後，七嘴八舌地彙報：

「那些蒼蠅，十個裡邊至少有七個是衝著都督您來的，到處打探您被彌勒附身的事。大光明使吩咐，要小的們隨便吹，吹得越玄越好，所以小的們就說您是佛陀轉世，左手握著閃電，右手握著霹雷。左右兩手一張，指哪打哪兒！」

「好在還沒說我上嘴唇著天，下嘴唇著地！」朱八十一無奈，只能衝大夥拱手，道：「呵呵，多謝弟兄給我助威了。」

第二章

伊萬諾夫

那被打得口鼻冒血的「大猩猩」，向前爬了幾步，
衝著朱八十一深深俯首，嘴裡連連說道：
「謝謝主人恩典。伊萬諾夫做苦力，浪費！
伊萬諾夫還有大用，請主人開恩，准許伊萬諾夫自贖！」

在光明使唐子豪和長史趙君用兩個人的一正一反共同努力下，朱八十一這個神棍是當定了。

眼下即便他自己主動承認，自己壓根兒不是什麼彌勒教的大智堂堂主，對彌勒教的經文也一句話都記不得，也照樣有人認為這是佛子大人故意使出的障眼法，意在考驗世道人心，絕不會相信他其實跟那個傳說中的彌勒佛一文錢關係都沒有。

然而彌勒佛只能用來蒙蔽敵人，不能幫忙打仗，冒險潛行到敵軍主帥面前去扔手雷的事，也只可用一次，無法複製第二回。眼下不光需要大規模引入火器，徐州軍整體上還缺乏最基本的戰術訓練，但懂得基本戰術的人，卻一個都找不到！

想到這兒，朱八十一便又拉住了馬頭，轉過身來，向大夥打聽：「我不在的這段時間，羅剎兵又鬧事沒有？又死了幾個，還剩下幾個活著的？」

「哈哈哈，他們？再借他們幾個膽子！」眾人聞言，又是一陣哄堂大笑。笑過之後，才帶著幾分快意回應：「沒鬧事，現在全都老實下來了，一群賤骨頭！每天都被高麗人押著去掏陰溝，倒馬桶，幹得認真著呢！」

那天戰場的形勢逆轉太快，羅剎兵們根本沒來得及逃跑，就被淹沒在一片洪流當中。徐州將士恨他們屠了小沛全城，因此下手絕不容情，即便是主動放下武器投降的，也是一棍子撂倒，再七手八腳拿著石頭朝腦袋上猛拍。

因此，等到芝麻李和趙君用兩個人想起來約束弟兄，禁止殘殺俘虜的時候，除了朱八十一腳下那十幾個被手雷震暈了的，還有一些自己跳進護城河裡頭的之外，其餘早已被殺了個乾乾淨淨。並且個個都被剝得像光豬一般，從頭到腳連一根絲線都沒有留下。

倒是高麗僕從見勢不妙，就成批成批地跪在了地上哭喊著投降。除了少數倒楣鬼被憤怒的徐州軍將士當場斬殺之外，其餘絕大部分都安安心心做了俘虜，絲毫都不覺得自己這樣做有什麼丟人的。

見到此景，趙君用心疼得直呲牙，趕緊命人拿著漁網，把護城河裡掙扎的羅剎人都給撈上來，然後和那些被震暈了的傢伙一起關到州衙內的監獄中聽候處置。

他這樣做倒不是心懷慈悲，打算放這些羅剎人一條生路，而是想找個機會，將俘虜們獻到紅巾軍大帥劉福通面前去邀功。

畢竟這年頭，紅巾軍打敗官軍的事情已經不算新鮮，但打敗了羅剎鬼兵，並且抓了大把俘虜的事情，卻只有徐州紅巾才能做得到。屆時劉福通大帥一高興，徐州紅巾的地位肯定還能再上好幾個臺階。從芝麻李到他，甚至到底下的普通一卒，地位都跟著水漲船高。

趙君用的設想雖然美妙，但後來陸續發生的事情卻令他後悔不迭，所有活下來的羅剎俘虜加在一起只有八十來人，比起五千多名高麗俘虜來說，簡直可以忽略不計。然而就這八十來頭臭魚爛蝦，卻給徐州城製造了無數麻煩。

他們根本不肯像高麗僕從那樣，被抓到了就老老實實幹體力活贖罪，在被從州衙監獄放出來轉到俘虜營地的第一天，就試圖搶奪看守的兵器集體逃走。

雖然被看守和高麗俘虜們齊心協力給鎮壓了下去，但沒等大夥鬆一口氣，這些傢伙又悄悄地摸進設在州衙後院的火藥製造作坊，試圖偷新式火藥的製造配方。要不是當晚正好是趙君用帶隊巡邏，看到了州衙後牆的瓦片掉了滿地，差點就讓這些傢伙得了手。

大怒之下，趙君用痛下殺手，當場把試圖偷火藥配方的羅剎兵給斬殺了一半，剩下的四十來個，則全都套上手銬腳鐐貶成掏糞工，每天由高麗俘虜押著，清理徐州城內所有陰溝，並與高麗俘虜們一道將城裡的各類糞便收集起來裝車，運到城外的麥田裡堆肥！

高麗俘虜的認罪態度原本就遠比羅剎人「積極」，此刻居然爬到了以前主人的頭上，立刻對趙君用感激涕零，做起監工來非常賣力，只要羅剎人敢稍稍偷一下懶，立刻掄起棒子朝腦袋頂上招呼。如此又一個多月下來，四十多名羅剎俘虜便又死掉了一小半。

最後剩下的這二十來個，也全都認命了，每天低著頭像騾馬一樣幹活，再也不敢起什麼搗亂的心思！

「都督，都督大人！有一件事……」有名十夫長剛好帶隊巡邏經過，小跑幾步，湊到戰馬前彙報。

「說！」朱八十一用力拉了下戰馬的韁繩，命令道。

他這個人沒什麼架子，所以跟底層士兵之間的關係處得也相當融洽。無論是不是左軍的弟兄，見了面都願意跟他打個招呼，有什麼新鮮消息都願意第一時間通知他。

但是今天，這位名字叫陸禮的十夫長，顯然不是跑上前打招呼的，他神秘兮兮地道：「前兩天您不在時，有個羅剎鬼叫嚷著要見您，後來被高麗人拿棒子敲暈拖走了！」

「羅剎人？找我？」

朱八十一愣了下，有些不太相信自己的耳朵。自打那天戰鬥結束之後，自己就跟羅剎兵沒有起過任何交集，這些傢伙不好好地繼續「勞動改造」，跑來找自己幹什麼？

正困惑間，耳畔忽然傳來一陣刺耳的鐵鍊曳地聲。緊跟著，有股濃重的臭雞蛋味道撲鼻而來。抬頭再看，只見一隻渾身是毛的大猩猩張牙舞爪地衝向自己，嘴裡還不停地發出淒厲的呼救聲：

「救命！主人救命！」

「主人？」

大猩猩說的漢語雖然不標準，朱八十一卻聽懂了他的意思，不由得又是微微一愣。還沒等他回過神來，十夫長陸禮已經舉著鋼刀衝了上去，迎頭就是一刀背，將長得像大猩猩般的傢伙給砸趴在地上。

「抓住他！」此時，兩個負責監工的高麗人才追了上來，舉起木棒，朝著「大猩猩」身上亂打，「跑！叫你跑！驚了將軍大人的戰馬，咱家就活剝了你的皮。跑，你倒是再跑啊！今天直接打死了，省得咱家天天提心吊膽！」

「住手！」

朱八十一雖然對長得跟大猩猩般的羅剎人沒什麼好感，但是對高麗監工印象更差，眼看著大猩猩就要被活活打死，皺了下眉頭，大聲喝令。

話音落下，兩個高麗監工立刻像被抽了大筋一般。「噗通，噗通」接連趴在地上，一邊磕頭，一邊大聲求饒：「將軍，將軍開恩啊！不是小人監管不利，是這羅剎人太狡猾了！」

「行了！你們兩個起來，站一邊兒去！」朱八十一皺了下眉頭，喝令道。

兩名高麗監工聽令，趕緊手腳並用爬到路邊，繼續低頭跪著，不敢立刻走開。

那被打得口鼻冒血的「大猩猩」，卻向前爬了幾步，衝著朱八十一深深俯首，嘴裡連連說道：

「謝謝主人恩典。伊萬諾夫做苦力，浪費！伊萬諾夫還有大用，請主人開恩，准許伊萬諾夫自贖！」

他此刻只穿了塊兜襠，渾身上下連同束縛手腳的鐵鍊上，到處都沾滿了糞汁，一動起來，臭氣熏天，朱八十一被熏得差點兒把昨天的晚飯都給吐出來，趕緊把馬頭拉到上風口，皺著眉頭問道：

「你說什麼？我什麼時候成了你的主人？自贖，自贖又是什麼意思？」

「伊萬諾夫輸給了主人，當奴隸，服！」大猩猩連忙轉過頭，雙手「叮叮噹噹」地比劃著回應，「沒輸給別人！給別人當奴隸，不服！」

「你願意給我當奴隸？」朱八十一費了好大力氣，才把對方想表達的意思拼湊完整，原來這傢伙認為當天在戰場上只輸給了自己，所以只願意給自己當奴隸，換了其他任何人都不會心服口服。

「是！伊萬諾夫願意替主人作戰！」

大猩猩臉上立刻露出狂喜的表情，繼續比劃著。

「替主人殺掉任何敵人，伊萬諾夫是個傭兵，不是苦力，掏大糞，浪費了！」

都混到這種地步了，居然還覺得自己是個人物？也怪不得天天挨打。朱八十一笑了笑，自動忽略了大猩猩話語裡自吹自擂部分，直奔正題，問道：

「你是個傭兵？既然是傭兵，怎麼不在本國那邊賣命，卻跑到徐州這邊來了？」

「是金帳汗國的國王陛下出錢雇傭的我們！」大猩猩想了想，回答的話語漸漸流利，「他手下的蒙古人少，珍貴，不想上戰場。我們斯拉夫人多，便宜，忠誠，不怕打仗！」

原來是金帳汗國花錢雇了一夥傭兵，混在徵募的士兵中間，送到了大都城的那個蒙元皇帝帳下當炮灰，怪不得這個長得跟大猩猩般的傢伙居然會跑到徐州戰場上來！

朱八十一弄清楚了整個事情的來龍去脈，正要向此人瞭解一些這時代歐洲方面的事，不料對方自己就說了：「伊萬諾夫已經當了二十年傭兵，跟諾曼第人、薩克森人、奧斯曼人、加泰羅尼亞人都打過仗！伊萬諾夫會打仗，經驗多得很！當苦力用，您虧大錢了！」

「吹牛，會打仗，你怎麼被我們抓了俘虜？」沒等朱八十一回應，周圍的紅巾軍將士們已經紛紛嘲笑了起來。

聽到四下裡的嘲笑聲，伊萬諾夫的臉色微微發紅，擺了幾下手，辯解道：「不是被你們抓了，是被將軍大人抓了。將軍大人掌握了火藥的秘密，伊萬諾夫輸得心服口服！」

朱八十一聽對方說話頭腦還算清晰，便問：「你的意思是，你不想繼續掏糞溝了，想在我帳下當兵，發揮你的一技之長？」

「不是，不是當小兵！」大猩猩臉上露出了喜出望外的表情，晃著手討價還價，「是當軍官，至少要當千人長。伊萬諾夫當過傭兵，傭兵隊長。當小兵用，您虧大錢了！」

「呸！貪心不足！」

「得寸進尺，你也不撒泡尿照照自己是什麼德行！」聽此人居然還想當軍官，眾紅巾將士又圍上來，吐著吐沫大聲奚落。

大猩猩伊萬諾夫卻不肯服軟，將手腕上的鐵鍊晃得噹噹作響，自豪道：

「我懂打仗，至少比你們懂。你們就知道像螞蟻一樣往前衝。我們卻懂得列隊、配合，把你們像殺羊一樣，一排接一排捅死！」

「揍他！」也不知道是誰大喊了一聲，眾紅巾將士一擁而上，拳腳齊下，將大猩猩再度打翻在地，雙手抱著腦袋打滾。

「哎呀！你們沒權打我，我是將軍大人的俘虜。你們，你們沒得到將軍大人的同意！哎呀，將軍大人，打死我，您就虧大錢了！虧大錢了！」

「行了，給他留一口氣！」

朱八十一雖然也不滿此人說話時的態度，卻也明白，在戰場組織方面，紅巾軍的確距離當日那夥羅剎人差了不止一點半點，因此便先喝住了眾位弟兄，然後對著已經被打得爬不起來的「大猩猩」說道：

「想當軍官，就站起來跟我走！只要你能證明你真有本事，我不介意手下多一個斯拉夫人千夫長！」

「嘩啦啦！」先前還抱著腦袋做奄奄一息狀的大猩猩伊萬諾夫，立刻從地上站了起來，晃動著身上的鐵鍊，向朱八十一躬身，恭敬地說：「伊萬，伊萬諾維奇，伊萬諾夫，願意為您效勞！」

「伊萬，伊萬諾維奇？」

朱八十一四下看了看，沒找到其他兩個人在哪，眾紅巾將士也是滿臉戒備，手按刀柄四處觀望。對方來了三個，大夥卻只看到了一個，萬一剩下兩個人對都督大人心裡存著歹意，大夥可是百死都不能贖罪了。

「伊萬・伊萬諾維奇・彼得諾夫！」畢竟是個老兵油子了，大猩猩立刻明白了眾人在警戒什麼，指著自己的鼻子再度介紹。

「你個臭不要臉的，取個名字還這麼長！」

眾紅巾將士這才知道又鬧了笑話，掄起刀鞘朝著伊萬諾夫身上亂敲。

伊萬諾夫當是給自己搔癢，晃了晃瘦得可以見到肋骨的軀幹，大聲說道：「傭兵！主人需要准許伊萬自贖。一年，不，兩年，伊萬為主人白幹兩年，不拿薪水，然後主人准許伊萬自由離開！」

「想得美！」看了他一眼，朱八十一低聲冷笑。

這都是什麼事兒啊，別人穿越，要麼自己做老大，要麼跟的老大是李世民、漢高祖這類英雄人物。需要小弟時也是虎軀一震，關羽、張飛納頭便拜。輪到老子頭上，跟了個老大在歷史上籍籍無名不說，從死囚堆裡翻出隻大猩猩做小弟，對方還要討價還價一番，這**人和人差距怎麼這麼大呢！**

想到這兒，他又撇了撇嘴道：「要麼留下繼續掏糞，要麼跟我走！什麼時候放你自由是我的事情，你沒資格討價還價。」

「我，我……」大猩猩的臉色一下子變得慘白，猶豫半晌，終究不願意就這樣死在臭水溝中。咬了咬牙，喃喃地道：「我跟您走，謝謝主人恩典！」

「這還差不多！」終於將肚子裡的惡氣找到了一個發洩地方，朱八十一看了大猩猩一眼，冷冷地吩咐：「陸禮，把他的鐐銬開了！」

「是！」十夫長陸禮答應一聲，從高麗監工手裡搶過鑰匙，上前給伊萬諾夫開了鎖，然後把鐵鍊和鑰匙一塊兒丟回高麗監工面前。

「回去跟管事的說，這個人左軍帶走了！」朱八十一抖了戰馬的韁繩，丟下一句話揚長而去。

那高麗監工哪敢阻攔？跪在路邊不斷地磕頭。直到馬蹄聲去得遠了，才將臭烘烘的鎖鏈撿起來，嘀咕道：「帶走就帶走唄！一個羅剎奴隸居然還當個寶！哪如我們大高麗人又能幹，又聽話，吃得還少！」

說到大高麗三個字，立刻又覺得渾身上下充滿了幹勁，將鐵鍊朝脖子上一搭，揮著木頭棒子，大步流星地監督其他高麗俘虜幹活去了！

在自家門口撿回來個老兵油子，朱八十一心情非常愉快，雖然從身背後傳過來的氣味實在有些難聞，熏得頭昏腦脹。

老兵油子伊萬諾夫卻沒將距離拉遠一點兒的覺悟，一路上，不停地跟在馬尾巴後討價還價：

「主人是個貴族，貴族都是上帝的寵兒，心懷慈悲。抓了俘虜之後，會准許他們的家族支付贖金，贖回他們的自由。」

「你們在沛縣屠城的時候，給過當地人花錢贖命的機會麼？」實在被熏得無法忍受，朱八十一忍不住回過頭來，瞪著一雙牛鈴鐺般的大眼睛質問。

「那，那……」伊萬諾夫立刻被問住了，嘴唇濡囁了半晌，才喃喃地辯解：「那，那是兀剌不花大人下的命令！他是主將。伊萬，伊萬當時只是個百夫長！沒，沒資格向他提出建議！」

「你就沒想過將刀子抬高幾寸，讓他們趁機逃走？」朱八十一又狠狠瞪了此人一眼，沒好氣地指責。

對於這些屠城凶手，他沒有半點好印象，所以兩個月以來，從沒想過替任何人求情。鑒於眼下紅巾軍整體上嚴重缺乏戰陣訓練，所以他才不得不廢物利用一番，後者想從他這裡得到更多，卻是難比登天。

伊萬諾夫被問得啞口無言，跟在馬背後又沉默了好一陣兒，才喃喃地說道：「我是個傭兵，只懂得打仗，將軍說的這些，我當時的確沒想過，也不會去想！」

「那你就慢慢想，該在我帳下幹多少年才能贖回你亂殺無辜的罪行！洪三，你把他帶到西門外的軍營裡，先洗乾淨了，再帶他去見我！」

朱八十一丟下一句話，加快速度，先去遠了。

只留下親兵隊長徐洪三，看著失魂落魄的伊萬諾夫，數落道：

「你這個人怎麼不知道好歹呢，大人把你從苦力隊裡撈出來，已經是天大的恩情了，你居然還想著幹滿兩年後就離開！就兩年時間，你對得起大人的活命之恩麼？況且這裡距離你老家好幾萬里地，即便大人放你走，你一個人怎麼可能活著走到家？」

「我，我……」

伊萬諾夫雙手抱著腦袋，無力地蹲了下去。他先前是看出來朱八十一心軟好說話，所以才壯著膽子，試圖替自己爭取最大的利益。至於兩年時間夠不夠贖罪或者報恩，兩年期滿之後自己如何回家，卻是想都沒顧得上想。

徐洪三見伊萬諾夫挺大個塊頭，卻蹲在地上做爛泥狀，忍不住奚落道：

「怪不得你叫懦夫，原來是個沒骨頭的！你一個人回不了家，不會想辦法帶著幾百號弟兄一路殺回去？只要咱們一起趕走了韃子，弟兄們就是再陪著你走一趟西域，又能如何?!」

「我叫伊萬諾夫，不是懦夫！」伊萬諾夫立刻紅著眼睛抬起頭大聲抗議。然而想到來中國的路上所花費的時間和沿途遇到的風險，又覺得渾身上下一陣陣發軟，嘆了口氣，道：

「將蒙古人趕走，哪那麼容易！斯拉夫人、加泰羅尼亞人、大食人還有西面那些異教徒，這些年一直在試，哪一次不是被蒙古人殺得到處都是屍體！不可能，你們不可能的。伊萬之所以提出替大人幹兩年，就是知道你們不可能堅持更長時間。你們甚至連兩年都堅持不了，火藥雖然厲害，卻只能靠近了扔，蒙古人離得老遠便用弓箭，用強弩，只要不讓你們靠近……不可能的，你們現在這個樣子，很可能連半年都堅持不了！」

「我打爛你的臭嘴！」徐洪三大怒，掄著帶鞘的刀朝伊萬諾夫臉上猛抽。

「我只是都督一個人的奴隸！」

伊萬諾夫原本就是兵痞，此刻手腳上都沒有鐵鍊約束，豈肯再忍氣吞聲。立刻揮舞著拳頭衝上來，要跟徐洪三拼命。

無奈已經整整兩個月沒吃過一頓飽飯，拳腳根本使不出多少力氣，而徐洪三原本身手就不弱，最近半年來又是頓頓敞開了肚皮吃，因此二人剛一交手就立刻分出勝負。看上去足足比對方高了兩頭的伊萬諾夫，被徐洪三瞬間放翻在地，刀鞘像敲木魚兒一樣在腦袋上敲個不停。

那伊萬諾夫沒機會爬起來反擊，只好用手捂住臉，抽泣著哭喊著：

「不可能，絕對不可能，我說的都是實話，即便你們都督大人真的像傳聞中一樣，得到了上帝寵愛也不可能。以前每次反抗的時候，斯拉夫人都向上帝獻祭，每個人胸前都戴著十字架，可是照樣被蒙古人殺得到處都是屍體！」

徐洪三不知道十字架是什麼，卻知道伊萬諾夫不看好紅巾軍的前途，掄著刀鞘朝他身上亂打，一邊罵道：「畢竟我們活著的時候沒有再把脖子伸給人家砍，而你還當過二十年的兵呢，就學會怎麼給蒙古人舔屁股了！」

「我沒有！」這下，可是把伊萬諾夫給刺激到了，又一個骨碌爬起來，衝著他怒目而視，還擊道：「我打仗一直很勇敢，比瑞士人還勇敢。這麼多年，我還是第一次被人抓了俘虜，還是被你家將軍弄出來的火藥彈給炸暈了過去，才被你們捉到的！」

「不服就跟著老子去找都督報到！勇敢不勇敢陣前見，別在這裡拿嘴巴吹牛！」徐洪三又狠狠打了他幾下，收起刀，飛身跳上坐騎。

「走，先跟老子去洗澡，把你這一身臭氣洗乾淨了。打不打得過蒙古人，你沒試試怎麼知道！至少我們試到現在還沒輸過！」

「試試？」伊萬諾夫的眼睛亮了亮。試就試吧，反正眼下也沒地方可去，跟著姓朱的將軍幹，總比繼續掏大糞強，說不定哪天真的能帶一隊弟兄打回老家去呢！

他跟在徐洪三身後去洗了澡，然後又由徐洪三帶著，到蘇先生那裡領了一套鑌鐵甲，包鐵戰靴。穿戴整齊了，才去朱八十一平素處理公務的議事廳報到。

朱八十一也洗過了澡，換過了衣服，正抱著本剛買來的孫子兵法死記硬背。看了伊萬諾夫穿上盔甲之後的英武模樣，滿意地點點頭道：

「嗯，的確是塊當兵的料子，你剛才的條件我考慮過了，十年，在我這裡幹滿十年，我就放你離開。這十年裡，我給你發千夫長的軍餉，一文錢都不會剋扣，管吃管穿，等期滿了，你帶著錢離開，回去後也能買個莊園養老！」

他是從二十一世紀的記憶裡，找出了一個激勵員工賣命的辦法，以免伊萬諾夫失去了希望，出工不出力。

誰料伊萬諾夫此刻也改了主意，想都不想，大聲回道：

「十年就十年，我不要軍餉，但是你得給我一個千人隊，這個隊裡邊怎麼訓練，怎麼打仗，讓誰當軍官，都我一個人說了算！」

平心而論，這個條件並不算十分過分。無論紅巾軍還是蒙元方面，將領對軍隊的控制都不是非常精細。各軍主將除了親兵之外，基本上也就管到千夫長一級。千夫長以下的軍官任免和隊伍訓練，甚至軍餉發放都由千夫長本人負責，上面的將領根本不做任何干涉。

但是，朱八十一經歷了上一場惡戰之後，他對軍隊的控制力更加牢固，所有百夫長以上的將領，無論戰兵輔兵，都換成了最後陪著自己一道去炸兀刺不花的那批弟兄。

當日帶領輔兵並沒到城外參戰的軍官，則全都降了一級，給新升上來的人當了副手。而畏縮不前的，無論最初是誰提拔起來的，一律降職做了小兵。

至於少數幾個當時脫離隊伍逃走者，連做戰兵的資格都被剝奪了，直接發到輔兵裡邊去幹最苦最累的活，視以後的表現再決定會不會給其改過自新的機會。

因此對於初來乍到的伊萬諾夫，朱八十一是絕對不肯直接就派他單獨領軍的。一則此人當過紅巾軍的俘虜，威望不足以服眾；二來，他朱八十一可不是傳說中的那些王霸之才，剛剛抓到的敵軍將領，也敢放心地讓對方給自己守寢帳的大門。

故而在聽完了對方的要求，便搖頭道：「軍餉還是給你照著千夫長開，但是我不會派你下去帶兵。」

見伊萬諾夫臉上露出了失望的表情，他又道：「你是被我俘虜來的，又長得和大夥都不一樣。直接下去帶兵，弟兄們肯定不會聽你的話。不如就先留在我身邊做，做參軍，參贊軍務。跟我一起想辦法訓練弟兄們，教他們如何打仗，教他們如何在沒有火藥的情況下也能打贏蒙古人！」

「不可能！」伊萬諾夫立刻搖頭，不認為紅巾軍在同樣武器條件下有任何希望，然而看到徐洪三又朝自己瞪圓了眼睛，立刻慌張地改口：

「我可以試試，蒙古人其實也不像以前那麼厲害了，他們日子過得太好，已經不像他們的前輩那樣有勇氣了。那個，他們的軍隊組織太粗糙，千人隊以下就是百夫人隊，百人隊以下直接就是十人隊。間隔太大，指揮起來特別散亂。咱們可以從這裡先改起來。等到了戰場上，好有針對性地打他們的薄弱環節！」

「那倒是不急！」朱八十一搖頭。

幾個月磨合下來，他也覺得紅巾軍目前的軍隊編伍方式並不太適合戰場，然而紅巾軍的編伍方式照搬自北元，有著現成的例子可循。

作為乏麻李麾下的一名將領，他要是擅自把另一個時空的編制給搬過來，能不能適應眼下的戰爭模式還不好說，一個擅改軍制，居心叵測的帽子肯定又是跑不了的。

有趙君用這個喜歡雞蛋裡挑骨頭的徐州軍長史天天盯著，即便此刻伊萬諾夫說出花來，朱八十一也不會輕易去碰觸軍隊編制。但是他又不想太打擊老傭兵的積極性，想了想道：

「你初來乍到，還不瞭解情況，先緩兩天，跟著徐百戶多下去轉轉，待把咱們左軍的情況摸清楚了，再給我出謀劃策不遲！」

「那——，遵命！」

伊萬諾夫打了小半輩子仗，先後伺候過的將主不下二十個，性子雖然桀驁了些，基本上察言觀色的本事還是學會了一點兒。見朱八十一兩次都打斷了自己的話頭，就明白自己還沒能完全取得對方的信任，便施了禮，閉上嘴巴不再亂出主意了。

「眼下歐羅巴那邊是什麼情況？是這個名字吧，我說你家鄉那邊！」朱八十一把他收到帳下，不僅僅是為了替自己練兵，問道。

「我家鄉那邊還不算歐羅巴！」

一日之內，他已經是第二次從朱八十一嘴裡聽到自己熟悉的詞語了。驚詫之餘，令伊萬諾夫備感親切，立刻高興地回道：

「要翻過大高加索山才算，不過我最近十幾年一直在歐羅巴那邊打仗，直到前年夏天才攢夠了一筆買牧場的錢，回到家鄉。」

說到回家，他的臉上又露出一片黯然。攢的那筆錢，按照他當年離開家鄉時的價格，足夠買一座肉眼看不到邊的牧場，然而當他回到故鄉後，卻發現牧場的價格已經翻了十倍，手頭的錢只夠買下巴掌大的一塊了，並且還要給教堂繳稅、給大公繳稅，給金帳汗國派來的萬戶繳稅。

不得已，他只好接受大公的雇傭，再度拿起武器，然後與其他被徵召的士兵一道被集中送到金帳汗國的都城，再迤邐向東走了四個多月，來到了一個完全陌生的國度。

在這裡，除了語言需要重新學之外，其他方面各項條件倒比在歐羅巴那邊當兵優越得多。飯菜很好吃，氣候四季分明，紀律要求也不算嚴格，並且還沒什麼缺德的教堂來收十一稅。只可惜，第一次出戰就被「敵人」給抓了俘虜，以後能不能活著回去還是未知。

「不要著急，十年的時間一晃就過去了。」朱八十一拍了下他的肩膀，安慰道：「況且你現在一文錢都沒有，即便回到家鄉去，不也沒法過日子麼？」

「我會幫人蓋房子！」伊萬諾夫立刻舉起手強調。

一句話說完了，卻忍不住又唉聲嘆氣。自己故鄉原本就沒多少人，這些年又被教堂和貴族們輪番盤剝，普通百姓家裡都窮得叮噹響，哪裡有閒錢翻蓋房子？而那些有錢的財主老爺可以到大城市去請手藝高超的工匠，有誰會瞧得起他這半桶水的老傭兵？

一時間，他發現除了給眼前這位朱都督賣命之外，天下之大，自己居然無處容身。

伊萬諾夫不由得咧了下嘴，苦笑道：「都督說得對！我現在回去，即便不死在半路上，也得餓死在家裡，還是跟著您幹吧，至少還有個希望！」

「行了，咱們不說這些！」朱八十一又拍了拍他的肩膀，將話頭拉回正題，「歐羅巴那邊是什麼樣子？你能不能大致跟我說一下？我很好奇。」

「很沒意思，到處都在打仗，不打仗的地方又在鬧瘟疫，一座城市裡的人，轉眼間就死個精光！」伊萬諾夫想了想，回道：「法蘭西人和諾曼第人的後裔，已經打了整整十年，因為黑死病才暫時停了戰，東面奧斯曼人在步步緊逼，馬上就要打到君士坦丁堡了，但當地的農民還在忙著抗稅，幾個領主互相在算計，誰也顧不上管外邊的事情……」

一邊說，他一邊偷偷打量朱八十一的表情，很好奇這個年輕的叛軍都督怎麼會對歐羅巴的事情如此感興趣？一點兒也不像自己以前見到的蒙元高官，總自以為住在整個世界的正中央！

朱八十一對歐洲這段時間的歷史瞭解得極少，但是相對於十四世紀中葉的中國人，他的那點兒可憐的世界歷史知識，都稱得上是淵博到了極點，他一邊聽著伊萬諾夫的介紹，一邊對照著自己瞭解的內容，頻頻點頭，遇到實在犯迷糊的地方，提出的幾個問題也都恰恰問到了重點上。

半炷香時間之後，伊萬諾夫已經顧不上再偷看他的表情，而是張大了嘴，直挺挺的跪了下去，口稱：

「偉大的先知，伊萬諾夫不該懷疑您！伊萬諾夫請您寬宏大量，原諒伊萬諾夫的愚蠢。伊萬諾夫願意做您的奴僕，一輩子追隨您，用生命來捍衛您的安全，捍衛您的榮耀！」

說罷，手腳和腦袋同時趴了下去，呈五體投地狀。

「起來，起來！」朱八十一不知道自己隨口說出幾個歐洲的國家名字和地名，居然能起到「虎軀一震」的效果，將伊萬諾夫從地上拉起，自謙道：「我只是讀過幾本書而已，不是什麼先知！」

「小的來大元兩年多了，從來沒遇見過比您還淵博的人，也從來沒聽說哪一本書裡介紹了眼下歐羅巴的情況！」伊萬諾夫不肯相信朱八十一的解釋。

「噢，是嗎，我想想，應該是前幾年一個過路的色目傳教士跟我說起過歐羅巴的事情吧！」朱八十一隨口編道。

「即便是傳教士，所走過的地方也極其有限，不可能知道的比您還多！」伊萬諾夫打死不信，話剛一出口，穿著鐵靴子的腳忽然被徐洪三狠狠踩了一下。

「噢！」他質疑的話不敢再說出口，心裡卻暗道：「怪不得城裡的人都說都督是天使在人間的化身，即便這傳言有誇張的成分，都督一定是得到過神諭的。」

高加索人自打十一世紀起就開始信奉東正教，最近幾十年雖然受到了穆斯林教的極力侵襲，蒙古統治者對於上帝之說也不太感興趣。但是在民間，東正教的影響力依舊非常龐大，即便平素從來不去教堂的人，也堅信上帝、先知和大天使長的存在。所以遇到自己無法理解的事情，本能地就會往神跡上靠。

朱八十一見了伊萬諾夫的表情，便知道關於歐洲歷史的探討，短時間內甭想再進行下去了。好在此時他已經瞭解得差不多，知道英法百年戰爭剛剛開始，西班牙和葡萄牙還沒興起，君士坦丁堡也還沒陷落到奧斯曼帝國手中。當然短時間內也暫時還不會有什麼大航海時代，更不會有什麼八國聯軍了。

不存在八國聯軍，他能從此刻的歐洲得到的，除了眼前這個老傭兵所掌握的團隊作戰技巧之外，恐怕只有最簡單的火器知識了。

想到這兒，他從書桌上拿起火槍盒子，當著徐洪三和伊萬諾夫的面將盒蓋掀開，指著裡邊的銅手銃問道：

「伊萬，這東西你以前在歐洲見過麼？蒙元那邊，我是說你在來到中國後，見到的多麼？」

「手銃！」伊萬諾夫的眼睛登時一亮，從盒中將火槍抓起來，端在手裡，衝著窗外來回比劃，嘴裡還不停地發出「呼！呼！」的聲音。

「不是讓你玩的，大人問你話呢！」徐洪三立刻拍了他一巴掌，大聲提醒。

「啊！」伊萬諾夫連忙將手銃放回盒子裡，點頭回應：「見過，眼下不但大元有，歐洲也有了，比這個大，模樣都差不多。不過這東西不太好用，九十腕尺，也就是你們說的三十步距離之外，就打不穿鎧甲了，裝填也特別麻煩，還不如弓箭好用呢。唯一的好處是不需要訓練，是個人端起來就能用！」

「才三十步?!」

朱八十一聞聽，立刻知道自己被李四給騙了。

這手銃看起來做工精良，實際威力與自己前段時間炸壞的那門盞口銃差不多，只適合擺出來嚇唬人。也就是自己才會被李四那廝給糊弄住，換了其他任何一個人，恐怕都不會上當！

「又他奶奶的被網路給坑了！」想到這兒，朱八十一忍不住仰天長嘆。**誰說古代人好哄來著！自己怎麼被古人擺了一道又一道！**縱觀世界穿越歷史，論倒楣程度，自己恐怕不算頭一份，也能排到前三吧，咱朱某人運氣怎麼這般差！

伊萬諾夫不知道朱八十一是因為上了古人的當而自怨自艾，見到自家主人面色灰敗，還以為是嫌手銃威力太小的緣故，討好道：

「大人不用喪氣，其實想把射程和威力提高一些也容易，無非是把銃管再做得長一些，孔徑再做得粗一些，多裝點兒火藥進去，威力自然就大了！」

「會炸膛！」徐洪三和朱八十一同時轉過臉來，像看白癡一樣看著他，大聲否決。

盞口銃的屍體現在還擺在左軍大營的將作坊裡，全軍上下，現在有誰不知道火藥不能無限量地朝盞口銃裡頭裝！也就是這個剛剛投降過來的大猩猩，還以為紅巾軍的火藥與大元那邊一樣呢！

「炸膛？」伊萬諾夫機械地重複了一句，旋即想起來自己最近看到手雷兵訓練情景。

那火藥的威力絕對不是以前在西方當雇傭兵時所看到的火藥能相比，不由地拍了自己腦袋一巴掌，道：「我忘了您這邊用的是新配方！這個把銃壁加厚一倍還不行麼？要不就加厚兩倍，三倍，一直加厚下去，總會有不炸膛的時候！」

「說你蠢你還不服氣！」徐洪三圈起手指在伊萬諾夫的頭盔上狠敲，「那是銅，知道嗎？一斤銅可以鑄兩百多枚通寶，就這樣一桿手銃用的銅料，買豬都能買差不多三頭你一樣重的了！你還想再加幾倍？再加幾倍，你去挖銅去？還是畫到紙上就能變出來？」

「啊，別打，別打！我不知道，真的不知道。」伊萬諾夫抱著腦袋求饒。

雖然來蒙元兩年多了，他到軍營外閒逛的時間卻屈指可數，所以腦海裡一直還以為東方的銅價也和西方差不多高低。此刻乍聞一把小小手銃的用料就價值三頭豬，眼睛立刻瞪了溜圓，「那我的千夫長軍餉，大人是給銅錢還是……」

「就知道軍餉！沒錢，給你發交鈔，大元朝的交鈔！」徐洪三曲起手指來又敲，直到把對方敲得蹲在了地上，才朝朱八十一施禮道：「都督別聽這蠢貨的，有那麼多錢，咱們還不如多置辦些火藥做手雷呢！」

「唉！」朱八十一只能無奈地嘆氣。

經過上次實戰之後，手雷作為一種新式武器，算是徹底被徐州紅軍視作克敵制勝的法寶了，彷彿無論遇到任何敵人，幾百枚原始手雷扔過去，就能瞬間鎖定勝局一般。

然而他卻固執地相信，**火槍兵才是軍隊今後發展的唯一正確道路**。要不然在原本屬於朱大鵬的那部分記憶裡，怎麼只有機槍大炮，專業擲彈兵卻是曇花一現就徹底失去了蹤影呢？

「李參軍最近做了一種可以兩個人推著走的投彈機，能把二斤重的鐵雷投出三百步遠，臨陣時三十幾架投彈器一字排開，對方即便是一支鐵軍，也照樣炸得屍橫遍野！」見自家主將始終神情鬱鬱，徐洪三出言安慰。

「手雷扔得再遠，也不會比標槍遠，更比不上弓箭！」提到戰場上的武器運用，伊萬諾夫可是絲毫不懼任何人，聽徐洪三說得過於肯定，立刻出言反駁：

「一次兩次能占到便宜，等大夥都知道了你這邊有手雷，誰也不會傻傻地往前衝。先用強弩，床弩，把你的投彈器砸爛了。再用弓箭手騎在馬上，邊跑邊射箭，你的手雷根本沒機會往外扔，即便扔出去，也未必能炸得到正在奔跑的馬上目標！」

「不多嘴會死啊你！」徐洪三辯他不過，氣得抬起手來就要用拳頭說話。

伊萬諾夫被他給打怕了，抱著腦袋就往門外躲，邊躲邊大聲抗議道：「我只是都督一個人的奴隸，你沒權力打我。你不經都督許可，打我就是打都督大人。」

「行了，都別鬧了！」見二人越鬧越不知收斂，朱八十一皺了下眉頭，呵斥道。

徐洪三和伊萬諾夫兩個本意是想逗他開心，見招數失敗，只好快快地答應一聲，收了架勢走回來。

才走幾步，伊萬諾夫忽然又揚手拍了自己腦袋一下，大聲道：

「銅貴，可以用鐵的，或者用青銅。青銅比銅便宜，比銅結實，並且比鐵好融化！對，青銅！我在金帳汗國就看到過一種青銅製的手銃，樣子和都督手裡的這柄差不多！」

「青銅，那東西真的比銅結實？」朱八十一腦子裡對青銅沒任何概念，聽了伊萬諾夫的話，向徐洪三求證。

「肯定比銅結實！」徐洪三這回倒沒有跟伊萬諾夫抬槓，點點頭道：「便宜不便宜，屬下不太清楚，但青銅肯定比銅結實，我以前當轎夫時，看過好多大戶人家的馬車，車軸講究一點的都是套著青銅！」

「佛羅倫斯城邦給教堂造的大鐘，用的也是青銅！」伊萬諾夫不甘落後，又插了一句。

這句話打動了朱八十一，當即將銅手銃連同盒子一道抄起來夾在腋下，抬腿就往門外走，「走，跟我去將作坊，問問黃師傅，能不能仿照這把手銃，用青銅鑄一個放大版的出來！」

徐洪三對自家都督嘴裡總是往外蹦出一些新詞早就見怪不怪了。伊萬諾夫則是漢語剛剛入門，根本不知道「放大版」是什麼概念，同時答應一聲，快步跟在了朱八十一身後。

拜蘇先生在徐州城被紅巾軍攻破之夜，打著彌勒教的旗號保護了居住在騾馬巷周圍的大批鄉鄰之舉所賜，眼下整個徐州紅巾中，左軍的將作坊無論在規模還是技術水準上，都穩穩排在了第一位。

朱八十一上回來將作坊還是好幾個月前安排人研究如何在鐵棍上鑽孔的時候，這回帶著「新式武器」前來尋找「技術支援」，隔著老遠就被刺鼻的煤煙味道熏得直流眼淚。

只見被蘇先生專門開闢出來給工匠們當作坊的河灘上，有一座石塊壘就的偌大院落橫空出世。在院子上方和四周濃煙滾滾，火星亂冒，灰黑色的泥土像雪沫一樣，被早春的南風吹得四處飄揚，把周圍的麥苗、樹葉還有即將盛開的油菜花全都給染成了黑色。

徐洪三揉著被熏紅的眼睛抱怨道：「這天殺的黃老歪，也不把知道爐子分散開點，這麼大一片河灘呢，何必讓大夥都擠在一個院子裡！」

三人中唯一對煤煙味道絲毫不介意的，只有伊萬諾夫。只見他用力抽了一會兒鼻子，突然用很小的聲音向徐洪三詢問：「隊長大人，您的作坊裡是用泥炭來打鐵麼？」

「不用泥炭用什麼？」徐洪三被問得一愣，沒好氣地回道：「這徐州城外到處都是泥炭，特別是九里山那邊隨便刨個坑就能挖出泥炭來。不用泥炭打鐵，你讓大夥去山上砍樹麼？」

「不是，不是，我只是隨便問問，問問！」伊萬諾夫眼珠子滴溜溜轉了幾下，訕訕地走開。

然而不一會兒，他卻又轉過頭來追問道：「那打盔甲呢，像我身上穿的這種大葉子重甲，也是用錘子一片片敲出來的麼？」

「當然，不用錘子敲，還用腦門撞啊！廢話！」

徐洪三受不了這個什麼都問的好奇寶寶，又瞪了他一眼，用力揮手，「還有什麼不明白的，等會兒進了院子自己看，又沒有人把你眼睛蒙上，老問這問那的，你不嫌煩啊！」

不多時，三人來到大門口。負責警戒的士兵見是都督大人親自蒞臨，趕緊將大門推開，然後派人跑進去通知將作坊的頭領黃老歪出來迎接。

黃老歪滿頭大汗地跑了出來，黑乎乎的大手先朝自家衣服上抹了幾把，然後跪在地上一邊磕頭，一邊誠惶誠恐地說道：「下官無能，勞煩大人您親自跑到這種骯髒地方，小的該死！」

「死個屁！趕緊站起來！不是早就跟你說過麼，見了我不要行跪禮。我討厭這一套，你自己也不要老把自己當什麼官！」朱八十一教訓道。

「下官忘記了，死罪！」黃老歪聞聽，嚇得趕緊又要朝地上趴。

第三章

財務危機

余常林道：「眼下庫裡的錢糧只夠用十天的了，十天後，左軍將無一文銅錢可用，將士們恐怕也要餓肚子了！」

「什麼?!」朱八十一被嚇了一跳，道：

「怎麼會這樣？趙長史那邊又剋扣左軍的糧餉了麼？」

朱八十一是殺豬的屠戶出身，胳膊微微一用力就托住了對方，然後呵斥道：「站著，別跟沒長骨頭一樣。我這邊需要大匠師，不需要奴才！」

「唉，是，是！」黃老歪跪不下去了，只好用顫抖的聲音回應，同時目光不停地朝徐洪三臉上掃，希望後者提醒自己一下，這個「大匠師」是幾品幾級，跟自己目前的將作坊總管官職比起來，到底是升了還是降了？

徐洪三也是第一次聽到「大匠師」這個名詞，給不出他任何幫助，只好用眼神朝朱八十一腋下撇了撇，暗示出都督大人此行真正目的在什麼地方。

那黃老歪偷偷看了看，心裡便多少有了些底氣，猶豫了一下，道：「啟稟都督，最近作坊裡頭一直忙著打造鐵雷，所以鐵棍上鑽孔的事情就又耽擱了，到目前為止，只鑽出了三根。內壁正在用裝了鐵棍子的沙石兒磨光，估計再有十天左右，就能拿出第一根成品來！」

「知道了！」朱八十一對以鐵棍上鑽孔的方式製造槍管，基本上已經不抱什麼希望了，所以聽黃老歪說沒有完成，也不覺得太懊惱。點點頭問道：

「你會煉青銅麼？就是……」

他從腰間口袋裡將蘇先生給自己的大光明令拿了出來，順手遞給黃老歪，

「就是這種東西！」

這個時代做鐵匠的，怎麼可能不知道青銅？黃老歪雙手將大光明令接了過去，對著陽光仔細觀看。數息之後，又笑著還了回來：「都督是要仿製這面銅牌麼？還是要鑄鐘、鑄鼎或者鑄鏡子面、鎮宅錢之類的東西？」

「有區別麼？」朱八十一被問得滿頭霧水，反問道。

「當然！」提起煉銅打鐵，黃老歪身上的市儈感盡去，彎曲的脊背子在不知不覺間也挺了個筆直，「銅裡邊摻了鉛、錫等物，就都可以稱為青銅，但怎麼摻，摻多少卻大有學問。如果造鏡子的話，就要弄成白色，至少得摻一半兒的錫進去；要是鑄造鐘、鼎的話，就要摻一成半。這樣出來的青銅實際上是橙黃色的，看上去跟黃銅沒太大區別，並且遠比黃銅結實。要是造車軸套，則需要堅韌耐磨，四成錫半成鉛最好，要是……」

「要是鑄錢的話，就銅五鉛五，鑄出來又好看還結實，肯定一般人都看不出假來！」其他工匠也紛紛放下了手裡的活計圍了過來，七嘴八舌地幫腔。

在這個時代，做銅匠遠比做鐵匠賺錢，所以眾人對煉銅相關技術都倒背如流。

朱八十一聽了，趕緊將腋下的盒子取出來打開，將裡邊的銅手銃遞給了黃老歪，「如果讓你照葫蘆畫瓢鑄一把火銃，你要花多長時間才能鑄得出來？」

「這個……」

黃老歪接過手銃，仔仔細細反覆觀看。花了好長時間，才紅著臉低聲請罪，「啟稟都督，這個，小的做不了這麼精緻，這是大都城軍器監製造的，裡邊都是全國最頂尖的工匠，每隔幾十年就在全國的匠戶中挑選一次。小的學藝不精，沒有被選上！」

「噢！」朱八十一點點頭，倒不覺得有多失望。

跟蒙元朝廷的軍器監比起來，他這個將作坊只能算個鄉鎮企業。一個剛剛組建了不到半年的鄉鎮企業，肯定不可能與存在了幾十年的大國企比什麼技術。

想到這兒，他跟黃老歪商量，「如果要你做個大號的呢？不像這把一樣精緻，放大三倍吧，或者更大一些。也不追求好看，但是一定要結實，不能火藥稍微放多一點兒就炸膛。你找幾個人一起商量著做，只好能弄出來，我一定不會吝嗇賞錢！」

「這個，應該行吧！」黃老歪不敢打包票，猶豫著回應，「用青銅的話，肯定比黃銅更不容易炸膛，大不了將壁厚再增加一倍，外邊多套幾個銅箍！」

「煉銅的時候，裡邊加一點點鋅，不用太多，半成左右就行！」另一名被大夥喚做連老黑的年輕工匠湊上前道：「我以前給大戶人家做銅酒壺，加了鋅的就比不加鋅的結實，並且還比原來漂亮！」

「什麼都有你一嘴！幹活去！今天的甲葉子打出來了麼？」黃老歪橫了年輕工匠一眼，不高興地數落。

「還沒！」連老黑被嚇得一縮脖子，趕緊低著頭走開。

「算他一個吧！」朱八十一開口把人留了下來，「你一個人弄太耗費時間，這次我要得急，能多一個人參與就多一份力量。無論多少人參與，頭功都是你的，其他人你根據出力多少報上名姓，我到時候一併給予賞賜！」

「是，大人！」黃老歪雖然心裡非常不樂意，卻不敢違抗自家都督的命令，只好答應一聲，准許連老黑留在了身邊。

唯恐黃老歪再繼續一個人閉門造車，朱八十一想了想，又吩咐道：

「再多拉幾個人，把其他活計先放一放。按照不同的配方，多煉幾種銅水出來，然後都鑄成大號火銃，挨個裝上火藥實驗。最後哪個裝藥多，打得遠，並且不炸膛，就用哪個！」

這是二十一世紀很普通的科研方式，幾乎大街上隨便拉一個人都知道。但對黃老歪這種父子相傳的手藝人來說，卻無異於推開了一扇新世界的門，登時眼睛放出了灼灼精光，興奮地說：

「那行！就按都督說得辦！以後再弄別的東西，也按照都督這個法子。幾個攤子同時開工，誰弄得好弄得快，就用誰的法子！」

「我不管你在作坊內怎麼給他們派活，但一個月之內，我希望看到樣品！」朱八十一決定給黃老歪加一加壓，免得這傢伙又像上次做槍管一樣，遇到困難就開始撂挑子！

「這……」黃老歪猶豫再三，硬著頭皮道：「啟稟都督，不是小的不肯盡力，是最近活計實在太多。您上次戰場上繳獲的那種大葉子鑌鐵甲，蘇長史嫌不夠多，特意命令小的抓緊時間仿造一批出來，那鑌鐵葉子奇形怪狀，非常難打，一個師父帶倆徒弟忙活一整天都弄不出一片來！」

「那根本就不是用錘子敲出來的！」一直東瞅西看的伊萬諾夫突然插了句。

「不是用錘子敲出來的？那用什麼？」黃老歪大吃一驚，瞪著伊萬諾夫，好像要把後者生吞了一般。

伊萬諾夫自知說漏了嘴，趕緊將臉側到一旁，同時連連擺手，含糊道：「我也不清楚，反正肯定不是用手砸出來的。用手砸，一個月也做不出一套來。」

「伊萬，把你知道的全說出來！」朱八十一心知他隱瞞了什麼，命令道。

「是，大人！」伊萬諾夫不敢違抗，不情願地解釋道：「這種甲是用水錘敲出來的。水錘，你們知道麼？就是在河邊上修個水車，讓水車把大錘子帶起來，然後一下一下自己往下砸。每個錘子都至少能做到五百斤沉，把鐵塊燒紅了，套在模子裡塞進錘子，幾個呼吸時間就能砸出一片甲葉子來！」

「水錘是什麼樣，你畫個圖出來，讓他們對著造！」朱八十一發現自己真的撿到寶了，立刻用力拍了伊萬諾夫一把。

「我也是在佛羅倫斯城邦那邊看過幾眼，只能畫個大概！」伊萬諾夫看到徐洪三又把刀鞘舉在了手裡，趕緊連聲道：「可以畫，但是不保證畫出來的東西就是原樣！」

作為融合了兩個靈魂的人，朱八十一立刻明白此刻如何才能讓伊萬諾夫畫得更與原樣相符，他拋出了個大甜棗：

「兩枚金錠，半斤一枚的，大元朝的鎮庫金錠。只要能把水車和水錘做出來，甭管誰做出來的，其中一枚金錠都歸你，另外一枚給參與者平分！」

「我畫，我這就畫！」伊萬諾夫立刻高興得一蹦老高，「大人，我今天就留在這，跟他們一起做水錘。這邊正好臨著河，把上游的河道弄得窄一點，讓水流急一些，肯定能把水錘推動起來！」

「如果在其他地方，你還看到什麼好法子，也可以一併說出來，只要有用，我還是給你一錠黃金！」朱八十一繼續用金子利誘。

他記得在進入將作坊前，伊萬諾夫還問過一個關於煉鐵方面的問題，也是只開了個頭，就顧左右而言其他了。保不準這廝在別處看到了更好的方法，卻捨不得拿出來跟人分享，正捂在手裡等著日後賺大錢呢！

果然，行萬里路如讀萬卷書，老兵痞這輩子到處流浪，見識淵博程度遠遠超過了足不出戶的工匠們。聽朱八十一說還有更多金子可拿，立刻裂開長滿了黃牙的大嘴巴，傻笑著道：

「當然有，當然有。那個煉鐵不能直接用泥炭，你們大元朝都城那邊早就用焦炭了，就是像煉木炭那樣起一座窯，把泥炭堆在裡邊慢慢燒。然後悶上個七八天，灌水澆滅了，就能扒出大量焦炭來。用這東西煉鐵，火又硬，煉出來的鐵又結實，比用木炭強太多了！」

「你個老東西！」朱八十一輕輕拍了一下伊萬諾夫的後腦勺，笑著數落道：「簡直掉錢眼兒裡去了，抱著幾大錠金子，也不怕睡不著覺？行了，金子你隨時去找蘇先生，就是今天你領鎧甲的那地方領，從今天起，你就給我留在這裡教大夥造水錘，燒焦炭！什麼時候把這兩樣東西弄出來了，什麼時候再去找我！」

說罷，又想到這個時代資訊不暢，有很多有用的技術，徐州這邊的工匠不一定知道，也不一定能掌握，便將目光轉向徐洪三，命令道：

「你一會兒去找蘇先生，讓他以我的名義給左軍下一道命令，無論誰知道有關打鐵、造炮和造兵器的新辦法，都可以到將作坊這邊來找黃師父彙報。只要他彙報的東西，黃師傅這邊能用得上，我就根據用途大小給他賞錢。用途越大賞金越高，最少一吊銅錢，上不封頂！」

「是！」非但徐洪三回答得非常大聲，其他鐵匠師父們眼睛也亮了起來。

幹匠戶的，父傳子，子傳孫，一代代傳下來，誰家沒點兒壓箱子底的絕活？以前大夥都跟黃老歪一樣，怕祖傳秘笈被人偷學了去，幹活的時候總要留一手。現在都督大人許下了重賞，自己家裡的那些絕活是繼續留著傳給兒子，還是拿出來換現錢，就值得重新考慮一番了。

抱著類似想法，很多工匠開始七嘴八舌給黃老歪出工藝改進方面的主意。還有一些肚子裡沒絕活的，則將全部精神都集中在青銅火銃的製造上，期待自己造出來的東西能在最後的選擇中勝出，得到都督大人的青睞與獎賞。

即便如此，等第一批青銅火銃趕製出來，時間也過去了整整半個月。第一架原始水錘也用了差不多半個月的時間才架在了小河邊，只待上游的河道收緊工作完成之後，就可以開始試車了。

朱八十一聞訊，喜出望外，立刻先命令蘇先生拿出一筆錢，重賞了參與製造火銃和水錘的所有工匠，然後和工匠們一起抱著銅火銃走到野外僻靜處，開始挨個填裝火藥，實驗新火銃的威力和結實程度。

因為採用了不同配方的青銅，放大了不同倍數的火銃，並排固定在事先搭好的土牆上，被陽光一照，立刻五彩紛呈。然而朱八十一卻沒心思欣賞這種金屬之美，待眾人都退到安全距離之後，立刻下令點火。

耳畔只聽「轟！」「轟！」「轟！」「轟！」數聲，固定火銃的土牆被炸得煙塵滾滾，與此同時，架設在五十步外的木頭靶子也被彈丸砸得碎屑亂飛，再也看不出原來模樣。

「趕緊過去瞅瞅，還有幾桿沒炸膛！」

不待硝煙散盡，朱八十一第一個衝了過去，將土牆旁的火銃挨個撿起來看。只見七門火銃裡，有兩門炸了膛，兩門裂了縫隙，已經徹底宣告退出了競爭。另外三門，看上去一個比一個笨重的，則都完好無損，只是其中有一門火銃壁燙得厲害，手指頭摸上去就立刻冒起了一股青煙。

這時候，誰也顧不上手疼，趕緊用濕布子將火銃壁擦冷了，然後加大火藥量再試。

第二輪和第三輪齊射，三門火銃依舊都堅持了下來，難分高下。

待到第四輪，火藥量加到三兩半重的時候，那門最燙手的火銃，終於被從內部撕開了一條口子，再也無法參與後續實驗了。

剩下的兩門火銃，長度都差不多達到了七尺，口徑則差不多是原來的三倍半，從一寸半達到了四寸半，壁厚也高達四寸。按照另一個時空的標準，也就是十釐米上下，已經不能算做火銃，相當於一門小型青銅火炮了。

不過，這兩門原始的青銅火炮有效射程可是比大夥幾個月前看到的盞口銃強出了好幾倍。能將黃老歪特意為這兩門火銃製造的大號鉛彈丸打出三百步遠，並且還能在地面上砸出一個不大不小深坑來。如果砸在人身上，即便穿著羅剎人那種大片荷葉甲，恐怕也要腸穿肚爛，當場一命嗚呼。

欣喜之餘，朱八十一命令大夥換上給幾門小型火銃準備的彈丸再試驗。

兩門銅炮則每次可以發射二十四五粒彈丸，將一百步左右的門板打得全是麻子點。五十步距離可破皮甲，如果到了二十步以內，則鐵甲也能一炮轟成篩子，神仙也擋不住了。

工匠門看到結果，都興奮得大聲歡呼。

特地趕過來湊熱鬧的蘇先生和于常林等人也又驚又喜，齊齊彎下腰去恭賀都督大人又造出兩件克敵神器。

朱八十一心中十分高興，先命蘇先生拿出錢來，重賞了堅持到最後的兩門「火銃」的製造者：黃老歪和連老黑。然後指著其中看起來稍微秀氣的一門說道：「這門材料不用變，再縮小點，口徑弄到兩寸以下。彈丸和口徑差不多大，裝藥量從五錢開始一點點試，試到炸膛為止，看最後能做出什麼東西來！」

連老黑聞聽，趕緊答應一聲，抱著自己製造的寶貝火銃和賞金，撒腿跑回作坊裡幹活去了。

朱八十一蹲下身，用樹枝在地上畫了個後世步槍的大致模樣，指點給作坊總管黃老歪，「他那門火銃如果能按照我的要求造出來，你就找了木頭，按照這個樣子將火銃嵌在木頭上。至於你這桿火銃……」

他看了看那火銃壁的厚度，無奈地接受現實，一邊在地上畫，一邊吩咐，「乾脆再放大一倍，口徑、管長和壁厚都等比例放大，然後做個架子和輪子，把它放在上面推著走。如果能成功的話，就乾脆叫火炮得了！記住千萬別弄得太重，太重就只能用來守城了！」

「唉，都督您放心，這一次，我十天之內肯定能讓您看到火炮的樣品！」黃老歪一拍胸脯，信心十足地說道。

「慢慢弄，別傷到人，時間稍微長一點兒也不打緊！」朱八十一已經基本上能接受這個時代比牛車還慢的生活節奏，笑著叮囑。

「是！都督您等著聽好消息吧！」黃老歪又是一拍胸脯，與眾徒弟抬著自己的特大號火銃和賞金，也興高采烈地回去繼續研究了。

「雖然弄出了兩支四不像來，畢竟已經看到曙光，證明我這條路走得通。」朱八十一在心裡安慰著自己，走到河邊，看見正在試轉的水錘，心中最後一絲遺憾也瞬間飛得無影無蹤。

這東西其實算不上什麼新鮮玩意，前半部分水車，自古中原地區就開始使用，黃河以南尤為常見。大元朝前一段時間興修水利，也打造了不少水車用來排淤，所以將作坊裡的很多老工匠都看到過原物。大夥把自己所瞭解到的東西都拿出來一綜合，再根據伊萬諾夫畫的水錘草圖拼湊幾下，便非常輕鬆地給做了出來。

至於鍛錘拉起下落的機關，更是一層窗戶紙，無非是槓桿、配重和錘頭之間的協調配合而已。對於剛剛幫李司倉製造完回回炮的工匠們來說，根本沒有任何難度。把裝配重的沙鬥換成水桶，把炮彈發射鬥換成特大號鐵錘，然後將水車從河裡拉上來的水，反覆注入水桶就成。每當槓桿一側的超大號水桶注滿，就將槓桿壓了下去，將另外一側的鐵錘拉了起來。

當鐵錘拉到一定高度後，觸動機關，將水桶裡的水瞬間放空，在槓桿效應的作用下，五百多斤的錘頭迅速砸落，砸在燒紅的鐵塊，紅星四濺，三兩下就徹底砸成了板子狀。

「這水車能跟齒輪配合起來帶動鑽頭麼？」

見工匠們既然原本就懂如何用齒輪傳動，朱八十一心中的造槍之火再度被熊熊點燃，指著正準備開始運行水車，低聲向工匠們詢問。

「能！」工匠們眼睛亮了亮，七嘴八舌地回應，「這裡放一個豎輪，這裡放一個臥輪，然後再用一個臥輪帶動皮弦。讓水車取代金剛鑽的弓子，拉著鑽桿的後端來回轉動，肯定比用手轉得快。還出力均勻。都督，您果然是彌勒佛上過身的，什麼都懂。這麼簡單的招數，我們好幾輩子都沒想出來！」

「彌勒上身的話不要再提！」朱八十一皺了下眉頭，用力擺手，「我也是從別處看過才順手抄來的，與神神鬼鬼沒半點兒關係！」

作為一個融合了二十一世紀靈魂的人，他最不喜歡做的事情就是裝神弄鬼。然而越是這樣，大夥反倒越覺得他來歷不俗，每當看到他做出一點兒新鮮的事情來，就理所當然地往彌勒佛身上套。

這回也是一樣，眾工匠們聽了他的話，立刻互相看了看，齊聲答應，「是，都督說不提，小的們就不提！今後若是有人問起，小的們就說是自己琢磨出來的，絕不敢讓此物跟都督產生任何關聯！」

「呼——！」朱八十一鬱悶地長長吐氣，卻拿這些人無可奈何，只好盡力把大夥的注意力朝鑽頭上引。

他撿了根草棍畫個圖，道：「鑽孔的時候，鐵棍本身也不要專人扶著，時間長了，人手肯定會動，手一動，孔肯定就跟著歪了。你們在鑽頭底下做個帶窟窿的木頭凳子，把鐵棍插進窟窿裡，然後再用木條從四面夾緊，用釘子把木條釘牢。最後再拿鑽頭從上往下鑽，多試幾次，肯定能在鐵棍上鑽出個筆直的孔來！」

「能，都督這個法子，肯定能！」眾工匠們頻頻點頭，對佛子大人冒死向人間洩漏「天機」的行為感動得熱淚盈眶。

朱八十一只覺得肚子裡僅有的存貨已經倒得差不多了，便吩咐道：

「那你們就在河邊多造幾輛水車，帶著水錘和鑽床一起弄。要是能鑽出鐵管的話，試試鐵管內部磨光的活能不能也用水車來推動。無論如何，半個月之內，我希望能弄出第一根成品來！」

「是！都督大人，您老放心，五天之內，小的們就能讓您看到第一根鐵管！」

眾工匠都是老手藝人了，豈會被剩下的一點兒細節問題難倒！立刻齊齊躬身，信誓旦旦地保證提前完成任務。

距離自己的火槍夢又近了一步，朱八十一心情非常愉快。朝眾人揮了揮手，帶領親兵，回府等候喜訊去了。

第二天一大早起來，剛想再去作坊看看水錘和鑽床的運行情況，親兵隊長徐洪三卻進來彙報，說蘇長史和于司倉前來求見。

「直接把他們兩個帶進來吧！都跟你說過多少次了，蘇長史想見我隨時都可以來，不用事先通稟！」朱八十一瞪了徐洪三一眼，很不高興地重申。

「是！」徐洪三委屈地答應，快步跑出去領人了。

朱八十一見狀，立刻明白了恐怕是蘇先生自己執意要求徐洪三先進來通稟的，無奈地笑了笑，親自走到門口相迎。

蘇先生雖然曾經算計過他，但當時只是為了保命。後來卻鞍前馬後替他效勞，用「忠心耿耿」四個字來形容也不為過。特別是在徐州城外的那場惡戰當中，老騙子居然一改先前膽小怕死的毛病，拎著桿長矛緊緊地跟在了他身後，從始至終也沒說一個「退」字。

這讓他在感動之餘，心中自然而然地就生出了許多敬意來，是以不再處處提防戒備，把蘇長史真正當成了一個自己人看待。

而蘇長史也知道除了朱八十一之外，這輩子不會再有任何人會對他如此推心置腹，所以更加鞠躬盡瘁，暗暗發誓寧願拼著粉身碎骨，也定要輔佐自家主公成就一番王霸之業！

不過今天，蘇先生顯然是帶著一肚子怨氣兒來的，一見了朱八十一的面，連禮都沒施，就彎下腰，雙手將一個帳本舉了到頭頂，同時說道：

「卑職才疏學淺，不敢再尸位素餐了。左軍長史一職，還勞煩都督另請高明！」

「這是哪裡話來！」朱八十一聞聽，立刻知道老傢伙在撂挑子。趕緊雙手托住蘇長史的胳膊，「來，您老別著急，有什麼事情坐下慢慢說，如果我有什麼做得不合適的地方，你就當面指出來，咱們都是同生共死過的……」

從朱八十一嘴裡聽到「同生共死」四個字，蘇先生的眼睛立刻就紅了，執拗地向後退了半步，甩開對方的攙扶，哽咽著說道：

「都督知遇之恩，蘇某這輩子即便死上十次都是報不完的，但左軍六千餘將士的性命，卻全著落在這個薄薄的帳本上。所以，蘇某不敢再尸位素餐，請大人另覓高明！蘇某以後就做個親兵，替大人牽馬墜蹬算了！」

「胡說！」見老傢伙委屈成如此模樣，朱八十一又是好氣，上前一把搶過帳本，隨手朝司倉于常林懷裡一丟，然後雙手扯住蘇先生，直接將此人扔進了自己常坐的椅子裡。

「坐好，有事兒說事兒，再拿辭職要脅本都督，本都督就抄你的家，滅你的族！」

「呃！」蘇先生被嚇了一哆嗦，立刻哭不出來了。

朱八十一又瞪了他一眼，大聲命令：「趕緊說，到底怎麼了？別跟我繞彎子，有那功夫跟你打啞謎，我還不如去校場跑幾圈呢！」

「卑職，卑職……」蘇先生一張嘴，未語淚先流。

站在旁邊始終沒說話的余常林見狀，只好向朱八十一施了禮，稟告道：「都督大人勿怪，長史的舉動失禮了些，但也是為了替左軍長遠打算。眼下庫裡的錢糧只夠用十天的了，十天之後，左軍將無一文銅錢可用，將士們恐怕也要餓肚子了！」

「什麼？」朱八十一被嚇了一跳，顧不上再去安慰蘇先生了，瞪圓了眼睛問道：「怎麼會這樣？趙長史那邊又剋扣左軍的糧餉了麼？」

「趙長史那邊倒是沒有再剋扣過咱們左軍！」于常林搖搖頭，如實彙報，「但是都督大人最近一段時間，又是給工匠發犒賞，又是拿銅料做管子，還花錢從其他人手藝人那裡買各種不傳之密，並且所定價格之高前所未聞，故而左軍的倉庫就……」

「那才幾個錢！並且我又沒讓他們動糧食！」

不待于常林說完，朱八十一大聲打斷。最近花錢是狠了點兒，但也不至於狠到那種地步，居然把左軍的公款花了底掉！

「大人您的確沒有讓任何人動糧食！」于常林也不著急，慢條斯理地跟朱八十一算起了細帳，「但趙長史那邊劃撥的軍糧，是按每個戰兵每天兩乾、輔兵一乾一稀算的，偶爾能多出幾石來也屈指可數。但咱們左軍，從上到下包括不用上戰場的輔兵在內，可都是每天兩乾一稀，並且可以敞開肚皮吃，如此，日常糧食消耗就憑空多出了五成！

「以前手裡有餘錢，還能向商販手裡買一些，最近倉庫裡的餘錢已經只剩下不到兩百貫，而眼下正值青黃不接之時，糧價飆升數倍，兩百貫銅錢所能買到的糧食，分到六千將士頭上，每人連半斤都不到，一頓飯也就完了！」

「要這麼多？那上次李總管發給左軍的賞錢，除了分下去的，應該還剩一些吧？」朱八十一聽得額頭一陣陣發麻。

「上次李總管頒給左軍的犒賞，按照都督的命令，給戰死的弟兄家裡每家發了五貫燒埋錢，給重傷致殘的弟兄每人發了四貫，剩下只要活下來的，都是每人三貫，再加上這段時間打造手雷的開銷，修理鎧甲的開銷和為將士們打造兵器的開銷……」

于常林一邊說，一邊一行一行指給朱八十一看。

「行了！」

無論是二十一世紀的宅男朱大鵬，還是十四世紀的殺豬漢朱老蔫兒，對帳本都沒什麼興趣，只草草掃了一眼，便覺得頭昏腦脹，嘆了口氣道：

「沒了就沒了吧！老蘇，你去我府裡頭看看，還有什麼古玩字畫能拿出來賣的，就都拿出來賣掉算了，那東西又不能吃又不都能穿……」

「徐州這一帶的字畫行情都快讓您給砸到底了！」蘇先生立刻像裝了彈簧般，從椅子上跳起來大聲抗議，「再好的古玩字畫，像您這樣敞開了賣，也賣不上價錢啊。況且怕蒙古人打過來屠城，徐州一帶的富戶都搶著往別處搬家，哪還有心情再買什麼古玩字畫收藏！」

「那就找幾名可靠的弟兄，帶到其他地方試試。總不會到處都在打仗吧？」

朱八十無奈地撓了下腦袋，悻然道：「要不然，你看看我名下的地，上次李大總管不是給我分了一萬多畝麼？你們到牙行掛個號，看有人買沒有？」

無論是芝麻李還是趙君用，對收集土地都有非常強烈的癖好，而在城破當日，徐州城最大的那批地主和牧場主，蒙古達魯花赤和一眾漢官們被格殺殆盡，這些傢伙多年來所搶佔的田產，也就全都落在了紅巾軍手中。

芝麻李不忍心讓這麼多田地都拋了荒，在開春之後，就乾脆按照職位高低，給每名千夫長以上的將領分了一大塊。而朱八十一又因為兩次戰鬥中都居功至偉，所以一個人名下累計就高達兩萬多畝，把分給左軍的所有高麗俘虜全押去種地都種不過來！

按朱八十一自己的想法，這些土地與其種不過來在自己手裡荒著，還不如賣給別人。

誰料他的話剛一冒頭，就立刻被蘇先生給打了回去，「徐州城外荒地有得是，大總管給流民們只定了兩成的賦，誰開出了算誰的，眼下大夥開荒還開不完呢，誰會花錢買地！況且這時候買地，等朝廷的兵馬打過來怎麼辦？那幫蒙古朝廷的官老爺，誰會認咱們紅巾軍治下做的交易?!」

古玩字畫賣不上價錢，地沒人買，這左軍大都督的日子也太難過了！

芝麻李和彭大等人都是農民出身，非常清楚這個時代底層老百姓最痛恨的是什麼。因此把田賦直接降到了兩成，並且貼出榜文來公開鼓勵開荒，只要每個男丁所開墾的荒田不超過一百畝，按畝產兩成繳納田賦給義軍，徐州大總管府就承認他對這片土地的擁有權，可以買賣，也可以自行留給子孫。

因此開春之後，徐州周邊已經湧起了一股開荒種地的熱潮，幾乎所有流民，只要還拿得動鋤頭的，都下地開起了荒。各支部隊裡的輔兵，忙完了訓練和公田裡的事情，也都在月光下揮汗如雨。

如此一來，原本就賣不上價錢的田產，價格愈發一路走低，相對的，佃戶們的身價卻因為大量新增耕地的出現而扶搖直上。

老百姓的日子好過了，朱八十一這個義軍中的新貴卻犯了愁，手裡大片土地賣不出去，種又種不過來。而左軍這邊還在等米下鍋……直急得兩眼冒火，狠狠拍了下桌案，抱怨道：

「這不成，那也不成，那你們兩個說怎麼辦？左軍這麼大的家業，總不能事事光讓我一個人拿主意吧！」

蘇先生聞聽，就立刻又要跪下去辭職。朱八十一氣得一把拎起了他，沒好氣地咆哮著：「別拿辭職的話說事兒！你這輩子，生是我的人，死是我的鬼！」

咆哮完了，又覺得此話頗有語病，便放緩了語氣，好言道：

「我知道我最近花錢的確狠了些，也沒跟你商量，但我也是為了咱們這些人的將來。上次的戰鬥你也參加了，知道蒙元的將士是什麼樣子，若不是在最後關頭咱們偷襲得手，這徐州城上下早就被給屠成一片白地了！有誰還能活到今天?!所以在軍械上面，該花的錢無論如何都不能省！否則咱們兵不如人家精，糧不如人家足，眼下又沒什麼絕世名將帶著，再不趕緊弄出一兩件保命的利器來，不是純等著挨剮麼！」

蘇先生心裡其實也知道朱八十一如此大把大把的花錢，是為了再弄出幾件像手雷那般可以扭轉乾坤的利器，以備不時之需。他之所以鬧著撂挑子，主要是因為對方花錢的時候沒跟自己做任何商量，心裡頭覺得失落。

此刻聽朱八十一說得坦誠，便嘆了口氣，回道：「話雖然是這個道理，但是都督也應該量入而出，否則，沒等您的神兵利器弄出來，左軍先斷了糧。兵都餓跑了，縱然有了利器，您又拿給誰用?!」

「我不是最近沒注意麼，」朱八十一訕訕地笑了笑，主動承認錯誤，「以後我會注意一些。那個，府裡的古玩字畫真的賣不出去了麼？」

「眼下行情太差，肯定賣不上價錢！」見自家主公如此從善如流，蘇先生無奈地說：「我先讓人帶上幅字畫去揚州那邊看看，如果有行情的話，也許還能救幾天急，不過……」

他看了眼朱八十一的表情，繼續道：「這終不是長遠之計，要想繼續讓弟兄們每天都能吃上兩乾一稀，都督最好再想想別的弄錢路子。」

「有什麼路子，你們兩個如果能想到，不妨說出來聽聽！」朱八十一知道對方是為了自己著想，點點頭，虛心請教。

蘇先生把目光轉向了于常林，示意後者代為回答。

于常林立刻領會了他的暗示，想了想道：「既然都督有問，屬下就自不量力地替都督謀劃一番，其實**要弄錢，不外乎兩個手段，一是開源，二是節流！**」

「節流就算了，你先說說如何開源！」

朱八十一這輩子自己知道挨餓的滋味，所以無論如何都不肯從弟兄們的口糧上省，示意于常林先說第一項。

于常林繼續說道：「開源有幾種方式，其中最為穩健的，就是屯田，但正因為穩健，所以見效也慢，沒有個三年五載，很難做到自給自足！」

「那就算了！徐州正卡在運河上，隨時都能切斷北去的糧食物資供應，無論李總管會不會那樣做，蒙元朝廷都絕對無法容忍將糧道置於他的嘴巴邊上。我估計，朝廷的兵馬很快就會再打過來，這田，咱們屯了也是白屯！」朱八十一想了想，斷然否決了這個方案。

于常林原本也沒打算向朱八十一兜售屯田養軍之策，見朱八十一對此不感興趣，立刻換到第二個方案。

「這第二麼，無非就是從治下富戶身上做文章，想辦法讓他們出錢給都督養兵，同時給他們一定好處。這個辦法的優勢在於，可以把治下鄉紳與我軍連結在一起，共同進退；缺點則是，吃人嘴短，今後難免會受制於他們！」

「算了，徐州城富戶總計才剩下幾家，就是把財產全捐出來，也不夠咱們左軍自己吃上一年的！」朱八十一沒等聽對方把話說完，就知道此路不通，搖了搖頭，否決了。

「那就只有第三條了！」于常林偷偷看了一眼蘇先生，然後聲音稍稍提高，「向李總管請一支將令，早點兒打出去，因糧於敵！」

「**因糧於敵**？」朱八十一微微一愣。

蘇先生早有準備，立刻接過話頭，「都督沒聽人說過麼，要想發財，最快莫過於明火執仗，第二才是當官。都督如今做紅巾軍的官，去搶蒙元那邊的錢糧最是天經地義不過，何必整天蹲在家裡，眼巴巴地看著大總管分下來的那點？」

「搶？對啊，我怎沒想到！但是搶誰啊，咱們總得先找個目標吧！」朱八十一又愣了，忍不住啞然失笑。

是啊，自己現在是義軍了，手裡有刀有槍，居然還想著賣房子賣地來養兵！沒錢，出去搶就是了，即便打不下幾座城市來，堵住門口，要城裡的北元官吏交「保安」費，他們敢不給麼？

「北邊，單父、曹州！」于常林肅立拱手，分析道：「那一帶乃黃河舊道所在，溪流縱橫，沃野千里，而這些田產，要麼屬於單父和曹州兩地的蒙古達魯花赤，要麼屬於當地的幾個豪強，跟老百姓沒半點兒關係。城裡那些漢官，平素又只知道敲骨吸髓地盤剝，根本不懂得如何安撫人心，這簡直是敞開了大門，就等著都督去收拾他們！」

「你們倆建議我帶兵去打單州？」

朱八十一已經是第三次發愣了，狐疑地看著蘇先生和于常林，不知道二人的葫蘆裡到底賣的是什麼藥？

顯然二人是先商量好了說辭，然後才連袂而來的。

據自己最近一段時間拼命惡補的地理知識，單州和曹州也的確像二人說的那樣，座落於黃河故道旁，灌溉便利，沃野千里。

但是那兩座州城眼下都位於新修好的黃河之北啊，而芝麻李和趙君用等人給徐州軍自身制定的發展方向卻是向南，短時間內依托黃河天險穩住北方，同時向西、向南大步擴張，攻打宿州、蒙城，爭取早日與劉福通所部的紅巾軍主力會合。

「正是！單、曹二州乃天賜將軍之物，不取實非智舉！」于常林根本沒看到朱八十一臉上的表情，侃侃而談。

他和蘇明哲、李慕白和趙君用這幾個人一樣，以前也是因為找不到豪門推薦，無法參加蒙元王朝的科舉，所以才半生落魄，故而心裡嶄露頭角的願望非常強烈，稍有機會，便想牢牢抓住，絲毫不感覺自己這樣做是否太急切了些！

「兀刺不花去年冬天剛屠了沛縣，而單州和曹州距離沛縣不過是百十路程，即便是兩地的富戶，也少不了有親戚住在沛縣，被兀刺不花一股腦全給殺了，因此兩地民心早就不在蒙元朝廷那邊，將軍此刻帶兵過去，弔民伐罪，百姓必將贏糧而景從！」

「唔！」朱八十一沉吟著。

單州和曹州都沒有私下向芝麻李交錢買平安，自己帶兵過去打也就打了，以左軍現在的士氣，再加上新式火藥之威，駐紮在當地的北元官兵未必能擋得住大夥傾力一擊。

問題是，蘇先生和于司倉兩個的建議，怎麼聽怎麼都帶著一股陰謀味道。當然不是針對自己，徐州城外一戰之後，不客氣的說，左軍上下再也沒人能挑戰自己的位置，以二人平素的表現，也不是什麼利令智昏之輩。

這個陰謀明顯是針對芝麻李、趙君用和整個徐州紅巾的，一旦自己聽從他們兩個提議，把左軍拉到黃河以北去。恐怕下一步，二人就會建議左軍自立門戶了！

宅男只是宅在家裡懶得參加社交活動，卻不是傻。相反，二十一世紀的大部分宅男的智商都頗高。朱八十一融合了兩個靈魂，智力當然不會變成負數。

他笑了笑，搖著頭道：「真的要去搶一把的話，我帶上戰兵去就行了，諒那兩個彈丸小城也不敢讓我空著手回來！沒必要把大隊人馬都拉過去打，還是算了吧。那地方畢竟是黃河以北，萬一徐州這邊遇到戰事，左軍未必能及時趕回來！」

「哎呀我的都督！你怎麼想不開呢？」

蘇先生一著急，立刻就顧不上裝委屈了，扯住朱八十一的衣袖，用力搖晃，「咱們這支紅巾軍的根基在徐州，大總管卻聽了趙某人的話，要南下去打什麼宿州和蒙城，萬一宿州沒打下來，又讓韃子把老窩給抄了，大夥就徹底變成了一股流寇，蒙元朝廷不用派兵，只要守住城門不讓咱們進。等盛夏一到，咱們要麼是活活曬死在外邊，要麼是活活餓死在外邊。」

「如果您帶兵把單州給占了呢，」他用力喘了幾口氣，繼續說：「就相當於在蒙元朝廷的進兵之路上打了一根釘子，他們敢打徐州，咱們從沛縣繞過去抄他的後路；他如果從汴梁那邊攻打潁州紅巾軍大營，咱們就可以從西邊繞過去威逼汴梁。**一粒子下去，滿盤棋都活了**，到時候您想怎麼打就怎麼打，還不用天天看那趙君用臉色，豈不是一舉數得！」

「嗯——」朱八十一眉頭緊皺，沉吟思索著。

徐州紅巾向西南發展的戰略是否正確，他不能肯定，但能不再看趙君用的臉色，對他來說的確是一個誘惑。畢竟生活在二十一世紀的朱大鵬就是因為不喜歡看老闆臉色，才蹲在家裡做起了宅男；而十四世紀的朱老蔫，雖然生活折磨得麻木不仁，骨子裡卻一樣藏著年輕人特有的不馴！

「屬下知道提督放不下李總管的相待之恩，屬下也不是勸您脫離徐州紅巾自立門戶！」

見朱八十一被自己說得有些心動，蘇先生狠狠吸了一口氣，趁熱打鐵地道：

「但是都督您想想，是繼續留在這裡能幫到李總管多，還是到黃河對岸再打出一片天地來能幫到李總管多？您留在這裡，事事都受趙君用掣肘，即便有再大的本事也施展不得，包括上次造的火藥和手雷，如果不是在大戰中力挽狂瀾，整個徐州軍上下有誰會拿那東西當個寶！」

「是啊，都督，中生留內而亡，重耳在外而安，趙長史心胸狹窄，您留在徐州，早晚會被他所害，還不如打過黃河去，殺出一片屬於自己天地來！到那時，您想造什麼利器就造什麼利器，想怎麼練兵就怎麼練兵，完全按照您的意圖來！何必困在這裡，處處受制於人?!卑職言盡於此，請都督大人三思！」于常林再度躬下身體。

「卑職言盡於此，請都督大人三思！」蘇先生也退開半步，以屬下之禮請求朱八十一接納自己的諫言。

「這——」一時間，朱八十一好生委決不下。

第四章

銷售訣竅

朱八十一把銷售的概念全都給倒了出來：
「客戶上門呢，千萬不要催著他們買，
不要輕易和他們討價還價，要擺出一副愛買不買，
過了這個村就沒這個店的態度來！
要讓他不斷看到誘惑，不斷追加投入。」

說不動心，那連自己都騙不了。趙君用跟他的關係雖然沒有勢同水火，但隨著徐州軍的不斷發展壯大，二人在做事風格和思維理念上的不斷衝突，早晚會有碰撞出火花的那一天。

而下一次，恐怕就不是唇槍舌劍那麼簡單了，真的發展成武力衝突，即便自己能全身而退，徐州軍也必然會面臨一場大的分裂，弄不好，土崩瓦解也有可能。

但就這樣轉身而去的話，他又覺得自己特別對不起芝麻李。

畢竟從第一次見面時起，芝麻李就很清楚自己根本不是什麼彌勒佛在人間的肉身，但是依舊對自己信任有加，並且極力把自己拉入了徐州紅巾的決策圈之內，無論在官職、薪俸還是麾下士卒配備方面，都未曾有過半點兒虧欠。

正猶豫間，就聽見蘇先生嘆了口氣，道：

「最近幾日，都督從臭水溝裡撿回來的那個伊萬，一直在跟屬下念叨說紅巾軍的編伍過於粗疏，需要如何如何改進之類，想必都督把他留在身邊，並且授與了參贊軍務之權，打的也是借『他山之石』來攻玉的主意。然而都督卻始終心存顧忌，不敢放手施為！

「您是不想給趙君用借機生事藉口，屬下也能明白您的苦衷，可咱們左軍上下如今卻有近六千弟兄啊！為了不給趙君用生事的藉口，您就什麼都畏首畏腳，等哪天蒙元朝廷的大兵打過來，萬一戰事不利，不等於是您將這六千弟兄全都送到朝廷的刀口下了麼！」

「行了，別說了！」朱八十一突然大怒，鐵青著臉打斷道：「你們兩個的意思我明白，但現在時間不對。先放一放，待時間合適了，我自然會做出決定！」

說完，也不想再聽二人任何勸諫，出了門，直奔河邊將作坊而去。

左軍司倉于常林看了，將目光轉向蘇先生，非常失望地說道：「如此優柔寡斷，如何能成得了大事！哲公，你我恐怕要空歡喜一場了！」

誰料那蘇先生雖然自己總是在朱八十面前撒瘋賣潑，卻容不得其他人說自家東主半點錯處?!。立刻豎起眼睛，厲聲反駁道：

「你一個連大門都沒出過幾次的書呆子，知道什麼是成大事者模樣?!**英雄未必都無情**！如果就因為你我今天幾句話便說得他立刻領兵北去，那才真是禍事來了！」

「呃！」于常林被他噎得一口氣喘不上來，差點當場昏過去。

蘇先生卻毫無同情，拍了拍衣袖，一邊向外走，一邊道：

「這世道已經亂了，他今天要是能對芝麻李翻臉無情，將來對你我就會有情有義麼？那樣的話，你我就是輔佐他成就了王霸之業，自己到最後不過也是子胥、文種一樣的下場。還有什麼忙活頭！沒事別傻站著，趕緊帶些弟兄去武庫，點兩千顆兩斤半重的鐵雷出來，裝了車給後軍那邊送去！我已經跟後軍的韓長史說好了價錢，每顆手雷換三斗米，你到時候在旁邊盯著，別讓他們用小斗給糊弄了！」

「原來您老早就有辦法弄到糧食！」于常林被氣得直翻白眼，卻不得不肅立拱手，「遵命！」

「你當我天天又幫這個弄火藥，又幫那個弄投石機，是白忙活麼！」

蘇先生又甩了兩下長袍衣袖，倒背著手，施施然朝門外踱去，「既然是用投石機扔，當然是威力最大的鐵雷才好，眼下這徐州城大半數鐵匠都在左軍的作坊裡，嗯，他們想要造鐵雷，哪有從老子這裡買的方便?!」

「你個老不死的老狐狸！」

于常林是哭也不得，笑也不得，又在屋子裡發了好半天傻，才在親兵們充滿狐疑的目光中，灰頭土臉地拿鐵雷換糧食去了。

兩千顆鐵雷，數量聽起來不多，裝到車上卻是整整五大車。運到了彭大的後軍再換成糧食，規模愈發可觀，足足花了三個時辰，于常林才指揮著輔兵們將它運回來，小心翼翼地入了庫。

午飯時間已經過了，他卻不覺得十分餓，隨便灌了幾口茶湯，就拿著當日的入庫明細，去找蘇長史去做相關交割。

到了目的地，要找的人卻不在屋子裡。問過院子內當值的親兵，才知道老狐狸上午就沒回來，追著大都督的腳步一起去河邊看工匠們打鐵去了。

「好端端的一個都督，一個長史，既不整軍習武，也不探討兵書戰策，卻一個接一個朝鐵匠堆裡鑽，這成何體統！」

上午被蘇長史給拉去當槍頭使的氣還沒有消，此刻又聽聞對方不務正業，于常林立刻覺得前途一片黑暗，抬起腳就朝河畔追了過去。

還沒走到將作坊的院門口，遠遠地，就看見黑壓壓一大堆人圍在兩架高大的水車旁歡呼雀躍。待稍微靠得近了些，分辨出其中一架水車帶的是都督大人花了兩錠金子才造出的水錘，正在慢悠悠地一下接一下砸著鐵塊。每次起落，皆引得周圍的人大聲歡呼。

第二架水車，則是第一架水車的仿製品，實際上架在河道的另外一側，與水錘相對而列，用幾個大大小小的青銅齒輪帶著皮弦、鑽頭，正在一塊白亮亮的鐵板上打孔。

那鐵板看上去少說也有四分厚，卻像是豆腐做的一般，每次放到鑽頭下面，就立刻被一插到底！

「用水車來帶動錘子和鑽頭，這倒也省了工匠們不少力氣！」雖然不滿意朱八十一和蘇明哲兩個不務正業，于常林依舊被眼前看到的奇景所打動，心中暗自嘀咕。

正感慨間，忽聽朱八十一特有的大嗓門在水錘下高喊：

「鑽好了沒有，鑽好了立刻送過來，別磨磨蹭蹭！」

「唉，鑽好了，鑽好了！馬上給您！」

將作坊總管黃老歪在河對面跳著腳回應，隨即抱著兩塊白亮白亮的鐵板跳上了小船，三下兩下划回了河岸的這一邊。

「快，老黃，你用皮線把鐵甲連起來，然後看看是什麼樣子！老蘇，你帶著他們繼續打，趁著天亮，再打出幾套來！」

朱八十一親手上前把黃老歪扶下了船，然後像個工頭般大聲吩咐。

「唉！」黃老歪和蘇長史大聲應答著，各自帶了幾個人動手幹活，臉上黑一道，白一道，髒得像個莊稼漢一般，身上也沒有半點官員模樣。

于司倉看得連連嘆氣，將身體向人群中央擠了擠，湊到近前去看到底是什麼寶貝，讓蘇長史連斯文都不要了。

只見黃老歪十根比蘿蔔還粗的手指就像穿花蝴蝶般，上下舞動，頃刻間，就用皮索透過事先打好的孔洞，將兩塊鐵板連接成了一體。

一前一後，彼此相扣，上方開了個大圓孔，兩側也各有一個稍小一些的圓孔，就像莊戶人家夏天穿的短褂一般，要多怪異有多怪異。既不防寒，又不透氣，套在身上還沉甸甸的，能活活把人壓死！

「好了！」沒等他開口詢問對方在做什麼東西，黃老歪已經興高采烈地開始表功，「大概是十八斤上下，比羅剎人穿的那種大葉子甲輕了至少十斤，還沒有甲葉子之間縫隙。戰場之上，肯定更容易保住性命！」

「先別吹，咱們拿到靶子上去試！」

朱八十一搓著黑呼呼的大手站了起來，從黃老歪手裡接過剛剛做好的無袖鐵甲，分開人群，大步流星朝遠處的空地上走去。

「這是鎧甲？」

于常林覺得自己的腦袋一陣陣發暈，質疑的話脫口而出。

前一段時間接收戰利品，從羅剎人身上扒下來的那種大葉子鑌鐵甲就夠怪異的了，沒想到都督大人還能做出更怪異的來。

羅剎人的大荷葉甲上，半身好歹還能分出護胸、護腹、肋甲、護肩和護背五大部分來，而眼下拎在都督大人手裡的鐵甲，分明就是兩大塊鐵板扣在一起，各部位之間沒有任何區分。

「半身板甲最適合騎兵用，如果重裝步兵的話，還要再加上下半身的護腿和護脛。」朱八十一頭也不回隨口說道。

早晨時被蘇長史和于司倉兩個逼著開源節流，朱八十一給逼得沒了辦法，帶著滿肚子邪火跑到將河邊散心，一眼看到了剛剛投入運行的水錘，就立刻把朱大鵬記憶中關於板甲的部分給勾了出來！

在朱大鵬那亂七八糟的記憶中，這東西用料遠比明光鎧、猴子鎧等東方的重型鎧甲省料，正好符合眼下左軍窘迫的經濟狀況。

反正羅剎兵原來身上穿的那種，嚴格意義上肯定不能算做板甲，那樣，**自己開發出來的，就是整個東方，乃至全世界的第一件板甲**。無論穿在身上去顯擺還是高價賣掉，都是非常拉風的事情。

說幹就幹，當即，朱大鵬就命令正在用水錘打甲葉子的工匠們停了下來，重新準備炭爐、鐵錠和鐵砧和各種模具，就在水錘旁邊，一邊畫設計草圖，一邊嘗試著造起了西式板甲。

有了五百斤重的水錘幫忙，將鐵錠砸成鐵板已經變成了一件非常容易的事，無論是把鐵錠放進炭爐裡燒紅後熱鍛，還是直接冷鍛，所差的，只是鍛造時間長短問題。

然而將鐵板按照人的軀幹形狀敲出相應的弧度，卻費了一番力氣。好在將作坊裡的能工巧匠多，又都願意在朱都督面前有所表現，大夥群策群力，反覆實驗了幾十次，也就將難題一個接一個給克服了。

決定好了鐵板大致形狀，朱八十一又開始琢磨改進板甲的外觀，並且進一步減輕此物的重量，以節省來之不易的鐵料。

長史大人蘇先生不甘寂寞，也湊上前指手畫腳，於是又耗費了一個多時辰的功夫，才最終把第一件成品給打了出來。

只見此物，明晃晃，亮閃閃，表面光滑的就像塊鏡子一般可以照出人影。右胸口還按照朱八十一的個人趣味，專門鏨出了一頭直立的雄獅，張牙舞爪，隨時準備擇人而噬。在小腹處原本掛護心鏡的位置，則刻意用銅水鍍出了一團金色的火焰，彷彿如果有人敢用武器砍上去，就會被烈火給燒成灰燼一般。

「弄個木樁，包上麻袋片子，多包幾層，綁得像個人形！」

朱八十一顯然對於自己的大作非常滿意，嘴裡發出一連串的命令，將親兵們和鐵匠們指揮得腳不沾地。

「洪三，你去找一把角弓來，再找幾支狼牙箭和破甲錐。老黑，你去院子裡邊找一根長矛，和兩把大刀。小李子，你拿了尺給我量距離，不要估測，要量出完整五十步和一百步，其他人，一會兒都給我站遠點兒，別被流矢誤傷到！」

「是！」「是，都督大人！」親兵和工匠們沒口子答應著，手忙腳亂。不一會兒，就按照朱八十一的吩咐布置好了靶場，並且將新式板甲套在了裹著麻布的木頭樁子上。

朱八十一先帶著大夥走到距離木樁一百步遠的位置，指了指木樁上的板甲，向徐洪三詢問：「射得到麼？射得到就給我射上幾輪。」

「末將試試！」徐洪三臉色微紅接過角弓，慢慢將狼牙箭搭上弓臂。他的射藝原本只能算做普通，但當了親兵隊長之後，每天都勤學苦練，幾個月下來，倒也大有長進，深吸一口氣，將角弓拉成半月狀，手指一鬆，狼牙箭便脫弦飛了出去。

「叮！」足足穿透雙層皮甲的狼牙利箭，只是在板甲上擦出了幾點火星就被彈開了，一頭扎進泥沙中，尾羽上下亂顫。

「好！」眾工匠齊聲喝彩，神情比拿了大筆的賞金還要興奮。

周圍看熱鬧的親兵們也是喜出望外，紛紛湊上前，請求讓自己也射一輪過過癮。朱八十一卻笑著擺擺手，道：「都別添亂，閃遠點。要先試出這東西的防護力來，才能讓大夥吃上飽飯！」

眾將士不明白板甲的防護力與大夥的飯碗有什麼關係，困惑地退到了一旁。朱八十一也顧不上解釋，看了意猶未盡的徐洪三一眼，吩咐道：「換破甲錐，這個距離上，我估計破甲錐也夠嗆。」

「是！」徐洪三答應一聲，從箭壺裡抽出三棱頭的破甲錐。拉弓如滿月，放箭如流星，又是「叮」一聲脆響，專門用來針對鐵甲的破甲錐居然也只在板甲上砸出數點火星，便黯然落地了。

「好！好甲！」這下，不但工匠和親兵們歡呼雀躍了，連先前對自家都督不務正業的行為頗有微辭的于常林于大司倉，都忍不住用力拍起了巴掌。

要是上陣時身上穿了這樣一件板甲，至少將活命的機會提高了五成，並且美觀大器，遠遠地一看就知道板甲的主人身分非同一般。

「十步十步的靠近，繼續射，射穿為止！」對於大夥眼裡的寶甲，朱八十一絲毫不肯珍惜，毫不猶豫地命令。

「啊——是，都督！」徐洪三先咧了下嘴，然後在眾人憤怒的目光中，開始了焚琴煮鶴的敗家子行為。

每向前靠近十步一次試射，從九十步，八十步「叮叮噹噹」地一直射到了五十步距離，破甲錐才終於發揮了作用，將板甲正胸口處鑽出了一個小洞，箭簇卻卡在洞口上，再也無法繼續深入了。

「行了！」朱八十一得到了確切答案，命徐洪三停止射擊，隨即叫過一名親兵，要他拿著長矛面對面朝板甲猛刺。

能被選做親兵的，身手肯定都不會太差，然而長矛刺在那板甲上，卻連續兩次都滑了開去，只留下了兩道深深的擦痕。

直到第三次，那親兵發了狠，先退開了數步，然後再借助跑動的衝擊力撲上，板甲的正前方才終於被刺破了窟窿。但那長矛的木桿也被卡在了板甲裡，再也拔不出來了！

「好甲，好甲！」眾人見此，歡呼得愈發大聲。

戰陣當中，誰會傻到站在原地被別人連刺三次？一次失手，勝負已經分了，身上穿著這樣一件板甲的人，等於憑空多出了兩條命來！

朱八十一卻覺得仍然不夠過癮，在眾人幽怨的目光中，用手朝板甲上指了指，再度吩咐：「伊萬，去，拿刀子用力砍幾下，直到砍穿為止！」

「是！」伊萬諾夫是個破壞狂，興高采烈地拎著一把朴刀，衝到了木樁前，朝著板甲上火焰位置，分心便刺。

「叮！」刀尖被滑開，在板甲上留了一道長長的擦痕，但是非常淺，距離刺穿還需要付出極大的努力。

「嘿！」伊萬諾夫不甘心，將刀橫過來，向著板甲胸口部位猛掃。「鐺啷」，火星飛濺，刀刃在板甲上留下了一條非常醜陋的痕跡，但是只砍透了手指長短一小段，根本不可能造成致命傷。

「不可能！」伊萬諾夫氣得大叫，跳起來兜頭便剁。

「喀嚓！」這回他終於得手了，朴刀砍在板甲的肩膀，深入數寸，然後「噹啷」一聲斷成了兩截。

「好甲，好甲！」眾人拍手鼓掌，歡呼聲猶如山崩海嘯。

朱八十一也沒料到這板甲的防禦力居然到達如此變態地步，心中也興奮至極。

然而轉念一想，他就明白了其中關竅。大夥從將作坊拿出來的大刀、長矛，都是水錘沒造出來之前，由鐵匠們純手工打製的，為了儘快能裝備部隊，那些刀矛甭說百煉、千煉，恐怕連十煉都沒有。再加上先前煉鐵用的是褐煤而不是焦炭，做出來的刀矛攻擊力能強才怪！

不過眼下蒙元士卒手中的裝備同樣也不可能是百煉千煉，因此這板甲拿到戰場上，絕對能讓士兵的生存能力提高一倍。

想到這兒，他上前推開伊萬諾夫，笑著說道：「好了，就試到這兒，待會兒新甲打出來，你和洪三每人先去領一身穿上。」

「謝謝都督！謝謝都督！」伊萬諾夫喜出望外，像小哈巴狗一樣跟在朱八十一身後，兩眼戀戀不捨地盯著已經砍壞的板甲，分毫不肯離開。

朱八十一笑了笑，舉起板甲，對著陽光仔細觀察。

因為弧狀造型的關係，腹部和胸部的防護力已經遠遠超過了羅剎人身上穿的那種大葉子甲。但肩膀上方卻因為暫時找不到有效的卸力手段，所以效果稍差了些。

不過這對工匠們來說，改進起來並不困難，立刻去拿了兩塊今天早晨用水錘冷鍛的窖鐵板出來，一左一右，搭在板甲的肩膀部位，算是做了雙層防護措施。

「把這兩塊護肩鍍上青銅，怎麼漂亮怎麼鍍！」朱八十一指了指護肩，對連老黑道：「現在就去弄，然後等蘇先生那邊把第二套做好，和頭盔頸甲放在一起，看看最後是什麼模樣！」

「是！」連老黑興奮地答應著，拎起護肩去做處理。

其他工匠和士兵們，則簇擁著朱八十一，捧著被砍壞的寶貝板甲，又朝河邊的水錘走了過去。

有了打造第一套板甲的流程記錄和最後定型方案，仿製起來非常便捷，大約小半個時辰之後，新一套板甲已經又呈現在了大夥面前。

比第一套看起來更漂亮，更光滑，並且還配上了一個同樣是用水錘冷鍛出來的鑌鐵頭盔，一片可以將脖頸前方和左右兩側包住四分之三的頸甲。還有鍍了銅和護肩，鏨了花的護襠、護腿、護脛，也以流水般的速度一一用鍛錘下砸了出來。

「徐洪三，你來！」朱八十一叫過自己的親兵隊長，命令他將所有甲冑都穿戴整齊，然後推著他在人群中轉了幾個圈子，連連點頭，「嗯，就這樣！出去能嚇趴下一堆人！」

眾工匠和親兵們圍著徐洪三這摸摸，那摸摸，羨慕得兩眼冒光。

「好甲，好甲，真的是好甲！到底是人要衣裝，馬靠金裝，徐千戶穿了這身甲冑，做新郎官都不寒酸了！」

「做鎧甲就做鎧甲好了，何必弄得如此花哨！」

作為有氣節的讀書人，于常林的思維永遠要保持冷靜，心中暗自嘀咕：

「如果不弄那麼花哨，也算為將士們做了件好事，這又是鍍金，又是鏨花的，分明是驕奢淫逸的兆頭。不行，找個機會，一定要再跟都督直諫一回，遏制這種不良苗頭！哪怕是為此失去了都督的歡心，至少我對得起他的一番知遇之恩！嗯，就這樣！咦？誰叫我？哎呀！」

他想得太入神，結果接連被朱八十一叫了兩聲名字都充耳不聞。直到被蘇先生在後背上狠狠拍了一巴掌，才跳起來，大聲嚷道：「什麼事？老蘇，你好端端的拍我幹什麼？」

「都督問你話呢！」蘇先生橫了他一眼。

「啊！」于常林這才從白日夢中醒來，慚愧地朝著朱八十一拱手，「都督，剛才屬下……」

「沒關係，你上午去換糧食的事情，老蘇跟我說過了！估計你是太累了，所以站著站著就睡了過去！」

朱八十一還是向以前那樣隨和，一點兒也不責怪于常林的失禮，「你來估算一下，這種板甲，姑且叫它板甲吧，如果賣給運河上往來的商販，他們肯出多少錢？」

「這個？」于常林想了想，咬著牙報出一個讓自己覺得喪盡天良的價格，「全加起來，怕是有三十多斤鐵呢，還都是好料，再加上工錢，火耗，這甲，怎麼著也能賣二十貫吧！」

眼前因為戰亂的關係，徐州附近的物價高漲，特別是生鐵和熟鐵的價格，更是向上翻了無數倍。即便如此，一斤熟鐵也賣不到兩百文。

于常林按照兩百文算，把頭盔、胸甲和護腿等所有部件加起來，乘以重量，然後再翻倍，才終於報出了二十貫，也就是兩萬個銅錢的昧心價錢。

誰料，話剛出口，立刻就受到一片斥責之聲。

「二十貫，那牛皮札甲還賣十五貫呢！」

「就是，前幾天在城裡，一件鑌鐵札甲賣到了三十貫，轉眼功夫就落到了後軍的劉千戶手裡，價都沒還！」

「札甲算什麼，北岸吳家莊的吳莊主，前年買了一件精鋼魚鱗甲給人送禮，據說花了整整一百貫呢！咱這甲比魚鱗甲差在哪裡？憑啥就賣二十貫？」

「這，這……」于常林不知道該說些什麼好。

鑌鐵札甲和魚鱗甲都是用鐵錘一片片敲出來的，非常耗時耗力。特別是後者，四百多片魚鱗一樣的甲葉敲打出來，再用銅線連綴，即便是能工巧匠也得幹上四五個月才能出得一件。而眼前這板甲，做一件不過是兩三個時辰的事情，怎能賣得和魚鱗甲一樣貴？

正尷尬間，又聽朱八十大聲說道：「別吵，別吵，就按于參軍說得辦，胸甲只賣二十貫！」

「卑職，卑職……」于常林聞聽，愈發覺得臉紅，雙手抱拳，對著朱八十一不斷賠罪。「卑職妄言了，還請都督恕罪……」

他以為是自己亂出了主意，讓都督大人下不來臺，所以才賭氣把板甲賤賣。

誰料朱八十一卻擺擺手道：

「恕什麼罪啊，我問你的，你回答了，即便說錯了有什麼關係！況且你也沒錯，這胸甲，我就賣二十貫！」

說罷，也不管工匠們抗議不抗議，將頭轉向蘇先生：

「老蘇，明天你派人去城裡開個鋪子，把咱們今天冷鍛出來的矛頭、寶劍、朴刀什麼的，和鎧甲擺在一起賣。門口專門擺一套讓客人可以試穿再買，胸甲只要二十貫，剩下的……」

他朝盔甲的零件掃了幾眼，接著道：

「頭盔十五貫、護腿十二貫、頸甲、臂甲和護脛都作價十貫。至於那兩個護肩板，不賣。誰買齊了全套，就白送他兩隻護肩。每天無論打出多少套來，都只賣三套。事不過三，多要的話，讓他們自己找你談訂做，每套再加收一貫趕工費用，先付款後提貨，概不賒欠！」

「啊！」不光是于常林愣住了，包括蘇先生和所有工匠士兵都愣在了當場。先前還以為都督大人要價低了，這哪裡是低，簡直是大街上搶錢的架勢！即便搶錢，光天化日之下也沒見過誰搶得如此理直氣壯！

朱八十一卻絲毫沒有搶劫的覺悟，晃晃滿是汗漬的腦袋，繼續說道：

「把繳獲來的那些羅刹大葉子甲全都熔了做這種板甲。凡是咱們自己留著用的，都不要弄得太花哨，裡邊襯上麻布，穿著舒服就行。凡是往外賣的，則越華麗越好，什麼青銅、黃銅，該鍍得全鍍上，有什麼便宜的珍珠、瑪瑙之類，頭盔上也多少鑲一些，一定要讓這甲看起來高檔、大氣。你們想想，願意花二十貫買胸甲的主兒，肯定不介意再多花幾十貫配個頭盔和護腿，每天只要能賣出三套鎧甲去，弟兄們飯錢就有著落了！」

眾人聽得面面相覷，誰也不知道該說什麼好。想附和都督大人的觀點吧，都覺得臉上熱得發燒。想出言反駁幾句，叫都督大人做買賣不要那麼黑心吧，都督大人的出發點卻是為了給大夥弄飯吃，誰要是反駁的話，簡直對不起左軍全體將士。一時間，除了伊萬諾夫之外，竟個個都把臉都憋得像只紅柿子般，隨便一捏就能流出血來！

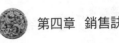

「太高明了，簡直高明了，如果早認識都督大人幾年，我一定會成為全歐羅巴最富有的人！」

大猩猩的字典裡，可沒什麼「溫良恭謙讓」，伊萬諾夫揮舞著胳膊，大聲喝彩道：「都督，您將來即便不帶兵，一定也能成為大財主。伊萬諾夫願意追隨您，這輩子都護衛在您的左右。」

「行了，別拍馬了！」朱八十一瞪了他一眼，趁著大夥還在震驚中沒緩過神來，索性把記憶裡的關於銷售的概念全都給倒了出來：

「這個客戶上門呢，千萬不要催著他們買，也不要輕易和他們討價還價，要擺出一副愛買不買，過了這個村就沒這個店的態度來！但是在購買了咱們的盔甲之後呢，就一定給他們一點甜頭，比如說，第二套就可以給他打點兒折扣，以此類推，但是也不能太多，要讓他不斷看到誘惑，不斷追加投入。

「如果他自己買了之後，還能再介紹別的客人上門，就把所介紹的客人購貨的款項，回饋一些到他的頭上。對那些實在沒有錢，卻又想買的客人，也不要給他臉色看，要鼓勵他想其他辦法，比如拿生鐵、熟鐵還有糧食來換，或者介紹其他客人上門換取提成。

「當然，這個鐵料和糧食的兌換比率呢，一定不能比折合成銅錢差得太多，可以稍稍便宜一點兒，畢竟拿到銅錢後咱們還得去買糧食和鐵，不如直接拿了實物省事……」

這種放到二十一世紀都不算落伍的行銷概念，一群十四世紀的古人如何能聽得懂，只覺得都督大人越說越高深，越說越玄妙，最後所有佩服和驚詫都在心裡化成了濃墨重彩的兩個字：「奸商！」永遠都無法抹掉。

無論對朱八十一所灌輸的理念接受多少，眾人卻誰也沒出言勸阻他的「異想天開」行為，反正這種板甲，無論品質還是外觀，都遠遠超過了大夥曾經見到過的任何甲冑。即便不能像都督大人所說的那樣，賣成個驚人價格，至少不會落到無人問津的地步。大不了，就算漫天要價，著地還錢一番，最後也不可能低於三十貫，照樣是賺得盆滿缽圓。

並且這板甲還有一大好處是省料，羅剎人身上扒下來的大葉子鑌鐵甲，化成鐵水重新做成板甲，至少能省出五六斤鐵料來。而代羅剎人的個頭比紅巾將士大，他們身上扒下來的大葉子甲，弟兄們穿著並不合身，既然早晚都得重做，還不如借機全煉化了，讓左軍的戰兵也能搭個順風車！

所以抱著試試看的心態，大夥都對去城裡開兵器鋪的提議表示了贊同。

兵器鋪開張的第一天，事實也正如他們的判斷，所有看到擺在外邊隨便人用刀砍箭射的那套甲冑之後，都對此物大讚神奇。然而從蘇先生雇來的許掌櫃嘴裡聽到了板甲的古怪賣法和驚人價格，一個個都撇著嘴，頭也不回的走開了。

第二天，情況依舊如此。看的人和摸的人絡繹不絕，但肯花錢買的人卻一個都沒有。

「我就知道都督沒做過生意，辦法都是胡亂想出來的！」司倉參軍于常林得到了消息，忍不住都偷偷搖頭，對朱八十一的經營理念愈發地不屑一顧。

然而，就在兵器鋪子開張的第三天，他的兩隻眼睛全掉到了地上。

先是一位遠道而來向徐州販馬的客人，試過了板甲的驚人防禦力之後，當場命人取了兩大錠金子，將鋪子裡的三套甲冑買走了兩套。剩下的零錢也沒用找，而是把鋪子裡價格明顯比其他地方高出至少兩成的刀劍、矛頭，零零總總買了一大堆，與鎧甲一道裝上了馬車。

這下，蘇記兵器鋪子一下子就熱鬧了起來，前來試驗甲冑防護力的，跟掌櫃套問貨源的，還有試圖討價還價的絡繹不絕。

到了快打烊時，第三套鎧甲也被一個夥計打扮的人急匆匆地用銀錠給換了去。連帶著店鋪裡的各類兵器，也被散客買走了一大堆，著實賺了個盆滿缽溢。

第四天，行情愈發火爆。還沒等天過正午，三套鎧甲已經都找到了買主，來得稍遲一些的客人，只能站在鋪子裡扼腕長嘆。直到聽掌櫃說以後每天都有三套甲冑供應，並且能量身訂做，才丟下一貫錢的訂金，興高采烈地離開了。

于參軍讀了幾大車聖賢書，卻從沒在書本中看到如此情況，晚上關門後，實在按奈不住好奇，便偷偷向許掌櫃打聽，到底為了那般，某些人居然如此敗家，把甲冑當成小孩子的竹馬來買？

那許老掌櫃聞聽，氣得連連搖頭，嘆息地說道：「真不知道蘇先生哪根筋歪了，怎麼會推薦你去替都督大人管帳？您老莫非不知道麼，這兵荒馬亂的年月，敢跑到徐州來賺巨額利潤的都是些什麼人！這幫爺們，哪個在外邊手上沒沾過血？誰這輩子沒結過三五十個仇家？買上這麼一套鎧甲穿在身上，就不用擔心挨冷箭，坐船騎馬心裡都覺得踏實。」

「那鎧甲是稀罕，可那刀子和矛頭呢，他們買那東西有啥用？」于常林如夢方醒，結結巴巴地問。

「你想想啊，既然能把鎧甲做到如此結實的地步，咱們都督造的刀子和矛頭能差得了麼？從徐州這邊買出去，到了潁州那邊一倒手，弄不好就是雙倍的價錢，不但連本帶利都賺回來了，在回去的路上，還不至於空了馬車，不又是一筆好生意！」

「那是，那是！」于常林終於開了竅，晚上回了家，就把這幾天學到的生意經記到本子上，反覆揣摩。到了晚年，終成為新一代陶朱公。

這是後話，這裡暫且不提。

單說那些買了鎧甲和兵器的，也不是人人都為了防身或者倒手。其中有五六個商販，在稱了稱新式鎧甲的鐵料重量之後，立刻察覺到此物的利潤有些驚人。

要知道，徐州本地就盛產生鐵，只是因為戰亂和紅巾軍需求量過大的關係，價格才一再飆升。然而只要出了這一帶，鐵料的價格就立刻隨著距離拉遠而直線回落。

到了一些小的鐵礦附近，每斤鐵料的價格不過才二十幾文，有時候甚至還不到二十文，只相當於徐州城裡的六、七分之一。

按這價格計算，那板甲總計用料不過三十餘斤，再加上皮弦，內襯等物，折合起來總成本絕對不到一貫錢。在徐州城內卻賣到了七十多貫的天價，利潤高達百倍，令人如何能不動心。

正如徐州城的許掌櫃所言，這個節骨眼上，敢到徐州販貨的，沒一個會是老實本分的商人。看到一百多倍的利潤後，個別商販立刻找了個距離徐州最近城市，悄悄地將甲冑拆分開來，請了工匠用錘子敲平了著手仿製。

然而，無論他們花多大價錢請了高明工匠來幫忙，在嘗試了幾天之後，鐵匠們都慚愧地退了工錢，自行求去。

光憑著手中的鐵錘鐵剪和金剛鑽，誰也造不出同樣的甲冑來。即便是仿個八分相似，一個師父帶著四個徒弟，也得耗費四五個月時間，就算有利潤可賺，每年只能做出兩、三套來，也沒有任何意義了。

那敢偷偷仿製板甲的奸商也不笨，立刻就想到了紅巾左軍手裡肯定有什麼了不得的新式工具。但是再派人去徐州城內偷師，卻驚詫的發現，該死的蘇先生早就用土牆和木柵欄把作坊附近數十畝河灘，連同河道一起圈了起來。

周圍還有士兵拎著明晃晃的刀槍來回巡邏，敢半夜偷偷翻牆或者硬往裡闖者，結果和擅闖徐州軍的其他製造手雷的秘密工坊一樣，當場格殺，絕不姑息。

「奸商！」

仿製不出來，偷師也偷不到，一些利令智昏的傢伙大罵了幾聲之後，只好另闢蹊徑，想通過犒軍的方式，跟左軍的主將去拉關係，然後徐徐圖之。

七拐八拐終於找到熟人代為引薦，誰料卻得來一個令人意外的消息，左軍都督朱八十一不在城中，五天前就帶著麾下戰兵五百和輔兵若干出征去了。至於去了哪個方向，征討目標是誰，卻是一概不知。

「還能有誰？這徐州附近，礙了芝麻李眼的，無外乎就那麼幾處地方！」大小奸商們稍加琢磨，就將左軍的目的地推測了個七七八八。

隨後趕緊派出人手打聽，果然不出他們所料，那徐州大總管帳下的左軍都督朱八十一，居然率部渡過了黃河，直撲黃河北岸、背靠山陽湖的吳家莊而去，誓要把吳家莊蕩為平地。

「五百披甲就想能蕩平吳家莊？他芝麻李也太托大了吧！」所有得知這個消息的人，都瞪圓了眼。

那吳家莊雖說只是個莊子，自保能力卻絲毫不比滕州、單州這些縣城來得弱。莊主吳有財的祖上也算是一員虎將，曾經伴著李庭芝大帥駐守揚州，打得元軍數年不能寸進。

後來伯顏繞路攻破臨安，謝太后帶著滿朝文武投了降，李庭芝無糧無援，兵敗赴水自殺。吳家的這位先祖才隨著副將孫貴、胡惟兩人投了蒙元，並且還被升了一級，做了新附軍萬戶。

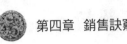

不久又逢忽必烈下旨裁撤新附軍，他便帶著嫡系部曲到山陽湖畔開荒種地，上下齊心，很快便建起一座莊子，活得自在逍遙。

山陽湖中原本也沒什麼特產，所以吳家莊也和周圍什麼李家莊，祝家莊一樣，只能算一個結寨而居的地方土豪，在這個時代隨處可見。

可到了吳有財這輩，卻鴻運高照。某日於湖中一座小島避風時，居然在沙灘上撿到了一大塊紫銅來。隨後又回家帶著幾個兒子上島去挖，才發現島上居然有一座不大不小的黃銅礦。雖然開採起來需要費很多力氣，卻也發了一筆天降之財。

吳有財為人豪氣，交遊廣闊。回家後立刻花錢打點了官府，買下了整座湖心島，然後又勾結官府，領取執照，開礦煉銅。一邊召集人手來做幫傭，一邊招募三山五嶽的豪傑到莊子上做打手。

幾十年下來，把個吳家莊經營得風生水起，一躍成為周圍幾百里數一數二的大堡寨，非但官府要買幾分薄面，江湖上的綠林好漢路過吳家，也只會遠遠地停下來在莊外討杯水酒喝，然後再繼續到別處打家劫舍。對吳家莊和吳家的產業，卻是絕對不敢打半點主意。

也不是江湖好漢們多給吳老爺面子，而是這個莊子太硬，他們根本啃不動。

憑著銅礦的產出，眼下吳家，光是不要務農的家丁、教頭就有兩三百號。再算上莊客、佃戶、長工和奴僕，全部成年男子恐怕有四五千人，並且都是一等一的壯漢，可以把打鐵的錘子舞得虎虎生風。

萬一莊子遇襲，眾人就會紛紛拿了武器守衛莊牆。再點燃報警烽火，請四周的其他莊子火速來援。屆時到吳家莊打草穀的綠林好漢，非但討不到任何便宜，連全身而退都有可能成為奢望！

就這樣一座令綠林好漢們垂涎三尺卻始終不敢觸碰一下的大莊園，芝麻李居然僅僅派出一千五百人就想將其打下來，真的是有些得意忘形了。

當即，因為仿製板甲憋了一肚子怨氣的奸商們就起了歹心，悄悄派手下騎著快馬去給吳家莊送信，準備看攻守雙方如何鬥得兩敗俱傷。

根本用不著他們提醒，朱八十一帶著人馬剛一過黃河，吳家莊的莊主吳有財就已經得到了消息。立刻，老莊主就將三個兒子和族中宿老，以及管家、帳房、西席、槍棒教頭和江湖死士們全叫到了一起，群策群力商量起了應對辦法。

吳老莊主十指交叉放在胸前，圍著八仙桌來回踱步。

「來人大約一千五百多人，其中應該有三分之一是戰兵；另外還有斥候三十多個，每人都是雙騎。武器麼，應該還是長矛居多。比較特殊的是，他們這次推了很多雞公車（編按：一種獨輪車），估計是怕將莊子攻破之後，東西多得帶不走，所以專門……」

「欺人太甚！」沒等莊主吳有財說完，底下人已經義憤填膺。所有聞聽者都覺得紅巾軍太目中無人了，簡直把吳家莊當成了尋常草市一般，居然敢推著雞公車前來隨便搬東西！

「來的是朱八十一！」吳有財示意大夥稍安勿躁，「就是去年冬天逆著數萬大軍殺到兀刺不花的帥臺前，將後者用盞口銃轟飛的那個。如果紅巾軍的告示屬實的話，此子，恐怕勇武不在關張之下！」

「嗡！」底下的議論聲立刻小了一半。自從兀刺不花兵敗身死之後，這朱八十一的名字，簡直已經將大夥的耳朵都給磨了老繭出來。

亂紛紛的江湖傳聞當中，說此人是彌勒轉世，隨手可發掌心雷者有之；說此人豹頭環眼，萬夫難敵者有之；甚至還有傳聞說，此人自幼得了名師傳授，學了唐代空空兒的絕技，可以隔著幾百步遠，飛劍取人首級，指哪打哪，絕不落空。

跟這樣半人半妖的傢伙為敵，大夥可是誰都心裡敲小鼓兒，人家根本連招都不跟你過，隔著幾裡地遠拿手一招，你的腦袋瓜子就不翼而飛了，你即便武藝再好，身邊的士兵再多，有個什麼用！

當即，幾個江湖死士就慘白了臉，目光躲躲閃閃往地面上看，彷彿地面上能長出金子一般。

幾個吳姓的本家宿老也手捋著花白的鬍子，開始嘆息搖頭，「他大伯，既然來的是朱八十一，要不，咱們將芝麻李要的錢糧如數給他？趁著姓朱的那廝還沒殺到家門口，好歹還能有個商量，這要是真打了起來……」

「四叔、六叔、七叔，你們這話就差了！」

沒等吳有財開口回應，他的長子吳良謀已經豎起了眉毛，反駁道：

「他朱八十一固然厲害，咱們吳家莊的兒郎也不是吃素的。憑什麼把辛辛苦苦積攢起來的錢糧，讓他們隨便送一張紙來，就白白地拿走？眼下世道越來越亂，今天來了芝麻李，明天說不定還會來芝麻張、芝麻王、芝麻趙，要是隨便一個土匪頭子就從咱們吳家莊搬走大傢伙的血汗錢，咱們吳家莊即便有一座金山，又經得起人家幾搬啊！」

「那，那……」

被後生晚輩當眾給折了面子，幾個宿老的臉色騰地一下就漲了個通紅，「那朱八十一又怎麼能跟普通流寇一概而論？他可是會用掌心雷……」

「不是掌心雷！」吳家莊大公子吳良謀搖搖頭。

作為下一任莊主的繼承人，在危急時刻，他顯得遠比莊子裡的大多數長輩鎮定，「應該用的是手雷，咱們派往徐州賣生鐵的夥計們都打聽清楚了，眼下紅巾賊天天都在城外訓練，扔的就是那玩意兒！」

「即便是手雷，也得靠近了才能扔吧？在一萬大軍的重重保護下，殺到兀剌不花的帥臺前扔手雷，這，這，這，當年平話裡的頭常山趙子龍，其勇也不過如此！」

吳有財的叔伯兄弟，吳家莊的宿老吳有德氣衝衝地看了侄子一眼，急得火燒火燎。

都怪這個膽大包天的小子。那芝麻李派人來要「保安費」，給他便是。反正即便不給芝麻李，每年打點官府的花銷也不會太少，可自己這個不知道天高地厚的侄兒，居然說芝麻李要得太多，建議大夥先拖延些日子，找機會討價還價一番。自己身邊這些愛財如命的叔伯兄弟們，居然聽了一個毛孩子的意見，真的拖延了起來！

這下好了，討價還價還沒開始呢，朱八十一已經帶著兵馬殺到家門口了。萬一他真的像傳說那樣，比趙子龍還勇猛，這闔莊上下五千餘戶男女老少，還能有活路麼！

「即便是趙子龍，也是因為曹操不讓放箭，才僥倖殺出了重圍。」吳良謀晃晃手裡的蒲扇，對吳有德的擔憂不屑一顧。

「兀剌不花之所以著了他的道，是因為事先不知道有手雷這種東西存在。而咱們卻早就做好了相應準備。」

「準備，準備了什麼，就你平素交往的那些狐朋狗友？真的遇到事情，他們敢去捋芝麻李的虎鬚？」

聽自家侄兒說得越不當一回事，吳有德越是心中覺得恐慌。自己年輕時候，可不像他這般張揚。走在路上通常都低著頭，要是自己年輕時也跟侄兒這般兩眼上翻，估計早就摔死在路上了，怎麼可能跟著哥哥一道攢起偌大個家業來！

想到這兒，他就忍不住後悔，當年不該聽了老妻的話，把下一代莊主的職位讓給了這個讀了一肚子書的侄兒。這下好了，讀了一肚子書的人，傲氣也攢了一肚子，在這大亂之世，卻不懂得處處低頭，這不是存心要給吳家莊帶來滅頂之災麼？

正值滿腔邪火無從發洩之際，卻又聽吳良謀說道：

「若是侄兒交往的那些狐朋狗友不頂事，咱們怎麼可能這般早就得到紅巾賊要來的消息？那朱賊再勇猛，也不過是血肉之軀，眼下咱們莊子中，光是強弩就不下三十具，躲在高牆後用弩箭射，即便他真的是什麼佛陀轉世，也照樣超渡了他！」

「這……」吳有德接不上話了。平心而論，他也不認為自己的莊子那麼容易被人從外面攻破。只是從沒真正和別人打過仗，本能地感到恐慌而已。

第五章

刺客出擊

「半路伏擊！」

吳良謀乾脆俐落道：「那朱賊遠道而來，人生地不熟，只要在他的必經之路上設下埋伏，趁其不備，亂箭齊發，他本事再大，也早射成刺蝟了，還用怕他什麼手雷！」

趁著他發愣的時候，大公子吳良謀又笑著說道：「二叔您不要著急。您剛才沒聽我爹說麼？這朱八十一只帶了五百多甲兵，一千多輔兵來打咱們吳家莊。很明顯，芝麻李那廝剛剛打了一個勝仗，有些得意忘形了，就這一千五百多烏合之眾，侄兒只要稍稍動動計謀，就讓他來得去不得！」

「怎麼個來得去不得？」

「良謀，你的辦法靠譜麼？」

「良謀，錢財是小，你可別把禍事招到莊子裡頭來！」

吳家莊的宿老們聽得心底寒氣直冒，紛紛用顫抖的聲音問道。

「半路伏擊！」吳良謀想都不想，乾脆俐落地拋出答案，「那朱賊遠道而來，人生地不熟，咱們只要在他的必經之路上設下埋伏，然後趁其不備，亂箭齊發，他本事再大，也早射成刺蝟了，還用怕他什麼靠近了扔手雷！」

「不行！」

沒等吳有德做出任何回應，吳家長房裡最小的兒子，老三吳良方已經跳了出來，大聲道：「絕對不行，如果那樣做了，咱們吳家莊肯定要大禍臨頭！」

「老三，你什麼意思！」吳良謀舌戰群雄戰得正快意，卻被親弟弟兜頭敲了一棒子，翻著眼皮，十分不滿地質問。

「大哥這個計謀肯定是好的！」吳良方被嚇得一縮脖子，小聲道：「但是有點不合時宜，那朱八十一的確只帶了一千五百人，大哥半路設伏，肯定也能打他個措手不及，說不定能將這一千五百人全都滅了。可是，那樣咱們吳家莊就跟芝麻李結了死仇。芝麻李聽到消息後，肯定會把所有兵馬都拉出來，向咱們討還血債。咱們的莊丁雖然英勇，可用三、四千莊丁去擋芝麻李十萬大軍，恐怕淹也被人家給淹死了！」

「是啊，是啊！良謀，你這真不是好主意！」

「不是叔叔說你。你這孩子，太好高騖遠了！」

「嗨，讀書多，把心眼讀死了！只想著打，打，打，卻沒想到自己有多少斤兩！」

「是啊，只想著借朱八十一的人頭成名，卻沒想想，打了孩子會把人家的娘給招出來！」

「先前我說給了吧，你非要跟人家討價還價，這回好了，打打不得，跑跑不得，咱們除了伸長脖子等著挨宰，還能幹什麼！」

眾宿老們頓時都來了精神，對吳良謀口誅筆伐。彷彿他才是帶兵來打吳家莊的主將一般，朱八十一只是個微不足道的小嘍囉而已。

「你們！」少莊主吳良謀聽了，氣得兩眼冒火，額頭上青筋突突亂跳。還沒等開戰呢，莊子裡的人心居然就亂成了這般模樣！也不怪那芝麻李沒把吳家莊當一回事，**人的臉都是自己掙的，自己都不要了，又如何能奢求別人！**

「嗯哼！」正恨不得拿出針線來把眾人的嘴巴都縫起來的時候，耳畔突然傳來父親吳家莊的聲音，依舊像先前那樣四平八穩，不疾不徐：

「嗯哼！那個他二叔、三叔，各位兄弟，良謀他還是個孩子，自然不會像大夥想得那麼周全，但眼下咱們的第一目標是群策群力度過眼前這道難關，而不是教訓孩子！你們說，是不是這理？」

「這……」眾人臉色一紅，訕訕地閉上了嘴巴。

吳有財對著大兒子和小兒子點點頭，繼續說道：

「你們兩兄弟的觀點雖然不一樣，目的卻都是為了咱們這個莊子，所以無論說得對不對，我這個當爹的都覺得好生欣慰。接著說，把自己想說的話全說出來！別管你那些叔叔們怎麼評價，他們也是為了大夥，為了這個莊子裡的所有人！」

一番話，說得眾人心裡頭都覺得熱乎乎的，彼此間目光相遇也不再是火花四濺了。

低頭想了片刻之後，吳良謀把頭抬起來，看著父親，主動認錯：「剛才孩兒的主意的確是急躁了些，沒考慮芝麻李的後續手段，所以還是先聽聽三弟的想法吧，他向來比我這個當哥哥的穩重。」

「是啊，是啊！老三，你繼續說吧！你一向穩重，你來說說，咱們該怎麼辦？」聽吳良謀主動認錯，吳有德，吳有義，吳有富等族中宿老都將目光看向吳良方，給後者鼓勁兒。

「那我可就說了！」三公子吳良方站了起來，衝著叔叔們輕輕拱手，「其實，情況也沒大夥想得那麼糟！」

「什麼意思！」眾宿老沒想到會聽見這麼個答案，愣了愣，詫異地問。

吳良方學著自家父親的樣子，將手向下壓了壓，笑呵呵地道：

「咱們先前只是想跟芝麻李討價還價一番，並沒說過一文錢都不給他，雙方還沒到你死我活的地步。他之所以派兵過來，無非是想**拿咱家立威**，**殺雞儆猴**，讓其他莊子乖乖交錢而已。」

「那就給他，派人去跟朱將軍說，錢咱們加倍給，請他速速罷兵回徐州去！」吳有德等人精神立刻振作了起來，七嘴八舌地說：「快去，快去！別用你哥手下的人，他手下那些都是跟他一樣不知天高地厚的。」

「現在再主動去投降，估計就不是加倍的事了！」吳良方繼續說：「人家走得雖然慢，一天才二十里路，也馬上就要到咱們家門口了，這沿途的糧草消耗，少不得也要咱們家出。」

「出，出，要多少就給他多少。只要他肯罷兵！」眾宿老又跳了起來，沒口子答應。

「不能這樣！」吳良方搖頭：「這個節骨眼上，咱們不能主動去迎降。第一，對方見咱們服軟，肯定會漫天要價。第二，芝麻李的人馬打到咱們家門口又掉頭走了，明顯是跟咱們之間達成了什麼協議，萬一將來朝廷追究，咱們家得花多少錢上下打點，才能滿足那些貪官的胃口？」

「那，那可怎麼辦，怎麼辦啊？」

聞聽此言，吳有德、吳有義等人立刻又成了霜打後的茄子，把腦袋耷拉到了地面上。

雖然守著一座銅礦，可每年煉出來的銅，有一大半都拿出去餵了貪官了。這還是吳家莊沒有任何把柄被人家抓在手裡的情況下。如果有了真實把柄，豈不是整座銅礦，還有整個吳家莊，都得被貪官們一口給吞了去！

「只能先打，邊打邊談！」吳良方嘆了口氣，把頭轉向自家父親和大哥。

「嗯，那就死守不出！只要咱們能守住三天以上，滕州的官兵就是爬也爬過來了！」吳良謀道。

「官兵？」吳良方聳肩而笑，「就是咱們守上一個月，官兵也不見得能爬過來！那芝麻李打敗了兀剌不花之後，三個月來，沒向黃河以北發一兵一卒，滕州的官兵也沒封鎖黃河渡口，這裡邊有什麼勾當，大哥你還不明白麼？」

「啊！」吳良謀又鬧了個大臉紅，擦著額頭上的汗珠，質疑道：「老三，你是說滕州的達魯花赤勾結芝麻李？怎麼可能，他可是道地的蒙古人！」

「蒙古人也不都是一根筋，打又打不過，丟了城池的話，還要被中樞問罪，他何不破財免災呢，況且又不用花他自己的錢。以避禍之名向州裡的富戶募捐，說不定除了給芝麻李的，自己還能剩下不少。大哥你想想，沒有滕州那位達魯花赤老爺默許，芝麻李的人能大搖大擺地過來向各個莊子討要錢糧麼？」

這下，吳良謀終於沒話可說了。他在書本裡學的都是君正臣直，將士用命，可惜到了地方上，完全跟書本裡走的是兩條路子。

「那，咱們為什麼還要打？」吳有德、吳有義等人在旁邊聽得著急，紅著眼追問。

「**為了更好的討價還價！**」吳良方解釋，「芝麻李的兵也不是撒豆子變出來的，也捨不得在咱們一個小小的莊子上損耗太多，只要咱們不是主動出擊，紅巾賊在攻打莊子時死了人，就不能怪罪在咱們頭上。當他們發現咱家是塊難啃的硬骨頭後，阿爹再派人出去跟他們談條件，就容易多了。一則，紅巾賊的要價就不會向先前一樣離譜，二來，萬一過後朝廷問起來，咱家也可以說，是紅巾賊久攻不下，知難而退。這樣，雙方都有了退路，誰也不會真的發狠死拼到底！」

「這……」

吳有德、吳有義等宿老沉吟著，不知道三公子的方法是否妥當。然而比起大公子先前的主動迎擊之策來，此招至少不會給吳家莊帶來滅頂之災。

想了片刻，他們將目光轉向莊主吳有財，「大哥，您看呢？老三的法子是否可行！」

「雖然稚嫩，卻也不無可取之處！」吳有財老懷甚慰，大聲問詢：「你們呢，大夥還有什麼補充的沒有？」

這是針對管家、西席、槍棒教頭和江湖死士們問的。

這些人端的是吳家的飯碗，當然輕易不會跟幾個公子唱反調。沉吟片刻，回應道：「這個，三公子的辦法，應該可行吧！」

「是戰是和，莊主您做決定好了。我等誓死追隨您！」

「你呢，老二？」

從眾人嘴裡得不到任何有用的東西，吳有財又把目光投向自己的二兒子，一直沒說話的吳有田。「你哥哥說過了，弟弟也說過了，你的意思呢？」

「真的要打的話，我要去把莊子裡的黑狗和黑貓都抓到院牆上，再收集一些糞便等至陰之物，待紅巾賊亮出手雷時，立刻潑將下去……」吳良田揮動著拳頭說道。雙目之間，充滿了降魔除妖的狂熱。

「胡鬧！」話音未落，吳家老大和老三異口同聲呵斥，隨後這一句「子不語怪力亂神」，那一句「用那污穢之物克敵純屬兒戲！」把吳良田訓了個體無完膚。

老莊主吳有財聽了，卻依舊嘉許地點頭，揮了揮手，打斷了老大和老三的話，叫三兄弟各自下去準備，到時候一起到莊牆上展示身手。

吳良謀和吳良方兩人聽了，心中「暗叫父親大人糊塗」，卻終是胳膊擰不過大腿，只好快快地去了。

其他族中宿老和西席、教頭、死士們，見基本上已經沒自己什麼事了，也都紛紛起身告辭。

待屋子裡的人散得差不多了，管家吳福先提著燈籠去外邊巡視了一圈，然後又慢吞吞地轉了回來，看了看坐在桌邊喝茶的吳有財，先掛起燈籠，然後笑呵呵的拱手賀道：

「恭喜東翁，家中麒麟已生頭角！」

「不過是個孩子罷了，你不用過分誇他！」吳有財笑著搖搖頭，然後拎起茶壺，親手給管家斟了一盞，「他福叔，坐下喝口水吧，**是金子還是黃鐵，馬上就要見分曉了！**」

「東翁……」管家吳福愣了愣，欠著屁股坐了半邊椅子，然後端起茶杯慢品，「希望成色不會太差吧，否則，莊主您這回付出的代價也太大了些！」

「**不放到火上，怎麼能試出成色？**」吳有財兩隻眼睛瞇縫起來，活脫一隻年過百歲的老狐狸，「世道馬上就要亂了，島上的銅礦估計也沒幾年好挖了！老二、老四他們，又都不是什麼省心的，我不在這個時候趕緊想辦法留著家裡的錢財，等著給別人來拿麼？」

「東翁看得長遠！」管家吳福拍了句馬屁，然後說道：「其實大公子今天所言未必沒有道理，但跟三公子比起來……」

「他們哥倆兒能都把心思放在一致對外上，總比我那些兄弟總想著對付我強！」吳有財又喝了口茶，看著潔白的杯子說道：「銅有銅的用法，鐵有鐵的用法，只是看落在誰人手裡罷了。回去睡了，反正該做的我已經都做了，希望成色別太讓我失望才好！」

說罷，一口將杯子裡的茶水喝乾，與管家兩人各自分頭去休息了。

第二天一大早，莊子大門口左側望樓上的大銅鐘，便被值班的莊丁用力撞響，「噹噹噹——噹噹噹——噹噹——」隨即，驚慌的呼喊聲響遍了全莊：

「紅巾賊來了！」

「紅巾軍來了！」

「紅巾賊殺到大門口了！」

「別慌，別慌，都給我上院牆！」

一宿都沒合上眼的吳有德拎著把上面鑲嵌了七顆大寶石的「幹將」衝出房門，向慌亂不堪的莊丁們大聲招呼：

「打退了紅巾賊，今年的紅包加倍。要是讓紅巾賊殺進來，大夥即便逃得了性命，過後也得活活餓死！」

說著話，豎起寶劍，用鑲嵌著寶石的側面朝莊丁的後背上拍。

那些莊丁都受了吳氏父子供養多年，挨了幾下之後，漸漸恢復了秩序，紛紛回房間拿出大刀長矛，亂哄哄地順著馬道朝莊牆上爬去。

「不用急，先看看紅巾賊從哪個門攻過來，就一千多號人，總不可能把四面牆全給圍了！」大夥都快爬一半了，老莊主吳有財方打著哈欠走了出來，一邊讓僕人給自己披甲，一邊大聲吩咐。

「是！莊主！」莊丁和死士們聞聽，心裡頭登時踏實了一大半，開始在院牆內按照平素訓練時的次序整隊，然後一波一波沿著馬道往城牆上走。

不多時，吳家三個少爺，吳良謀、吳良田和吳良方，也全身披掛整齊來到了院牆下，先跟自家老爹打了個招呼，然後急匆匆爬上牆頂，手搭涼棚向外觀看。

只見正南方的大路上，遠遠走來一票兵馬，人數不多，隊形卻甚為齊整，三人一排，迤邐拖出半里之遠，就像一條剛剛睡醒的長龍，沿著大路的右側緩緩向前蠕動。

大路的左側，完全空了出來，彷彿還有人敢跟他們逆向而行一般。

「**這就是良謀嘴裡的烏合之眾**？」吳有德第一個變了臉色，悻然說道。

他不是沒有見過世面的人，以往綠林綹子和朝廷官兵從莊外「路過」時，他沒少跟在莊主吳有財身後跟這些人打交道。然而無論綠林豪傑也罷，朝廷精銳也好，走路時都像蝗蟲一般，烏央烏央一大片，誰能做到外邊的紅巾賊這樣，即便是行軍之中也是秩序井然，根本不見絲毫混亂的痕跡！

「他們只有二十多名騎兵！」吳良謀卻彷彿根本沒聽見自家二叔的嘲弄，望著迤邐而來的長龍，喃喃自語，「估計只是用來做斥候。走在前面那十幾排，應該就是戰兵了，最後邊那些推著雞公車的，大概是輜重兵；中間既沒有推雞公車，又在背上背了個包裹的，算是什麼兵種？看上去好生怪異！」

「就是輜重兵，也比咱們這邊莊丁強！」吳有德又看了眼越來越近的紅巾軍，滿臉懊悔，「希望那朱八十一是個肯講道理的，能給咱們一個說話的機會。大夥都給我聽著，等會兒沒我大哥的命令，你們誰都不准放箭！聽到沒有？如果誰敢亂放箭的話，我就把他交出去！」

幾個正蹲在院牆頂上擺弄強弩的教頭，紛紛抬起頭來，大聲保證，「二莊主儘管放心，咱們心裡有譜，今天是只圖自保，不會主動傷人！」

「明白我的意思就好！」吳有德嘆了口氣。

紅巾賊已經殺到家門口了，現在後悔也沒有用，只能努力掙扎一番，看看能不能憑藉自身實力讓對方有所忌憚，然後再坐下來慢慢談「和解」條件。

「他們從大路上下來了！」有莊丁嘴裡發出大聲的喊叫，手指遠處的敵人，驚慌失色。

吳有德繼續手搭涼棚朝遠處看，只見那些紅巾軍在將旗的指引下，緩緩離開了大路。順著通往莊子正門的小徑上走了一小段，然後停了下來，重新整理隊形，由縱變橫。緊跟著，隊伍中忽然響起一聲悠長的號角聲：

「嗚嗚——嗚嗚——嗚嗚——」

跟在隊伍末尾的輜重兵立刻分頭向後退去，一列接著一列，繞成了一個大圈子。緊跟著，將雞公車的車頭車尾絡繹相連，居然就在莊丁們的眼皮底下，將一座大營的雛形擺了出來。

「嘶！」見到此景，莊牆上的眾人齊齊倒吸了口冷氣。

那雞公車在黃河兩岸是最為常見之物，一個木頭輪子外加兩根棍子，推起來就可以走，特別適合於鄉間小道上運送糞土、乾柴、稻穀等東西。但是，千百年來，卻是誰也沒把它用到軍隊的安營紮寨上。

還沒等他們把一口冷氣吸完，遠處的隊伍裡又是一聲悠長的號角，接著，那些身上背著包的士兵以列為單位，依次行動了起來。先魚貫進入雞公車剛剛圍出來的營地中，互相幫忙將身後的背包解下。然後打開背包，將一件件黑色的鎧甲套在身上。

「鐵甲軍！他們居然背的是鐵甲！」

吳家莊的院牆上又發出一連串慌亂的驚呼。每名雜兵都有一套鐵甲穿，那些負責衝在最前方的戰兵，還不得用鐵殼子套起來！

彷彿為了驗證他們的猜想，穿好鐵甲的紅巾軍士兵，每人從雞公車上取下一根長矛，又有條不紊地從臨時營地中走了出來，到了隊伍左側重新站好，頃刻間，就排出了一道鋼鐵叢林。

叢林右側，那些原來被猜做戰兵的紅巾軍將士，開始緩緩移動，依舊以列為單位，一列跟著一列退到雞公車攔起的圍牆內。頂盔摜甲，罩袍束帶，再走出來時，則全都變成了披著紅色披風的鐵殼子，手中的長矛短劍一把把散發出耀眼的寒光。

他們只有五百出頭，絕對不到六百人，**卻像一朵鋼鐵打造的牡丹一般，在粉紅色的晨曦中緩緩綻放。每一個花瓣都倒映著刺眼的日光**。

那最明亮處，是主將和包圍在主將身側的三四十名親衛，每個人都穿著全身的鐵甲，從頭到腳，露在外邊的只有眼睛和雙手。而那上半身的鐵甲，居然是完整的一大塊，磨得像鏡子一般光滑，被初升的朝陽一照，立刻跳起一團團驕傲的火焰。

「他們，他們……」

吳有德只覺得自己嗓子開始發乾，兩腿開始發軟，扶在牆垛上的手也在不停地顫抖。一千鐵甲軍！誰說芝麻李托大來著。托大，他還派了一千鐵甲軍來攻打一個莊子，要是不托大，他豈不是要請來天兵天將，把個吳家莊直接推到地獄十八層去！

他已經說不出一句完整的話來了，身邊重金禮聘來的槍棒教頭和江湖死士們也是一樣。雙唇顫抖，兩股戰戰，蒼白的臉上再也看不到半分血色。

「大哥，大哥，趕緊派人出去講和吧！這仗，打不得，打不得啊！」七莊主吳有義膽子最小，哭著爬到平素總恨不得取而代之的大哥吳有財腳邊央求。

再看老莊主吳有財，雖然也是臉色發白，卻兀自直挺挺地站在牆上，就像一根標槍般，任七莊主如何用力也晃動不了分毫。

直到被吳有義哭得實在不耐煩了，才用腳將此人輕輕踢開，然後對心腹家丁命令，「把老七抬回柴房去歇歇，沒我的命令，不要放他出來！」

「是！」那名家丁巴不得早點兒離開莊牆，答應一聲，扛起爛泥一般的吳良義，飛一般跑了。

吳有財嘆了口氣，又將目光轉向自己的三個兒子，「你們如果怕的話，也去陪著你七叔吧！今天這裡，有我一個人在就行了！」

「不怕！孩兒不怕！」哥仨兒分明小腿肚子都在打哆嗦，卻扯開嗓子，大聲回應。

「嗯！」吳有財滿意地點頭，然後又問道：「良謀，院子外那支兵馬，你看如何？」

「這，這……」吳良謀聲音有些發顫，強咬著牙關回道：「應該算得上是一支強兵吧！至少隊形是罕見的整齊。換了咱們家的莊丁，哪怕是一日一操，也得大半年才能操練出七八分形似來！」

「嗯！有道理！」吳有財再度點頭，然後把目光轉向老三吳良方，「老三，你看呢？」

「隊伍排得整齊，卻未必打得了仗！」吳良方的聲音也在打顫，卻不肯服輸，將嗓門提得老高，「排隊走路最簡單不過，真正打起來，他們還能保持隊形如此整齊，才真的能算作精銳！」

啊，鐵甲軍都來了，居然還想打？眾莊丁們聞聽，立刻齊齊打了個哆嗦，臉色剎那一片死灰。

正當眾人欲哭無淚間，莊子外的號角聲再度響起。這次，動的是那些先前推雞公車的輜重兵。只見他們當中分出一百多人，井然有序地從臨時營地深處，推出來十幾輛看上去比雞公車稍稍大了一些，上面蓋著麻布的雙輪車，從隊伍的右側繞了個圈子，緩緩地推到了主將的認旗下。

帶隊的百夫長跑到主將面前抱拳施禮，大聲說了些什麼。隨後，那名主將用力揮了一下胳膊。號角聲陡然響起，旋律變得無比激越。

伴著激越的號角聲，所有披著鐵甲的士兵開始緩緩向前推進。幾輛蓋著麻布的雙輪車則始終推在整個隊伍的最前方。彷彿車子上面載的是什麼神兵利器一般，亮出來後便能瞬間鎖定勝局。

「嗚嗚嗚，嗚嗚嗚嗚嗚——」號角聲連綿不斷，滾過寂靜的院牆，令院牆上的觀望者不寒而慄。

那車上裝的到底是什麼？為什麼紅巾賊的主將居然准許車子走在他的前面？那緊跟著車子前進的黑臉漢子們到底是些什麼人？為什麼他們既沒有穿鎧甲，也沒有拿著武器，卻好像拿著大力降魔杵一樣趾高氣揚。

「嗚嗚嗚，嗚嗚嗚嗚嗚嗚——」

回答他們的只有一連串的號角聲，攪得人心臟抽搐，胃腸一陣陣翻滾。

吳有德覺得自己已經喘不過氣來了，心臟瘋狂地在跳動，隨時都要跳出喉嚨之外。

就在他緊張得要吐出來的時候，號角聲戛然而止。緩緩前推的鐵甲軍彷彿被一道無形的牆給攔住了一般，在距離吳家莊前門一百五十步處，停了個整整齊齊。

帶隊的主將猛的拉開面甲，露出一張年輕的面孔。

隨即，此人將一個鐵皮捲成的筒子放到了嘴邊，大聲喊道：

「裡邊的人聽著，馬上放下武器出來投降，頑抗到底是沒有出路的，紅巾軍的政策你們應該也知道，只要你們放下武器，一定會給你們寬大處理……」

「哄！」莊牆上立刻響起一片嘈雜聲，莊丁們原本已經瀕臨崩潰的士氣，瞬間恢復了一小半。

太欺負人了，這年頭，即便綠林綹子打家劫舍，都會提前請個教書先生寫一篇「**替天行道，除暴安良**」的花樣文章，事先背熟了然後再當眾背誦出來，然後再跟莊子的主人談條件，實在談不攏時才會選擇動手。

而外邊的那個舉著鐵皮筒子的傢伙，居然上來二話不說，直接命令大夥放下武器投降！這個人，他到底會不會當強盜啊？

當即，就有人手指一哆嗦，將一直搭在弓臂上的羽箭射了下來。

只可惜距離鐵皮筒子太遠了些，大部分羽箭只飛了一半，就一頭扎在了地上。

零星兩三支勉強飛到了目標附近，也早已失了力道，被鐵皮筒子旁邊的士兵拔出刀來一磕，立刻斷成了兩截！

「不准放箭，誰叫你們放箭的！」吳有德大急，掄起七星寶劍朝著莊丁身上亂拍，「沒有莊主的命令，誰都不准放箭！」

「不要放箭！」吳有財對門外不按常理出牌的那個傢伙也好生頭疼，用腳踢了踢一名教頭的大腿，制止了此人偷偷用強弩向鐵皮筒子瞄準的行為，「這麼遠的距離，即便能射得到他，也未必穿得透他身上的鐵甲！先把弩箭放下，讓我來問問他的來意！」

說罷，將手扶在牆垛上，探出半個身子，衝著手舉鐵皮筒子的年輕人喊道：「門外可是朱將軍，在下吳家莊莊主吳有財，這廂有禮了！」

「嗯？這礦老闆居然比我還有文化？」朱八十一愣了愣，將鐵皮筒子再度舉到嘴邊，大聲喊道：「對，我就是朱八十一！吳莊主是吧？趕緊帶著你的人出來投降！否則真的動起手來，結果就不是你我所能控制的了！」

「還真是大言不慚！」吳有財雖然沒想跟紅巾軍把關係弄得太僵，聞聽朱八十一如此狂妄，心中不由得湧起了幾分怒意。咬咬牙，朝門外喊道：

「朱將軍，我吳家莊與你徐州紅巾往日無怨，近日無仇，只因為一時手頭緊，湊不齊李總管要的錢糧，你就帶著兵馬打上門來。這樣做，未免有些欺人太甚了吧？」

「對！朱將軍，我們又沒說不給，就是手頭有點緊，湊得慢了些。您真的沒必要帶著兵來！」吳有德也從牆垛後探出半個腦袋，大聲替哥哥幫腔。

「嗯？」朱八十一又愣了，沒想到對方居然還要跟自己理論一番誰是誰非。這方面的準備，他之前可是絲毫沒做。前後兩個世界的記憶裡能找出來作為借鑒的，也只有這一句：「裡邊的人聽著，趕緊放下武器，爭取寬大處理……」

正著急間，聽見自己的親兵隊長徐洪三低聲說道：

「都督！這個時候，您應該說：國有國法，家有家規。吳家莊帶頭抗拒按時繳納供奉，不得已，你才帶著人馬親自來取！」

「這麼複雜？」朱八十一扭過頭，滿臉不可思議。「這不是騙鬼的話麼？難道我這麼說了，他就會立刻把錢和糧食送出來不成？」

「**江湖規矩就是這樣**！」徐洪三被問得有些發傻，想了想，解釋道：「既然他們不願意痛快地給，肯定要打上一打，稱稱彼此的斤兩，但開打之前，卻要把場面做足了！這樣，打起來之後才都不會下死手。傷亡幾個人，稱出了彼此的斤兩之後，兩家才好再坐下來繼續討價還價！」

「噗！」朱八十一聽著新鮮，忍不住笑出了聲音來。

隨即，他又板起臉，舉著出發前讓鐵匠們臨時趕製出來的鐵皮喇叭，朝已經等得不耐煩的吳有財等人喊道：

「吳莊主，咱們別再浪費口舌了，你累，我也累。給你弄點兒實在的。你看過之後，再決定這仗是否還值得打！」

說罷，也不聽吳家莊的人如何回答，逕自把鐵皮喇叭朝徐洪三懷裡一丟，然後朝著身邊躍躍欲試的連老黑和黃老歪等人大聲命令：

「老黑，等會你先試你的大抬槍。老黃，讓你的徒弟把火炮都亮出來，如果他們還不投降的話，直接朝寨牆上射一輪兒！」

「是！都督！」連老黑和黃老歪兩人大聲答應著，帶領起十幾個鐵匠徒弟，將雙輪手推車上麻布給扯了下來，然後七手八腳開始準備秘密武器。

那連老黑的手推車上，放的正是前一段時間按照朱八十一的要求，重新縮小了的火銃。

說是縮小了，青銅製的槍管也足足有五尺多長，再加上棗木製的槍身、準星、罩門等物，總重量高達四十多斤。所以根本不能由一個人單獨使用，只能用預先做好木頭架子支起來，或者兩個人抬著發射。

因此朱八十一見了此物第一眼，就直接給出了一個無比恰當名字：大抬槍。

那黃老歪的放大版火銃，倒是做得美輪美奐，銃長也在五尺上下，青銅所製，口徑高達五寸，銃壁則厚到了四寸有餘。整個火銃重量高達五百七十多斤，明晃晃，金燦燦，陽光下令人耀眼生花。

這件黃氏火銃，朱八十一第一眼看到後，也迅速給它起了一個好聽的名字：大將軍炮。還特地命令黃老歪立刻趕製出另外兩門，和第一門一道推著，到戰場上檢測其真實威力。

大夥只管在吳家莊大門口埋頭擺弄剛製造出來的神秘武器，那吳家莊的院牆上，眾莊客們可就等得不高興了，一個個扯開嗓子，用顫抖的聲音喊道：

「你們到底講不講道理啊？還自稱是義軍呢，連句場面話都不肯說！」

「打就打，誰怕誰啊！一會兒挨了刀子，可別喊疼！」

「趕緊躲遠遠的，要不然我們放箭了！」

喊著喊著，就又射出了一陣羽箭。其中還有兩三支硬弩，示威般扎在了炮車前方，嚇得正在朝炮口裡填火藥的黃老歪等人抱頭鼠竄。

「來人，護住黃師傅！」

朱八十一皺了皺眉頭，揮手叫過來幾名戰兵，讓他們排成一排，手舉著大盾將黃老歪和他的徒弟們護在了身後，隨即又舉起鐵皮喇叭向莊子內的人喊道：

「吳莊主，你看左面望樓上的銅鐘！」

「啊！」吳有財和他的三個兒子們滿頭霧水，一起將目光轉向銅鐘。只見平素報警用的大銅鐘靜靜地吊掛在望樓裡，哪裡有絲毫異樣？

正困惑間，又見朱八十一用手指了指銅鐘，衝著一個正在擺弄銅管子的傢伙問道：「老黑，能打得到麼，給我把銅鐘敲起來！」

「您瞧好吧！」

連老黑這幾天每逢紮營的時候，就把自己親手製造的寶貝抬槍反覆擺弄，對於基本射擊要領早已了熟於心，大咧咧地答應一聲，立刻將手裡的艾絨觸在導火線上，然後雙手牢牢地握住槍柄，將槍口穩穩地指向一百五十外的銅鐘。

只能「砰」地一聲巨響，火光閃動，隨即掛在望樓裡的銅鐘「噹啷！」一聲，被砸出了個拳頭大的窟窿來，像著了魔一般在半空中來回搖盪！

「嗡嗡——嗡嗡——嗡嗡——」破損的鐘壁顫動不止，將刺耳的聲音傳入了莊牆上每個人的心底。所有人，包括見多識廣的吳有財，一瞬間都呆若木雞。

一百五十步從低向高仰射，即便是把守城用的床子弩拉過來，也不可能將純銅鑄造的大鐘硬生生給鑿出了窟窿來！**那朱老蔫究竟使了什麼妖法？**隔著如此遠的距離，居然一擊而中，並且誰也沒看清楚射出來的是什麼？

「快跟我去端黑狗血！」關鍵時刻，平素最沒出息的二公子吳有田，反而第一個回過神，拉起兩名莊丁，撒腿就往牆下跑。

「我準備了好幾桶呢，都是熱乎的。趕緊潑到院牆上，不然，他再使幾次妖法，牆都得給砸塌了！誰能擋得住他！」

「妖法？」眾莊丁機械地重複，跟在吳有田身後小跑著去端糞汁和黑狗血。

正亂哄哄間，門外的朱八十一再度舉起了鐵皮喇叭，「吳莊主，趕緊讓你的人從鐘樓上撤開，躲遠點兒，我再給你看個新鮮！」

說罷，也不管對方如何準備，躬下身，與黃老歪一道擺弄起了銅炮。

因為是第一次在實戰中使用的關係，在確定火炮發射角度和固定炮身時，就又多花費了一些功夫。為了安全起見，還在每一門銅炮的尾部堆起了一個土堆，以免後坐力太大，導致炮車在後退過程中撞傷人。

待一切都擺弄好了，莊子內騷亂也停了下來。牆上牆下，都齊齊地將眼睛轉向鐘樓，看他如何施展。

「一號、二號將軍炮放實彈。三號將軍炮放加了火藥的開花彈！給我瞄準了打！」朱八十一退開數步，大聲命令。

「是！」黃老歪和他徒弟們興奮地回答，將彈丸從馬車上拿起來，塞入相應的炮口，然後點燃引線，捂著耳朵跑出老遠！

「轟！」「轟！」「轟！」排在最左側的一號炮搶先開火，然後是二號、三號。

兩枚四斤重的鐵彈丸呼嘯著脫離炮口，一枚正好砸於還在搖晃的大鐘上，將後者直接推了出去，重重地落進了院子內「咚——」，砸出一個巨大的深坑。

另外一枚實彈則稍微射偏了些，砸在瞭望樓旁邊的牆垛上，將青磚壘就的牆垛直接砸塌了一大半，磚屑飛濺，落在莊丁的臉上和身上，就是一道道血口子。

但是眾莊丁們卻誰也沒顧上喊疼，齊齊地轉過身，盯著落在院牆內的第三枚鐵彈丸。

只見那枚彈丸一邊冒著煙，一邊不停地在院子中旋轉，旋轉，突然「轟」地一聲，火光閃耀，將剛剛端過來的狗血人糞連同若干傳說中的至陰之物一併送上了天空，然後像下雹子一般落下來，濺得吳家三兄弟和他們身邊的莊丁們滿頭滿臉。

這下，味道可就美了。三兄弟和眾莊丁們不知道發生了什麼事情，本能抬起手，在臉上頭上胡亂抹了幾下，然後互相看了看，趴在院牆上大吐特吐。

其他身上沒被狗血和糞便淋到的莊丁、教頭和江湖大俠們，也都被熏得胃腸一陣陣翻滾。以手掩住鼻子，拼命朝院牆兩側躲。

正亂得不可開交之際，門外的朱八十一卻又喊了起來：

「裡邊的人聽著，馬上放下武器出來投降，頑抗到底是沒有出路的。紅巾軍的政策你們應該也知道，只要你們放下武器，一定會給你們寬大處理……」

「開門，跟我出去投降！」老莊主吳有財嘆了口氣，咬著牙命令。剎那間，整個人矮了下去，宛若風雪後的一株殘荷。

「還沒開打呢！」大公子吳良謀揚起滿是狗血的臉，提醒了一句，然後又迅速低下頭，「還沒……哇！哇！」狂吐不止。

「打什麼打，開門吧！希望他能給咱們吳家留條活路！」

吳有財彷彿老了二十歲，緩緩挪動腳步，帶頭朝院牆下走去。

走了幾步，就在糞便上滑了一跤，然後爬起來，繼續跌跌撞撞往院牆下走。

對方的成色，他的確試出來了，只是，這個代價，唉！不說也罷！

第六章

黑吃黑

黑吃黑這種事，不僅是綠林好漢們擅長，
作為阿速左軍的達魯花赤赫廝亦精熟此道。
剿滅了這夥蟻賊後，他到受害的塢堡裡轉一轉，
相信那些苦主們會再送上一份厚禮，
讓他一下子得到雙倍的收穫。

三月，朱八十一兵臨吳家莊，一鼓破之。

至於這一鼓具體敲了多長時間，就不得而知了，反正遠近塢堡派來的那些偷偷摸摸打探消息者，無論到得早還是到得晚，看見的都是一個支離破碎的大門和坑坑窪窪的磚牆。

吳家莊已經破了，莊主吳有財連個求救的信使都沒來得及向外派！

消息傳開之後，黃河以北距離徐州兩百里內的那些曾經拒絕向徐州紅巾繳納錢糧的塢堡，立刻就改變了主意。按照徐州軍索取的數量，將銅錢和糧食加倍裝了車，星夜送往芝麻李的大營，同時派出心腹攜帶厚禮，快馬加鞭趕往吳家莊，向朱八十一表示祝賀，以免後者打順了手，回頭就把自己的塢堡也給一勺燴掉。

然而令那些堡主、寨主們非常忐忑的是，他們派出去的心腹無論拿出多厚的禮物，都根本見不到朱八十一本人，只是被一個叫做徐洪三的親兵給擋了駕，讓大夥把禮物放下，然後各自回家聽候處置。

至於朱將軍會不會來打，要怎麼樣才肯放過大夥，以及吳家莊的莊主吳有財和他的幾個兒子下場如何，一概不予回應。

「應該沒全殺了吧！」

距離吳家莊四十里的劉家莊，槍棒教頭劉二，一邊擦著頭上的塵土，一邊忐忑不安地向寨主劉老泉彙報：

「小的今天在吳家莊門口特地多看了幾眼，大門左首的瞭望樓塌了，大門兩側的院牆上，各有五六處被炸塌了地方，但牆上和牆下並沒見到什麼血跡，進了院子之後，血腥氣聞起來也不太濃。」

不太濃，那就是有血腥氣！有血腥氣，肯定就意味著是殺過人的！否則，如何顯示徐州軍的天威！**況且這土匪打破了莊子，怎麼可能會給苦主臥薪嚐膽圖謀報復的機會！**

想到這兒，劉家莊的莊主劉老泉長嘆了一聲，搖著頭道：

「唉——！我那吳老哥，這輩子活得太順風順水了，就不知道該低頭時得低頭。這回，死了恐怕以後墳前連個上香的人都沒有！唉——！」

「唉，誰說不是呢。」槍棒教頭劉二陪著莊主嘆了口氣，附和道：「他要是趕在紅巾賊登門之前就服了軟，也不至於如此！可惜那數萬貫家財了，這一回全都落入了那姓朱的手中！」

「恐怕姓朱的根本就不想給他服軟的機會吧！」劉老泉又嘆了口氣，搖頭道：「北岸這些堡寨裡，就數吳家莊最富，那紅巾賊的頭目又都是窮鬼出身，正愁找不到藉口來洗呢。吳莊主帶頭不繳納錢糧給他們，豈不是正合了他們的意！

唉，可惜了，一場兵災過後，那莊子裡的煉銅和煉鐵爐子能剩下兩成就不錯了，想恢復往日規模，不知道要等到何年何月！」

說到這兒，他又猛然想起一件事來，看著風塵僕僕的槍棒教頭劉二，用極低的聲音問：「你去的時候，看到吳家莊後面還有煙囪冒煙麼？我是說那些煉銅和煉鐵的爐子，紅巾賊沒將它們全都毀光了吧？」

「這——」劉二眉頭緊鎖，冥思苦想。

白天去吳家莊探聽紅巾賊下一步動向時，他還真沒去留意莊子後面那些又粗又大的爐子是否還在繼續冒煙，然而此刻家主問起來，又不能如實彙報說自己沒注意。

沉吟片刻，也用極低的聲音回答：「應該還有爐子在冒煙。您老也知道，吳家莊那一帶最大的特色就是一年四季都煙塵滾滾，要是煉銅和煉鐵的爐子都不冒煙了，才會讓人一眼就發現差異！」

「那就怪了，莫非朱賊占了吳家莊，要自己在那裡開爐煉礦？」

劉老泉聽得微微一愣，臉上立刻露出了迷茫的表情。

「自己煉，哪如搶得方便？況且眼下只有他一支孤軍懸在河北，既然滕州的官府不敢惹他，哪天朝廷的兵馬路過，也容不得他繼續在吳家莊招搖啊？難道說，他們打破莊子，抓了吳家父子，然後又把父子四人放出來，逼著吳家莊繼續替他們煉銅煉鐵？」

「不可能！」槍棒教頭劉二立刻出言反駁，「咱們被逼無奈，暗中給芝麻李輸送錢糧是一回事。畢竟連官府自己都這麼幹，以後朝廷即便知道，也會睜一隻眼閉一隻眼；可明著替紅巾軍幹活，朝廷無論如何都不會容忍，搞不好就是下一個沛縣之禍。那吳家父子為了求一時活命，把整個宗族和莊子裡的幾千男女全都搭上，豈不是太鼠目寸光了些！」

「誰知道呢！」

劉老泉用力搖頭，怎麼搖，也搖不出個結果來。

以他的人生經驗，寧願被紅巾軍所殺，也不能得罪大元朝廷。被紅巾軍殺了，頂多只是父子兄弟幾個，一家一姓；而得罪了大元朝廷，則連族誅都是幸運，一弄不好，左鄰右舍，整個莊子，乃至四鄰八鄉所有跟吳家莊有關聯的，就都是死路一條。

而劉家莊與吳家莊以前卻是結過親的。自己的二兒子劉勇，娶的就是吳家二房的長女吳英姑！

想到這兒，劉家莊再度長長的嘆氣，抓起手邊鈴鐺搖了搖，喚進門外一直伺候著的親隨：

「去，找幾個力氣大的婆子，到老二那邊，把老二家的暫時送進祠堂旁的小院子裡安置。等吳家莊的確切消息傳過來，再送她回老二身邊。」

「這——是！」親隨們臉上露出幾分不忍之色，低聲答應著去了。

誰都知道，所謂的安置，其實就是先軟禁起來等候風聲。如果吳家父子被紅巾賊殺掉了則罷，二少奶奶還能算是忠烈之後，在劉家依舊能有碗飯吃；如果吳家父子真的投了紅巾軍，恐怕二少奶奶就要被送回吳家，或者永遠關在祠堂邊的小院子裡，再也無法出頭了！

「這麼大一個莊子，幾千口性命呢！我能有什麼辦法！」也許是為了解釋給劉二聽，也許是為了讓自己心安，劉老泉呻吟般自言自語。

「要不，小的再去吳家莊附近轉轉？反正紅巾賊又沒有把路封了，小的多去轉轉，也許能探聽到更多的消息來！」

槍棒教頭劉二心中也非常不忍，湊到劉老泉身邊，低聲提議。

「去吧！先去帳上支十吊錢，帶在路上防身。如果有了消息，立刻回來通知我！」劉老泉思考片刻，點頭答應。

「對了，如果看到紅巾軍朝著咱家這邊來，無論如何提前送個信給我，咱劉家可不能步了吳家的後塵！」

「是，小的明白！」劉二行了禮，倒退著走出書房之外。隨即到帳房支取了一筆銅錢，騎著馬，又風風火火地出去打探消息了。

說來也怪，這一次，他在吳家莊附近一轉就是三天。

三天來，那吳家莊的煉礦爐子該冒煙冒煙，該開爐開爐，居然一刻都沒有停過。連同那莊子周圍的農田，居然也有人趕著水牛繼續下地，彷彿莊子裡頭什麼事情都沒發生一般。

槍棒教頭劉二越看心裡越驚奇，最後實在按捺不住了，挺著膽子湊到一個正在下地的農夫身邊，壓低了聲音打聽：

「喂，老哥！您是這莊子了的人麼？」

「怎麼不是？」那農夫抬起頭，狠狠白了他一眼，「您不是劉家莊的劉教頭麼？怎麼到了莊子門口了不進去坐？整天在這野外蹲著，您不嫌蟲子咬得慌嗎！」

沒想到對方居然認識自己，劉二被說得臉色一紅，訕訕地解釋：

「我們家莊主擔心吳莊主的安危，派我過來打聽他老人家的消息。請問老哥，吳莊主還活著麼？」

「你這後生，怎麼說話呢你？」農夫聞言大怒，瞪圓了眼呵斥，「吳莊主當然活著呢，他老人家又沒做過什麼傷天害理的事情，怎麼可能是個短命的？倒是某些人，哼哼，見死不救還說風涼話，早晚會遭報應！」

劉二被罵得臉紅脖子粗，為了自家莊子的安危，卻不得不忍氣吞聲，繼續打探道：「老哥，留點口德，我們家莊主沒等把人馬派過來，就聽說吳家莊已經被紅巾賊打破了。怎麼？紅巾軍沒難為吳老莊主？那朱八十一怎麼會突然發起了善心？」

「怎麼沒難為？不難為人，你當他們是活菩薩麼！」

那農夫彷彿早就知道劉二會有此一問，按照事先準備好的答案，回道：「我們莊主力戰被擒，原本準備以死明志的，誰料那朱老蔫忒地奸猾，搶了莊主家所有積蓄不算，還拿全莊老少的性命威脅莊主，讓莊主跟他簽定城下之盟。每年要交一大筆銅和鐵給他們，否則就殺光全莊子的人！」

「可惡！」劉二感同身受，大聲痛罵。

罵過之後，又覺得此事有點不太對勁兒，用全莊上萬口男女老少的性命逼著吳莊主投降，那吳莊主向紅巾賊服了軟，倒是情有可原，朝廷日後過問起來，也不能追究得太狠，只是，**一個城下之盟能管什麼用**？紅巾賊走後，吳家就是不繼續繳納銅和鐵給他們，他們又能怎麼樣？

正迷惑間，又聽那農夫說道：「非但如此，那惡賊還將大公子掠去做了人質，說如果兩個月後收不到第二波銅和鐵，就要把大公子一刀兩斷！唉，可憐我們莊主這輩子積德行善，到了老來，卻落到如此下場！唉！」

居然還掠了吳家莊的下一任莊主吳良謀為人質？這朱八十一手段果真惡毒！劉二聞聽，心中頓時對吳家充滿了同情。

不過這樣也好，吳家對朝廷有了交代，紅巾軍也沒有將吳家滿門殺了個雞犬不留，那些吳家嫁在外邊的女兒，也不會因為娘家與紅巾賊有了瓜葛被夫家休掉，或者關押起來隨時準備交給官府，**大家各取所需，倒落得天下一片太平**。

比起以往那些被匪徒洗掉的莊子，吳家莊現在的結局倒不算最差。又陪著農夫嘆了一會兒氣，劉二終於跳上馬背，飛一般跑回去向自家莊主彙報了。

「蠢豬！」那農夫看到他的背影去遠，也立刻棄了水牛，一溜小跑回了莊子。與其他特意出來散佈消息的農夫們一道，找管家吳福彙報結果，順便領取事先說好的賞金。

「老爺早就知道他們為何而來！」那管家吳福聽完了農夫們的彙報，撇撇嘴，不屑地說道。隨即命令帳房給農夫們立刻發放賞錢，自己則整理了一下衣服，快步回到書房，向家主吳有財彙報消息。

進了書房，卻發現大公子吳良謀、二公子吳良田和三公子吳良方都在，哥三個眼睛都是紅紅的，臉上淚痕宛然。

再看那老莊主吳有財，也是剛剛擦乾淨了老淚，見到管家進來，揮了下手，強笑著吩咐：「老三，趕緊給福叔搬把椅子。這幾天的事，多虧了你福叔極力幫襯著，咱們家才過了此關。」

「不敢，不敢！」吳福立刻將手擺得像風車一般，「小人都是按照老爺的吩咐做的。老爺，您和少爺如果有事，小人一會兒進來！」

「不必了！」吳有財站起來，一把扯住吳福衣袖，「他福叔，你坐這兒吧！今天的事情，我們父子要請你做個見證！」

「啊！」管家吳福聽吳有財說得鄭重，愣了愣，欠著屁股坐了半邊椅子。

吳有財衝他笑了笑，突然挺直身體，大聲道：

「咱們吳家自從來到這裡之後，就一直沒有分過家，算算，也有七十多年了。今天我把老大送給朱都督做人質，實際上打的是開枝散葉的主意！」

「啊——！」管家沒想到自己聽到事關家族興衰的大秘密，猛然站起來就要往外走。

「坐下！」吳有財看了他一眼，不容拒絕地命令道：「這些事情，其實我不說，也不可能瞞得過你。之所以要老大去，而讓老三留下接我的家主之位，不是在我這當爹的心裡覺得老三比他大哥強。福叔，你要把這些話記在心裡，哪天一旦我不在了，隨時提醒老二和老三！讓他們永遠記得，老大當初被交出去，是為了這個家！」

「是，是……」管家吳福不敢再走，站在原地，兩眼發紅，汗流浹背。

「之所以讓老大去做人質，是因為老大是個魯莽的性子，適合進取，不適合守成；而老三的性格，跟老大正好反過來，守成有餘，進取之心不足。老大，你跟了朱將軍，雖然說是做人質，家族為了自保，過後也少不得要將你除名，但看在老夫將來要陸續給他送去的兩萬多斤銅上，那朱八十一也不能真的把你當人質對待。而你跟了他，萬一哪天一飛沖霄了，也別忘了在這兒山陽湖邊，還有你兩個兄弟！」

「是！」吳良謀長跪於地，紅著眼睛答應，然後重重地給父親磕了三個響頭。「孩兒不孝，以後不能侍奉大人膝下了，請父親大人每日多餐少憂，日後，日後……」

說到一半，他已經哽咽得無法出聲。雖然被家族除名這檔子事，只是做戲給朝廷看，但是對他們父子二人來說，此一去，恐怕就是生離死別，這輩子都難再見了。

「癡兒！起來，你這又是何必！」

吳有財抬手擦去腮邊的眼淚，笑著扯住長子子的胳膊。

「這世上，那些傳承過百年的大家族，哪個不是如此。太平時節，就得有人去當官，有人去經商。然後官護著商，商養著官，一家人抱成團兒努力向上；若遇上亂世，則就得有人去保朝廷，有人去投反賊，最後無論是朝廷贏了，還是反賊贏了，家族的實力也不會下跌太多。

「咱吳家，自從你曾祖父那輩起，就沒再出過為官的了，所以這朝廷船是搭不上了，但反賊這邊，總得留一絲機會！所以細算起來，把你送出去，是我這當爹的對不住你，而不是你不孝，辜負了老爹！」

話音落下，父子四人再度抱頭痛哭。

那管家吳福聽得心裡頭宛若刀攪，咬咬牙道：「莊主何必如此，那朱八十一所憑，不過是幾件古怪的火器罷了，如今他把火器就擺在莊子前面的曬穀場上，手下士兵又分散住在周圍的民房裡，咱們趁著黑夜召集人手，先搶了他的火器，然後再……」

「一派胡言！」吳有財立刻抬起淚眼，衝著吳德怒目而視。「你也是年過不惑的人了，怎麼目光比小孩子還短淺？那幾件火器的確就擺在打穀場上，可你如何保證他手中沒有藏著別的神兵利器？況且在他到來之前，咱們吳家已經煉了十幾年銅了，這期間，鐘鼎鐃鉢不知道鑄了多少。幾曾想過這銅鐘橫過來，裝上火藥就變成了神兵利器！」

「這……」不光是管家吳福，吳良謀、良田和良方三兄弟，也被老父的話問住了，一個個瞪著淚眼，面面相覷。

「我之所以捨了你去跟朱將軍，也正是因為如此！」吳有財繼續對長子道：「他雖然把咱們家多年積蓄洗劫一空，可他進莊子這些天來，沒縱容屬下亂殺過一個人，沒辱過一名婦女。他手下的人雖然大多也是剛剛放下鋤頭沒多久的莊稼漢，卻也被訓練的站有站相，坐有坐相，令行禁止。再加上那些層出不窮的火器，這樣的人在這亂世當中，成就豈會太小？日後此子即便不能坐擁江山，恐怕也是馬援、李靖一般人物。

「你跟了他，相當於附上了青龍尾翼，只要僥倖不死在半路上，最後恐怕也少不了一場大富貴在等著。所以，切記，一定不要把他拿光咱家錢財事情放在心上，並且，一定要盡全力輔佐他，把他當做你的主公對待，有多大力氣用多大力氣。寧可讓他覺得你本領不夠，也不可讓他覺得你不肯忠心侍奉他。眼下他身邊謀臣良將半個也無，你現在就跟了他，即便日後他麾下盡是韓信、張良之輩，沖霄之日，恐怕也不會忘了你的功勞！」

「是！孩兒記下了！」吳良謀被父親說得心中火熱，又紅著眼睛磕了個頭，緩緩站了起來。

「好了，都去睡吧。明天早晨，他就要返回徐州了，你儘管跟他走，家中的事，有福叔和你的兩個弟兄幫我照應，不用惦記！」

吳有財將兒子們挨個攬進懷裡，用力抱了抱，然後直接推出門外。

三兄弟含著淚在父親門外站了一會兒，見老父書房門始終沒有再打開，只好朝著房門又施了禮，各自去了。

第二天一大早，朱八十一果然帶著麾下弟兄們，推起裝滿了金銀細軟和銅錠鐵塊的雞公車，拔營回返。

走的和來時一樣乾脆俐落，只是來時五百多輛半空的雞公車，回去時卻變成了一千三百多輛，並且每一輛都裝得滿滿當當，木頭製的輪子在泥地上留下了深深的痕跡。

那吳良謀也跟被家族送給朱八十一的百餘名莊丁一道，灑淚拜別了老父，加入了徐州左軍的隊伍當中。

一路上，每走幾里就回頭看上一看，真的是肝腸寸斷，哽咽不止。

親兵隊長徐洪三被他哭得心煩，忍不住道：

「差不多就行了，二十歲的大小夥子了，眼淚怎麼就那麼不值錢呢！我像你這麼大的時候，早就離開家去轎行當學徒了，每天扛著磨盤練習走路，還連飯都吃不飽！要像你現在這樣，還不早就哭死了！」

「你那是被生活所迫，不得已而為之！」吳良謀立刻豎起眼睛，低聲反駁。

「你好，你有飯吃！」徐洪三好心被當成了驢肝肺，瞪了他一眼，不屑地提醒道：「又不是咱們都督非要帶你走，而是要做場戲給韃子官府看，你明白麼？你要是敢繼續待在家裡頭，等韃子的大軍趕過來，全家都得給人砍了腦袋！」

「我家又沒請你們過來！」吳良謀聞聽，愈發覺得委屈，恨恨地回道，隨後將頭扭在一邊，不想再和仇人多浪費任何口舌。

「呀，你還牛上了！」徐洪三揚起刀鞘來想打，抬頭偷偷看了一眼不遠處正在努力學習騎馬的朱八十一，又遲疑著放下了胳膊。

自家主將不喝兵血，也沒有虐待士卒的習慣，他這個當親兵隊長的，當然不能做得太過分。然而被一個人質給窩了脖子，這口氣也實在難以下嚥，因此想了想，又換了一副笑臉說道：

「你家當然沒請我們來，可你爹拖著我們徐州軍的錢糧遲遲不交，我們當然要過來催一催了。如果換了我們是朝廷那邊，不也一樣得派了官吏找上門麼？不信你家能剩得比現在還多！」

「朝廷是朝廷，你們是你們，給朝廷繳稅納賦，那是我家分內之事，而你們……」

吳良謀偷偷看了眼朱八十一，壓低聲音不屑地道：「一群草寇而已，怎麼能跟朝廷比！」

「呟——哈！」徐洪三又被氣了個火冒三丈，盯著吳良謀的眼睛反問：

「**我們怎麼就不能跟朝廷比了**？朝廷眼睜睜地看著老百姓餓死不管，我們紅巾軍打下了徐州之後，做的第一件事情就是開倉放糧。朝廷收稅收到老百姓賣兒賣女的地步，我們徐州紅巾把地分給老百姓卻只收兩成。朝廷只給有錢有勢的人撐腰，沒錢沒勢的哪怕被當街打死了，官府都假裝看不到，我們徐州紅巾卻規定殺人者償命，無論你官職高低，有錢沒錢，是蒙古人還是漢人。你說，**到底是朝廷更像個朝廷，還是我們這群草寇更像朝廷？**」

他造反前是個轎夫頭目，屬於下九流中有名的碎嘴職業，給朱八十一當了親兵隊長之後雖然刻意收斂了些，但跟人爭辯起來卻依舊輕易不肯認輸。此刻在行軍途中百無聊賴，又難得遇上個好對手，當即談性倍增，旁徵博引，將質問的話連珠箭般射了出去。

那吳良謀登時被問得接不上話來，愣了好一陣兒，才硬著頭皮回了句：

「那你們也沒有向我家徵錢糧的權力，朝廷雖然做得不好，但人家是天下正朔，要是朝廷做得稍有不好，大夥就都像你們一樣拎著刀子造反。這天下還不是要亂了套？」

「你先弄清楚一件事，不是我們要造反，是朝廷逼著我們造反，不造反就得活活餓死！」徐洪三連聲冷笑，「換了你，連觀音土都吃不上了，你肯蹲在家裡乖乖等著餓死麼？至於正朔，什麼叫正朔？現在的皇上是個韃子吧！咱們好好的漢家江山，他一個韃子朝廷怎麼就成了正朔？」

「天命有常，惟有德者居之！」吳良謀說他不過，只好又掉起了書包。

「有德？你說韃子朝廷有德？哈哈哈，你說韃子朝廷有德？」

徐洪三像看白癡一樣看著他，搖頭大笑，「你知道韃子當年打到這邊來，殺了多少人麼？告訴你吧，我祖爺爺那輩兄弟七個，就跑出來他一個，其餘六個，全被韃子給砍死在了逃命的路上了。這樣的朝廷，你居然敢說它有德？缺大德吧你！」

「你，你……」

蒙元得天下時殺戮之慘，吳良謀從自家已經過世多年的祖父口中也聽說過，然而五德輪迴，是這個時代儒家的一個重要理論支撐，雖然儒者口中的「德」，與市井百姓嘴裡的「德」，是完全不同兩種概念。但一個完全靠殺戮建立起來的朝廷，硬說它符合天道，又實在需要足夠厚的臉皮。

吳有謀只是有些書呆子氣，卻不是個睜著眼睛說瞎話的厚臉皮，嘴唇濡囁了半晌，一句反駁的話都說不出來。

那徐洪三在辯論中站了上風，心中好生得意，口齒也變得愈發清晰：

「既然誰更會殺人，誰就該坐江山，給我們紅巾軍繳納錢糧，你還有什麼委屈的？我們紅巾軍肯定比滕州府的官兵更懂得殺人吧？這話太糙，咱再換一種說法。誰的軍隊能打，誰就該搶了江山做皇上。我們紅巾軍現在也沒輸給韃子朝廷吧？**你怎麼知道將來不是我們紅巾軍坐江山？你那個『德』不會落到我家都督頭上?!**」

「就他？」吳良謀將頭轉向正在跟戰馬較勁兒的朱八十一，怎麼看，都無法將這個身上沒半點斯文氣兒的屠夫與坐在龍椅上的九五至尊聯繫到一起。

但是他牢記著父親的吩咐，不敢表現出對朱八十一本人的絲毫不滿來，掙扎了一下，道：「就憑你們？也就是憑著火藥之利暫時打了朝廷一個措手不及罷了，等哪天朝廷反應過來，鹿死誰手還未必可知呢！」

這個典故有點兒深，遠超出了徐洪三的理解範疇，後者立刻皺起眉毛：「什麼，你說什麼未必可知？鹿，這跟鹿有什麼關係？」

「**秦人失其鹿，天下共逐之！**」吳良謀立刻抬起頭，舉目四望，滿臉高深，「這鹿，就是江山。最後落到誰手裡，誰就當了……」

話說到一半兒，他的舌頭突然打了結，兩眼緊盯著西北方向飄來的一團黃褐色的雲，原本白淨的臉孔瞬間變得一片烏青。

「不好，那邊是戰馬踩起來的煙塵，有騎兵，大股的騎兵！」

「騎兵！」

彷彿在驗證他的烏鴉嘴，兩名紅巾軍斥候拼命打著馬，從西北方向疾奔而至。「打著黑十字旗的色目騎兵，從運河那邊殺過來了！」

朱八十一帶領大夥要去的就是運河方向，正準備將從吳家莊搬出來的細軟和銅料裝上貨船，從水路運回徐州。

此刻聽斥候說有一支色目騎兵迎面殺到，不由得大吃一驚，連忙催馬迎住斥候，大聲追問：「什麼？色目騎兵，多少人？是路過還是專門奔咱們來的？」

兩名斥候滾下馬背，喘著粗氣大聲彙報：「是綠眼回回，長得跟伊萬差不多，打著黑色的旗子，上面畫了個白十字。有三千出頭，屬下不知道他們是路過還是專門來打咱們的！」

「是阿速軍！」伊萬諾夫小跑著跟了上來，向朱八十一說明：「打黑色十字旗的，肯定是阿速軍。皇帝的私人衛隊，裡邊全是清一色的阿速人，趕緊找個高一點的地方備戰，別讓騎兵直接衝過來！」

「那邊有一座小山，山後就是一條河！」

此處距離吳家莊只有十幾里路，因此吳良謀對周圍的地形極為熟悉，跑到朱八十一馬前，用手指著兩百步外，大聲道。

朱八十一順著他的手指望去，果然看到一座蔥蘢的丘陵。大概比地面高出了一百米左右，正面的坡度非常平緩。

這個時候，他也沒功夫再找更合適的地點了，立刻將手向山頭處一指，大聲命令：「上山，把雞公車都推過去，橫在前面當寨牆。馬上！」

「上山，把雞公車也推過去當寨牆！」徐洪三立刻帶領十多名親兵，將主將的命令一遍遍重複。

「是！」吳二十二乾脆俐落地答應一聲，然後直起腰，向身後揮舞手臂，「弟兄們，跟著我上山。」

他們都是從上次戰鬥中跟在朱八十一身後去炸兀剌不花的那批勇士裡頭提拔起來的，作戰經驗和臨陣指揮能力方面或許有所欠缺，但是在膽氣方面，卻個個都屬於人中翹楚，即便此刻心裡頭再著急，臉上也不帶出一點驚慌的表情來，用力邁動的雙腿，更是一步一個腳印，努力控制住整個隊伍的行進節奏。

此番跟在朱八十一出來「打草穀」的親兵、戰兵和輔兵，也都是平素訓練中表現最為出色的一群。

從去年八月中旬到今年三月下旬，前後七個多月的軍容和隊列訓練，已經將服從和紀律牢牢地刻進了每個人的骨子裡頭。因此一個個都強行壓制住心中的慌亂，在各級將領的帶動下，秩序井然地推著雞公車朝兩百步的山坡上走去，連一塊銅板都沒有因為緊張而遺落在地上。

「伊萬，你先去山上指揮著大夥搭車牆！儘量寬一些，別讓騎兵能直接跳過去。」

「洪三，你去協助伊萬，叫大夥都按他說的辦，對付騎兵，他比咱們經驗多！」

「老黃，你把你的銅炮給架到高處，等會兒越過大夥頭頂，直接朝韃子隊伍裡轟！」

「老黑，你也去把你的抬槍架起來，準備專門朝著當官的身上招呼！」

朱八十一在十幾名親兵的保護下，走在整個隊伍最後，邊走邊將命令流水般的傳了出去。

經歷了去年冬天那場惡戰，他的本事也大有長進，雖然下命令時的語氣還略帶著些緊張，但至少條理非常清晰，能讓弟兄們知道自己該去幹什麼。

「是！」眾人答應著，撒腿朝荒山上跑去。

朱八十一回頭看了眼騎兵雲，估算了一下敵軍跟自己之間的距離，然後又低聲朝著緊跟在自己身邊吳良謀吩咐：

「你帶著你的莊丁，一會兒直接從山那邊下去，然後自管回家，如果官府問起來，你就說趁著我跟阿速人交戰的時候逃回去的，這樣他們就應該不會再難為你們吳家了！」

「我？」

吳良謀無論如何也想不到，朱八十一居然會在最危急關頭放自己離開，還准許自己帶走所有莊丁，兩眼瞪得老大，嘴巴也瞬間張成了一個雞蛋大。

「走吧！帶你出來，是為了讓你爹給官府有個交代，現在交代有了，你就不必留下來了。戰場上刀劍無眼，待會兒打起來了，我未必還顧得上你！」

「我——」吳良謀心中先是覺得一熱，隨即便湧起了無窮無盡的屈辱。然而，感動也罷，屈辱也罷，短短數息之後，卻全部讓位於理智。

顯然，這個節骨眼兒上最理智的做法，是速速離開。君子不立危牆之下，阿速軍發起狠來，可不會管誰是怎麼來的，是不是紅巾軍的人質！況且這紅巾軍剛剛洗了吳家，跟他仇深似海，他即便再年輕氣盛，也沒必要留下來與對方同生共死。

想到這兒，吳良謀深吸了一口氣，衝著朱八十一拱手施禮，告別道：

「如此，在下就先謝過都督高義了，祝都督旗開得勝，所向披靡！」

「回去告訴你爹，能躲就儘量帶著鄉親們躲一躲，那韃子眼裡可未必肯區分是誰是義軍，誰是順民！」朱八十一微笑著點了點頭，跳下戰馬，開始幫弟兄們推雞公車。從那一刻起，再也沒多看過吳良謀一眼。

被輕視的感覺瞬間再度佔據了吳良謀的心臟，他真想衝過去大聲告訴對方，自己身手不比對方麾下任何一個人差。

自己是將門之後，臨陣指揮肯定不會輸給紅巾軍裡的大老粗！然而，理智卻牢牢地抓緊了他的雙腳，讓他停在原地不能移動分毫。

這種時候，爭這一口氣有什麼用呢？自己與他們不是一種人！自己讀了許多書，師出名門，有殷實的家業和大好的前程，而他們，只是一群土匪而已，還剛剛將自己的家洗劫一空。

「聽伊萬的，他比咱們懂得怎麼打仗！」

「車和車之間留出幾條過人的通道來，只要能擋住戰馬就行了，別把咱們自己的路擋死，一旦色目人逃了，咱們還得追殺他們呢！」

「車子放下後，王胖子帶著輔兵去挖陷馬坑，戰兵和擲彈兵趕緊都把甲穿上，然後坐在車牆後恢復體力！」

「老黃，你行不行，不行就把銅炮交給別人，你帶著你的徒弟從山後邊先走一步！」

「……」

朱八十一爽利的聲音陸續傳來，字字句句彷彿都充滿了誘惑。吳良謀呆立在原地聽了一會兒，最終，長長的嘆了口氣，轉身朝正在等待自己做決定的莊丁們說道：「走吧，從側面繞過去。有紅巾軍擋著，阿速人顧不上追咱們。」

說罷，從距離自己最近的莊丁手中奪下一根紅纓槍，當拐棍拄著，深一腳淺一腳地走開了。

眾莊丁也不知道此刻該怎麼辦才對，按道理，他們已經被莊主送給朱都督了，應該留下跟紅巾軍並肩作戰才對。然而遠處殺來的韃子兵馬遮天蔽日，姓朱的手中只有區區一千多號人，大夥即便留下來，恐怕最終結果也難逃一死，並且一旦被韃子發現是吳家莊來的，肯定還會牽連到莊子裡的父母和家人。

「還愣著幹什麼，走啊！想幫忙啊？想幫忙就自己留下，不想幫忙就趕緊跟我走！」吳良謀向前走了一小段，沒聽見身後有腳步聲跟上，回過頭來，惡聲惡氣地喝道。

「哎！大少爺，您慢走！我們這就過來，這就過來！」

眾莊丁如夢初醒，拿起離家前莊子給大夥專門配置的兵器，背起簡陋的行李，跟在吳良謀身後，如逃兵一般跌跌撞撞。

「紅巾軍走不了了！」

「他們帶了太多東西！他們必須留下來跟韃子拼命！」

「兩條腿跑不過四條腿！他們走也是白走，還不如留下來！」

一邊走，大夥一邊回頭張望，看著那群模樣的膚色跟自己差不多人，在半山腰上，用裝滿貨物的雞公車壘起一道又寬又長，曲曲彎彎的簡陋城牆；看著那群剛剛放下鋤頭一年不到的漢子們，有條不紊地披上鎧甲，把利刃、盾牌和長矛抓在手裡；看著那群比自己高大挺拔的男兒，不慌不忙地拿出乾糧和冷水，坐在地上慢慢品嘗，彷彿吃的是龍肝鳳髓，飲的是玉液瓊漿。

當視野裡再也看不到那些與自己長得差不多的面孔之後，終於有莊丁忍受不了隊伍中的壓抑氣氛，湊到吳良謀身邊，祈求般問道：「他們能打贏，對吧？大少爺，他們手裡有那個銅炮！」

「對！他們手裡有銅炮，打出去的鐵彈丸還會爆炸。轟地一下，韃子就得炸死一大片！」

沒等吳良謀回應，周圍已經響起了一片肯定的附和聲。

那些紅巾賊剛剛洗劫了吳家莊，但是，在莊主宣布投降之後，沒殺掉莊子裡任何人，沒砸毀任何一座煉銅爐。唯一打爛的，就是吳家莊的院牆和大門，還是莊主主動要求他們做的，只是為了掩人耳目。

「希望吧！」不忍掃了大夥的興，吳良謀回頭朝山上望了幾眼，答非所問地道：「他們走路走得挺整齊的，身上的鐵甲看上去也非常結實。」

「嗯，軍容倒也稱得上整齊，臨陣機變也還過得去，怪不得兀刺不花會死在他們手裡！」樞密院同知，阿速左軍達魯花赤赫廝拉住坐騎，一邊手打涼棚朝著五百步外的小山觀看，一邊品頭論足。

從雙方斥候在運河畔遭遇，到自己率領騎兵追到這裡，前後不過是半個時辰光景，而紅巾賊們卻在這短短的半個時辰之內選了一個對步兵相對有利的地形，並且用那種醜陋到了極點的雞公車沿著半山腰擺出一道胸牆，著實難能可貴。

「那朱八十一既然敢號稱彌勒佛轉世，想必多少看過幾本書，對軍略也多少有所涉獵！」阿速左軍副都指揮使朵兒黑湊上前，笑呵呵地附和。

「正是，正是！十萬蟻賊裡邊，總能找到一兩個知兵的！」隊伍中的兩名千戶禿魯、鮑里廝也帶著坐騎，對著遠處小山上的義軍輕輕點頭。

沿著運河奔襲了百里，終於將這支膽敢流竄到黃河以北打草穀的蟻賊給逮住了，讓他們如何能不感到欣慰？

要知道，阿速左軍上下，全是一人雙馬的騎兵，最適合野外發起衝殺，如果要是讓這支賊兵退到黃河以南那泥濘不堪的土地上去，將其一舉全殲的難度將憑空增大數倍，從徐州城內殺出來的賊方援軍，也會令大夥防不勝防。

但是現在就簡單多了，雖然賊軍的頭領朱八十一將隊伍帶到了小山坡上，但那山坡的陡峭程度，只能對戰馬的衝刺速度造成一些影響，卻遠遠沒達到讓戰馬無法跑上去的地步。

而此地距離徐州還有八九十里路，中間還隔著一條黃河，即便芝麻李得到消息，帶兵前來救援也得在一兩天之後了，有這兩天時間，足夠阿速左軍將朱八十一和他手下的蟻賊們全殲二十次，並且每次方式都不會重樣！

其他阿速左軍的百夫長、牌子頭們，也都是行軍打仗的老手，見敵軍在土山上擺出了胸牆，不用上司們命令，就帶著各自手下的弟兄跳下坐騎，從備用的戰馬鞍子後取下包裹，拿出做工精良的鑌鐵札甲，慢慢套在身上，然後牽著坐騎，在帥旗附近小範圍內緩緩走動，舒活因為長時間騎馬而僵硬的筋骨，同時給戰馬積蓄體力。

一些特別憐惜牲口的士兵，則趁著這個機會從行囊裡掏出炒熟的黃豆，捧到坐騎嘴邊，讓後者慢慢享用。

他們都是天生的戰士，從曾曾祖父那輩起，就在窩闊台汗的帳下效力，然後追隨著蒙哥大汗征四川，陪著忽必烈大汗征阿里不哥、征李壇，追隨丞相伯顏下江南、征臨安、揚州。最遠還有一部分人的祖先跟在張弘範身側，將大宋最後一個皇位繼承人逼進了大海，可謂戰功赫赫，歷史輝煌。

最近二十年，雖然阿速軍的主要力氣都花在了蒙古貴胄們之間的互相傾軋上，但戰鬥力在整個大元帝國內，依舊排得上前五位。只是將士數量實在單薄了些，左右兩個軍加在一起才六千多人，無法單獨完成一場大的戰役，所以朝廷不到萬不得已，輕易不願動用這支力量。要是動，也會把好鋼用在刀刃上，讓他們給十幾萬大軍充當先鋒。

作為左軍的達魯花赤赫廝，也非常珍惜自家祖輩用血水換回來的榮譽，輕易不願意帶領部下冒險，除非有上頭的嚴命，或者絕對的把握。

今天的情況，就屬於後面一種。阿速左軍原本是奉了朝廷的命令，沿著運河南下，從邳州轉往汴梁，與等候於那裡的二十萬大軍會合，由丞相脫脫的弟弟也先帖木兒帶領一道去征討劉福通。

但是在途經魚台時，達魯花赤赫廝卻忽然聽當地漢人官員彙報，說有一支人數不滿兩千的紅巾賊，正大搖大擺地在山陽湖畔徵集物資，便加快速度趕了過來。

用三千騎兵去剿滅不到兩千的蟻賊，達魯花赤赫廝沒看到任何風險，此外，促使他下定決心的還有更重要的一個因素，那就是，眼前這支紅巾蟻賊剛剛洗劫了擁有一座礦場的吳家莊，並且還「敲詐勒索」了周圍十幾個富庶的塢堡。到手的金銀細軟多得已經拿不下，需要用車隊推著才能往回返！

黑吃黑這種事，不僅僅是綠林好漢們擅長，作為阿速左軍的達魯花赤赫廝亦精熟此道。並且在剿滅了這夥人數單薄的蟻賊之後，他還能帶著人頭大張旗鼓地到受害的塢堡裡轉一轉，相信那些苦主們，會感恩戴德地再送上一份厚禮，讓他一下子就得到雙倍的收穫。

既沒有什麼風險，又能獲得巨額利潤，這等美事，傻子才會拒絕！所以赫廝在發現蟻賊的蹤跡之後，立刻將運送糧草物資的大船和隨軍出征的四千輔兵留在了運河碼頭上，然後帶領麾下騎兵風馳電掣地追了上去。

到目前為止，一切都如事先估計的同樣完美。蟻賊們果然捨不得丟下搶到的金銀細軟四散逃命，而被朱八十一帶到了一座不太高的荒山上，試圖負隅頑抗。

從留在地上的車轍印記可以判斷，大部分雞公車負載都非常沉重，裝的絕對不可能是糧食、皮革等輕賤之物。隨便搶下十幾輛，就能將這次出征的成本翻倍地收回來。

「大人，要不要屬下帶兩個百人隊，迂迴到山後，把紅巾賊的退路也給堵死？」正當赫廝在興致勃勃地估算此戰的最後收益時，左千戶禿魯湊到他的耳邊笑著提議。

紅巾賊的數量只有阿速左軍的一半，並且還是野戰中以步對騎，潰敗是早晚的事，如果提前迂迴到他們的身後，堵住退路，便能將他們一網打盡。對炫耀阿速左軍的兵威，對領軍出戰的各位將領今後的仕途都會有許多好處。

但是達魯花赤赫廝對這個能夠錦上添花的建議卻不是非常感興趣，看了千戶禿魯一眼，輕輕搖頭，道：

「不用，給他們留一絲希望，他們才不會跟咱們死戰到底。兩條腿跑得再快，能快到什麼地步？況且這周圍的堡寨剛剛受過他們的勒索，見到逃兵之後，豈有不借機報仇的道理！」

「潰兵如果去襲擊堡寨……」

「蠢，潰兵去襲擊堡寨，咱們正好跟過去剿滅他們，救民於水火！」

「大人英明！」左千戶禿魯千戶大聲拍了一句馬屁，催動坐騎，去檢視自己麾下的兵卒去了。

達魯花赤赫廝則跳下戰馬，徒步在帥旗附近慢慢走動。

將士們還需要一些時間才能把體力調整到最佳狀態。借著這個機會，他也可以再仔細觀察一遍對手的營地，尋找更多的薄弱點出來，以便確定進攻的方略。

才走幾步，他就本能地感覺到了某種危險氣息，迅速挪動雙腿，以與肥胖的體形極其不相稱的速度，將自己藏在了坐騎的屁股後。

「保護大人！」親兵隊長莫爾蒙立刻大喊了一句，帶著十幾名鐵甲武士，高舉著盾牌撲過來，將赫廝與他的大食寶馬遮擋了風雨不透。

然而令人尷尬的是，根本沒有任何弩箭飛過來，也沒有任何重物落地的聲音。對面山坡上的蟻賊只是發出了一陣輕微的哄笑，然後就該休息的繼續休息，該喝水的繼續喝水，彷彿正在觀賞江湖藝人耍猴子一般，聲音裡充滿了戲謔。

「都散開吧，即便是床子弩，也打不了五百步！」達魯花赤赫廝被笑得面紅耳赤，推開眾人，自己從盾牌後走了出來。

剛才顯然是虛驚一場，紅巾賊此番來黃河以北僅僅是為了打草穀，根本不可能帶著床弩這種笨重的武器。不過車牆後的那個長長的東西是什麼？

赫廝的目光最後落到紅巾軍營地中那個閃閃發光的管狀物體上，剛才讓自己感到危險的，肯定就是這個東西，不像床子弩，如此細的手臂也不可能是投石機，那究竟是什麼呢？

第七章

血與火的戰爭

「轟！」「轟！」「轟！」

火光不斷，手雷東一枚西一枚，炸個不停。

多名阿速戰兵被手雷送上天空，再慘叫著落下來，面孔焦黑，身體上血流如注。

周圍的阿速兵見到此景，潮水般向後退去。

「可惜距離太遠了！」

紅巾軍的營地內，朱八十一輕輕放下大抬槍，遺憾地搖頭。

這件花費了他好幾個月心血和數十兩黃金的神兵利器，最遠有效射程大概在一百五十步到兩百步之間。再遠，即便能打中目標也破不了鐵甲，就只能嚇對方一跳了。

「將軍，您不能總把獲勝的希望寄託在一兩件特別的武器上！」見朱八十一在積蓄體力的時候總是圍著抬槍和火炮打轉，伊萬諾夫忍不住出言提醒。

這廝最近一段時間，依靠把以前看到過的各種先進工藝賣給徐州左軍，賺到手的黃金已經按斤計算。因此對朱八十一本人的忠誠度也隨著黃金重量的增加成比例升高，希望能陪著後者走得更遠一些，賺到的黃金能在歐洲買一個有領地的侯爵當才好。

「嗯，你說得對，**決定勝利的關鍵，是掌握武器的人，而不是一兩件武器**。」朱八十一快速接了一句，然後扔下被驚得目瞪口呆的老兵痞和徐洪三等人，大步朝銅炮走去。

好歹也背了小半年兵書了，從《孫子》到《衛公問對》再到《三略》、《六韜》，市面上凡是能買到的兵書，無論是真作也好，偽作也罷，他都囫圇吞棗翻了個遍，再加上二十一世紀練出來打嘴仗的功夫，隨口拋出一句都堪稱兵家至理。

問題是，怎麼才能把紙上的東西應用到實際？老實說，除了憑著先進武器碾軋之外，朱八十一根本不懂其他任何招數！並且唯一會的這招還是學自戰略遊戲，到底在現實世界中效果如何，他自己也不清楚。

不管身後掉了一地的眼珠子，他迅速矯正三門銅炮的位置，同時嘴巴像爆豆子一樣吩咐道：

「這兩門用散彈，最高處那門用實心彈，騎兵移動太快，用散彈的話，肯定比用實彈容易打到目標。洪三，一會兒多派幾個人過來，用盾牌把銅炮兩側遮住，免得阿速韃子用弓箭傷到黃師傅他們。黃師傅和他這幾個兒子都是沒上過戰場的，一會兒真打起來時，一定要先護得他們父子周全……」

伊萬諾夫見他如此，只好搖搖頭，繼續去前面檢視車牆。

在米蘭當傭兵時，他曾經遇到過類似的情況，當時傭兵們就是用裝稻草的車子擋住了對手的戰馬，然後點燃稻草，藏在車身組成的圈子後用長槍和利斧擊敗了敵人。

不過那次敵軍是多少來著？好像有七十多人吧，看上去黑壓壓好大一波！這次對面來了三千！奶奶的，三千鐵甲騎兵都夠推平整個法蘭西了！

「咚咚咚咚咚！」忽然間，山下傳來一通震耳欲聾的鼓聲，將他的心神強行從回憶中拉了出來。

阿速軍動了！一個千人隊留守在帥旗下，另外兩個千人隊，則迅速分為正面和左側兩個部分。正面的那支下了馬，舉著盾牌、短刀和角弓，徒步緩緩向紅巾軍的車牆迫近；左側的那支則牽著馬繼續向更遠的位置迂迴，與目標、自家隊友之間，在行進中組成了一個怪異的三角。

「先不用管左邊，他們要走到二百步以內才會跳上坐騎，然後斜著往上衝，只有這樣做，才能充分利用戰馬的速度！」老兵痞伊萬諾夫迅速跑回朱八十一身邊，大聲向自家主將解釋。

「噢，明白了！」朱八十一的心境被山下的鼓聲催得有點緊張，但在老兵痞的提醒下，很快就弄清楚了敵軍的意圖。

從側面斜向上切，距離雖然拉長了，單位距離內需要克服的高度差卻大幅降低，多出來的路途剛好給戰馬提供加速空間！

「等會兒步兵走到兩百三十腕尺，就是八十步左右，會先用輕箭發起一輪試探，這時候讓弟兄們拿盾牌護住面部就行了，不用急著還擊。這種箭，穿不破我們羅剎人的鑌鐵甲，更不可能穿破您監製的那種鐵殼子！」

老兵痞的聲音繼續傳來，雖有一點緊張，但是更多的是臨戰前的興奮。

多年傭兵生涯，已經把一些後天培養出來的東西變成了先天的本能。無論面對怎樣的敵人，在開始戰鬥之前，他心跳都會加快一半，聽覺、視覺和各種亂七八糟的感覺也加倍的靈敏。

「關鍵是在一百五十腕尺，就是五十步左右。該死，為什麼沒人給統一一下。」老傭兵伊萬一邊大聲抱怨著，一邊繼續喋喋不休：

「五十步左右，他們會換重箭，就是你們說的破甲錐。這時候咱們要搶先下手，先拿你那三門火炮噴他們一輪，然後讓弓箭手立刻反擊，接著前排用刀盾兵頂住，後排長槍兵趕緊壓上去，把長槍探到車牆上，防備敵軍騎兵趁機發起衝鋒。」

「知道！我馬上就去安排！」此刻，在腎上腺的作用下，朱八十一的頭腦和視覺也越來越清晰。

「你去把連老黑替下來，讓他到後邊躲著！」朱八十一推了徐洪三一把，命令道。

「都督，我是您的親兵！」徐洪三愣了一下，大聲抗議。

親兵隊長的任務是盡一切可能保護主將，而不是去擺弄那個被叫做抬槍的銅管子。儘管在這之前，他曾經對此物愛不釋手。

「我這裡用不到你！」朱八十一拍了一下腰間的殺豬刀狀短刃，道：「有此物在，一般人傷不了我。你的箭法好，手也比連老黑穩當，一會兒等敵軍到了近前，給我瞄著當官兒的打！」

不是他自吹自擂，一把殺豬刀在手，普通北元士兵還真奈何不了他。

畢竟在十四世紀這個普遍營養不良的時代，像朱老蔫這種每天以豬下水或者豬油佐餐，並且一吃就是十好幾年的人並不多見。更何況殺豬也好，殺牛也罷，提刀子捅人也罷，講究得都是「**穩**、**準**、**狠**」三個字。

十多年的屠夫生涯，上千條牲畜的性命，早就把朱老蔫的神經磨得無比粗大，根本不會受到血腥氣的影響，抓起刀子來，閉上眼睛也會朝心臟處捅。

徐洪三在平素訓練時，也跟朱八十一交過手，知道自家提督絕對有能力自保，看了一眼後者那殺豬刀模樣的獨門兵器，不情不願地答應了一聲「是」，撒腿跑開了。

鐵匠師父連老黑正雙手抱著架在木頭支撐上的抬槍打哆嗦，看見到徐洪三向自己跑了過來，立刻喜出望外，「千戶大人……」

「藏我身後，一會兒替我裝火藥！」

徐洪三一把推開此人，端平大抬槍，用槍口搜索對面阿速人的前胸。「四百步、三百八十、三百七、三百……奶奶的，你倒是走得快一點兒啊，都他奶奶的纏了小腳麼，這麼半天才走了不到兩百步，你們是出來閒逛的麼！」

「穩住，他們是故意的，在跟咱們比耐心！不要慌，慌就先輸了！」

朱八十一不知道什麼時候又跟了過來，拍了下他的肩膀，然後又快速走向別的將士，伸出手去，逐個在大夥肩膀上輕拍，安撫道：

「別緊張，跟我學，深呼吸，然後，慢慢吐氣，吐氣。對，就這樣！這夥韃子只有三千人，咱們每個人殺掉兩個就夠了！劉子雲，帶好你的擲彈兵，待會兒別把手雷丟到自己人腦袋上！」

「哈哈哈——！」已經緊張得有些四肢發僵的弟兄們，發出一陣乾澀的哄笑聲。劉子雲曾經跟在朱都督身後去殺韃子，半途中留下來吸引敵軍注意力。當時大夥都已經他死定了，誰料打掃戰場時，他又從死人堆裡爬了出來。

按道理，此人的身手和膽氣都是一等一，可就是這樣一個藝高膽大的傢伙，在當了擲彈兵的千夫長之後，卻屢屢犯錯。好幾次在戰術演練當中，都指揮著手下弟兄們把木頭做的手雷扔到了正在衝鋒的自家隊伍裡，將弟兄們砸了個鼻青臉腫。

「我，我……」

沒想到在這種時候居然被都督大人掀了老底，千夫長劉子雲臉紅得幾乎能滴出血來。嘴巴濡囁半晌，卻一句讓人放心的話都說不出。

見到他窘迫成如此模樣，周圍的弟兄們笑得愈發大聲。笑著，笑著，心中的緊張勁兒就減弱了一大半，原本乾澀的嗓子也變得濕潤了起來。

「好了，我相信你！」

見自己的目的已經達到，朱八十一拍了拍劉子雲的肩膀，走向下一群目標。

他不是什麼將門之後，也不是什麼天縱英才，但是他卻知道這個時刻自己的心態如何，知道此時此刻，隊伍中的大多數人心態肯定都跟自己一樣緊張。

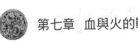

緊張怎麼辦，想辦法放鬆唄！**放鬆自己，同時也放鬆別人**。

一個菜鳥將軍帶著一群菜鳥兵，想要不被人抓去下湯鍋，就得努力拍動翅膀。

朱八十一強行壓制住狂亂的心跳，繼續慢慢在隊伍中走動，每走幾步，就彎下腰去，跟這個說幾句，跟那個聊幾句。在緩解自己的情緒同時，想盡一切辦法去幫助身邊的人，哪怕他能想出的辦法是如此的笨拙。

我不怕，你們也別緊張。三千人，每人捅兩下的事情。走著走著，他的口齒變得清晰起來，腳步也越來越沉穩；走著，走著，將士們臉上露出會心的笑容，同時用力握穩手中的短刃長矛。

作為半個穿越者，朱八十一最大的優勢就在於：**他比這個時代任何人都懂得學習。憑著這一點，就足以令他在這個時代成為翹楚。**周圍環境的影響只是將脫穎而出的速度延緩，或者加速而已！

「都督當時是個菜鳥，很菜很菜的那種！」許多許多年後，終於圓了自己侯爵美夢的伊萬諾夫，舉著一杯葡萄酒，對著來訪者如是回憶。

「但是這個菜鳥，卻知道如何彌補自己的不足，如何帶著大夥一起成長，所以我們徐州左軍即便遭受再大的打擊，也能很快爬起來，並且越戰越強，越戰越強，直到把所有對手踏在腳下！」

「你說那一仗啊！都督可是帶著我們露大臉了。知道不？當時我們幾乎所有人都是第一次上陣，對面是阿速軍，韃子皇帝的親兵。」同樣是很多很多年後，白髮蒼蒼的連老黑抽著旱煙，得意洋洋地炫耀。

無論朱八十一後來如何風雲叱吒，這幫老兄弟卻總愛稱他一聲都督，並且視此為少數人的絕對特權，絕對不准後來者染指。

「都督帶著我們一群菜鳥，跟韃子皇帝的親兵幹上了！那才是我們真正的第一仗！從那之後，就再也沒人敢輕視過我們！」

「都督當時不會打仗，我們誰都不會！」帝國十大元帥之一，開國楚公劉子雲笑了笑，得意洋洋，「但是我們可以學，跟書本學，跟老伊萬學，跟韃子學。誰天生就是會打仗的？學著學著，我們就都會了！」

當然，上述內容都是很多年後，眾人在回首往事時帶著幾分炫耀意味總結出來的。

眼下的他們，可沒時間總結這些，只是趕在阿速軍的第一波羽箭落下之前，學著朱八十一的模樣，鼓動笨拙的唇舌，盡力去安撫各自麾下的弟兄們。告訴大夥，他們是這個時代最優秀的士兵，他們可以輕而易舉地擊敗任何強敵，儘管此刻他自己腿肚子也一直在打著哆嗦。

從去年八月到今年三月，長達七個多月的嚴格訓練，此刻再度發揮了作用。儘管每一名戰兵和輔兵都很緊張，但這一次，卻沒有任何一個人再像去年十一月在徐州城下那樣，主動脫離隊伍。

他們按照主將的要求或坐或站，緊緊握住手中的兵器，大聲說著俏皮話，或者一邊擦著眼淚和冷汗大聲互相調侃，腰桿，卻始終挺得筆直，彷彿肩膀上扛著一座巍峨的高山。

「咚咚咚，咚咚咚，咚咚咚咚……」

單調的鼓聲再度響起，敲得人頭皮發乍。正面徒步進攻的阿速千人隊忽然停住腳步，陣列從不規則的多邊型重新彙集成齊齊整整的方陣。

前七排士兵將一面圓盾舉在胸前，開始加速小跑。從第八排士兵則停在原地，一邊快速整理隊形，一邊從背上取下製作精良的角弓。

「甲隊、乙隊，舉盾，站起來舉盾——！」

朱八十一早就得到過老兵痞伊萬的提醒，見到此景，立刻快步衝向車牆，同時伸出手去在幾個百夫長的背甲上猛拍，指揮道：

「丙、丁、戊隊蹲到乙隊身後，把長矛豎起來！擲彈兵後退十步，與戊隊拉開距離，弓箭手距離車牆二十五步列陣，準備反擊！」

「甲隊、乙隊，舉盾，站起來舉盾——！丙隊、丁隊、戊隊豎矛——！」

二十幾名親兵舉著鐵盾寸步不離跟在他身側，將命令大聲重複。

「擲彈兵，後退十步，與戊隊拉開距離。弓箭手，距離車牆二十五步列陣，準備反擊！」

剩餘的其他親兵則在王十三、薛六子等牌子頭的帶領下，將三門火炮連同火炮後邊的黃老歪等人護在中間，以免他們受到敵軍弓箭手的偷襲。

戰兵中的刀盾手平素每天訓練舉盾的動作不下百次，聽到命令，立刻反射動作地側轉身體，將從羅剎人手裡繳獲來的鐵面棗木盾牌舉到了與盔纓齊平高度，同時將腰部稍稍向右彎曲。其他三個戰兵百人隊，則快步蹲到了刀盾手身後，手中長矛如竹子一樣筆直伸向了天空。

擲彈兵在劉子雲的帶領下，佔據了戍隊身後一處稍微高些的位置，將拴著手雷的拋索拎在右手裡，左手緊緊握住一根點著了的艾絨。弓箭手百人隊則在擲彈兵身後單獨橫成了長長的一排，按照平素訓練時的老兵痞的教導，把弓箭一根接一根插在面前的泥土中。

沒等大夥來得及把所有準備動作完成，敵軍中突然響起一陣雜亂的鼓聲。緊跟著，一片灰白色的陰雲飛到大夥頭頂，尾部黏著羽毛的狼牙箭如冰雹一般凌空砸下，落在盾牌表面上，發出連綿不斷的「叮噹」聲。

少量射高了的羽箭則與豎在半空中的矛桿相撞，「劈啪」「劈啪」響個不停，還有零星十幾根羽箭，狡猾地從矛叢之間穿過，「噗！」地一下，紮在了戰兵與擲彈兵隊伍之間的空地上，尾羽不甘心地來回擺動。

「右弓二，上前五步，射！」阿速左軍右翼千戶鮑里厮不滿意地搖搖頭，舞動長劍，指揮下一個弓箭手百人隊繼續對目的地區域進行覆蓋攢射。

第二波羽箭瞬間騰空而起，然後化作一道道閃電從半空中落下，砸在紅巾軍的盾牆上，砸出一團團耀眼的火花。

「唔！」鮑里廝的眉毛向上跳了跳，低聲沉吟。

敵軍的防禦力有點強得出乎預料，大部分人身上居然都穿著明顯帶有歐洲風格的大葉片鎧甲，手中盾牌也是標準的金帳汗國制式。

這都是兀刺不花那蠢貨幹的好事，居然把三個羅剎千人隊全都葬送在了徐州城下！這下好了，蟻賊的裝備與官軍一下子就拉平了。今天不付出一些代價，甭想突破他們的防線。

不過，與蟻賊們手裡那上千車四下劫掠而來的財富相比，幾千支羽箭的代價微不足道，幾百人的傷亡也屬於可以接受範圍之內。

想到此戰帶來的巨大收益，鮑里廝狠狠吸了一口氣，再度舉起手中長劍，「右弓三，上前十步，射！」

「嗖——！」「嗖——！」「嗖——！」又是一陣單調的羽箭破空聲，第三波羽箭再度騰空，砸進目的地區域，狂暴得宛若雨打芭蕉。

初次經歷箭雨洗禮的左軍的將士們則藏在盾牌後，咬緊牙關，苦苦支撐。

由於盾牌和鐵甲的保護，除了兩名被流矢正射在面門上的擲彈兵以外，這三波羽箭並沒有給左軍造成其他任何損失，然而在大夥心頭造成的壓力，卻宛若雷霆萬鈞。

「弓箭手！正前方七十步，射！」

在百夫長許達的指揮下，紅巾軍的弓箭手也開始反擊。每次彎下腰去，便利落地將一支羽箭搭在弓臂上，然後隨著直腰動作將弓臂拉滿，手指快速鬆開，整套動作宛若行雲流水。

一百支鵰翎羽箭迎面朝著正在向車牆發起衝鋒的阿速士兵射了過去，其中絕大多數都落在了目的地區域之內，只有十幾支被山風吹歪，不知去向。

然而，雙方之間的距離畢竟太遠了，阿速人身上又穿著結實的札甲，即便中了箭也不會致命。反而舉著鋼刀和盾牌越跑越快。

「右弓一，右弓二，右弓三，舉弓，輪番速射！」

發現紅巾軍中居然有弓箭手，並且射擊動作還頗為流暢，右翼千夫長鮑里廝皺了皺眉頭，命令麾下弓箭手加快進攻頻率。

一排又一排的羽箭像夏日的風暴一樣飛上半空中，然後對著車牆後的紅巾軍將士傾瀉而落，沒完沒了地折磨著大夥的神經。

轉眼之間，很多頂在前排的紅巾軍戰兵握盾的左手就變成青灰色，嘴唇也因為緊張，被自己咬破，血跡順著嘴角緩緩地淌了下來。他們對此卻渾然不覺，繼續咬緊牙關，將耳朵貼在盾牌內側的棗木襯裡上，心中默默地數數：

「第十一波、第十二波、第十三波……」

第十四波、第十五波、第十六波，阿速人的羽箭好像用不完一般，無止無休。在三百名弓箭手的輪番掩護下，前七排戰兵也驟然加快腳步，湧潮一般，從一百步距離轉眼間就推進到七十步、六十步、五十步、四十步……

「弓箭手！正前方四十步，射！」紅巾軍的弓箭手全力反擊，也將羽箭一波一波射向對方戰兵頭頂。從六十步一直射到了四十步。

終於，有幾名阿速戰兵的札甲被羽箭穿透，慘叫著倒了下去，其他阿速戰兵卻對傷者看都不看，就向車牆猛撲。

「咚咚，咚咚咚，咚咚咚，咚咚咚……」一陣低沉的鼓聲從戰場上滾過。

忽然，阿速人的箭雨停了下來，大夥頭頂的天空也驟然一亮。很多紅巾軍刀盾兵不明所以，本能地將盾牌放低，盾牌上邊緣探出半個腦袋觀看敵軍動靜。

「小心——！」

「舉盾！」

朱八十一和伊萬諾夫兩人齊聲大喊，但是已經來不及。就在這一瞬間，跑在最前面那兩個阿速軍百人隊猛的從背後抽出一把角弓，將銳利的破甲錐迅速搭在了弓臂之上。

「啊——！」三十步的距離，阿速人選擇了快速平射，尖頭泛著烏光的破甲錐瞬間就飛到了近前，將露在盾牌外邊的幾頂頭盔射得倒著向後飛落，血光濺處，露出一雙雙無法瞑目的眼睛。

「啪！」「啪！」「啪」「啪！」更多的羽箭落在盾牆上，力道大得出奇，將毫無經驗的刀盾手們推得手臂發軟，身體搖搖晃晃。

暴雨般的打擊只是短短的一瞬便停了下來。

就在大夥以為災難已經結束的時候，第二波破甲錐又在二十多步遠的位置凌空而至，就像長了眼睛一般，順著幾個頭部中箭的刀盾兵倒地而產生的空檔射進人群，射在附近其他刀盾手和長矛手的胸口上，深入數寸。

「啊！」又有十餘名擋在最前方的刀盾手悶哼一聲，緩緩栽倒。更多的破甲錐從他們原來站立的地方再次射進來，將空檔附近射得血光飛濺。

「乙隊，補位，上前補位啊！」千夫長吳二十二從血泊中撿起一面盾牌，帶頭衝向空檔位置。

有支破甲錐貼著他的耳邊擦過，正中乙隊一名士兵的鼻梁，烏黑的錐尖從後腦與頸部的連接處透出兩寸多長，那名士兵連哼都沒來得及哼一聲，仰面朝天倒地而死。

「補位，補位，把盾舉起來，向自己正前方補位！」

伊萬諾夫像一條瘋狗般，舉著盾牌在乙隊弟兄身後快速跑動，每看到空檔，就用腳將身邊手足無措的士兵向前踹去。

跟在他身後的朱八十一則一邊用盾牌遮擋著羽箭，一邊向自己的親兵發號施令：「毛頭，你頂這裡。狗蛋，你給我頂上去，舉著盾牌頂上去。齊二禿子，別跟著我，自己上去補位，老子身上的鐵甲夠結實，你身上的也夠。」

身上穿著板甲的親兵們在他的催促下，舉著盾牌充當乙隊的替補。他們身上的新式板甲的確對破甲錐的防禦力遠勝過繳獲來的羅剎鐵甲。

然而，二十幾名穿了板甲的親兵在越來越多、越來越大的空檔處卻是杯水車薪，在驟然的打擊面前，甲乙兩個刀盾手百人隊完全失去了鎮定，要麼在某處聚集成團，要麼對近在咫尺的空檔視而不見，平素訓練的水準發揮不出十分之一來。

「擲彈兵！」就在這岌岌可危時候，朱八十一突然鬼使神差地喊了一聲。

自從上次血戰以後，那是整個徐州軍的殺手鐧。雖然他在內心深處，並不贊同這種把賭注全押在一個兵種身上的行為，然而在不知不覺間，卻已經被周圍的人給潛移默化。

早就緊張到快哭出來的劉子雲根本顧不上思考，聽見自家主將喊出了熟悉的三個字，立刻將左手的艾絨按在手雷的捻子上，然後右臂猛的向前掄了一整圈，將點燃捻子的手雷連同拋索一道扔了出去。

「甲子隊，點火，扔！」

「嗖！」七十餘顆手雷帶著拋索飛上天空，景色蔚為壯觀。隨即，震耳欲聾的爆炸聲在距離車牆只有二十步的左右的位置響了起來。

黑煙滾滾，泥土夾著木棍、草屑扶搖直上，正在拉弓平射的阿速軍百人隊被近在咫尺的爆炸嚇了一跳，本能地停止了射擊，快速後退，與跟在身後的自家戰兵撞在一起，人仰馬翻。

「誰讓你現在就扔？」朱八十一回頭衝著劉子雲大叫，但是下一瞬間，他臉上的憤怒就被狂喜所代替。

就像左軍的將士們無法適應對方破甲錐近距離攢射戰術一樣，阿速人面對從未接觸過的手雷，也是慌亂莫名。雖然那些裝了半斤火藥的鐵殼手雷很多根本就沒有爆炸，即便爆炸的，大部分只能炸成兩半，威力只能覆蓋落點兩步左右的範圍。

「開炮啊，黃老歪，你嚇傻了麼？都督平時給了你那麼多金子，還不如直接養條狗！」趁著敵軍攻勢停頓的瞬間，伊萬諾夫迅速跑向炮位，衝著黃老歪和他的兒子、徒弟們破口大罵。

「啊！」嘴巴上全是白沫的黃老歪猛然恢復了神智，推開替自己遮擋羽箭的親兵，哆哆嗦嗦地將點燃了艾絨，探向留在火炮外邊的藥捻。

「嗤啦——」藥捻迅速跳起一團紅星，像小蛇一樣，帶著眾人的期盼向銅炮內部鑽了進去。然後，悄然無息！

「你這個蠢貨！連裝個捻子都不會……」

吳二十二用短劍指著黃老歪，怒不可遏。話剛說了一半，忽然看見炮口處紅光一閃，緊跟著，有股滾燙的熱流貼著從他的盔尖掠了過去，將盔纓帶得四下亂飛。

再看二十步外的那些阿速戰兵，瞬間被放倒了三四個，每一個人身上至少都挨了四五顆彈丸，黑血順著鐵甲上的彈孔汩汩外冒。

一下子，所有阿速人全被打懵了，齊齊瞪圓了眼睛地看向還在冒煙的炮口，滿臉迷茫。

就在此時，黃老歪之子黃大憨負責的火炮也打響了，轟地一聲，從炮口噴出了三十多顆板栗大小的鉛蛋，砸在敵軍正中央稍微靠右正在引弓的三名戰兵身上，將他們連人帶鐵甲都射成了篩子。

「甲丑隊，正前方三十步、投——！」

趁著敵軍發愣的功夫，劉子雲指揮著第二個擲彈兵百人隊，將點燃了引線的手雷連同拋索一道，向阿速人的頭頂砸了過去。

「轟！」「轟！」「轟！」火光接連不斷。因為引線的品質無法保證一致的緣故，將近三成半手雷根本就沒有爆炸，剩下六成半，則東一枚，西一枚，毫無次序地炸了個不停。

「啊——！」四十多名阿速戰兵被手雷送上了天空，然後再慘叫著落下來，面孔焦黑，身體上血流如注。周圍沒被手雷波及到的阿速兵見到此景，慘叫一聲，潮水般向後退去。

「放箭，射那些扔手雷的傢伙！」帶隊的幾個阿速百夫長抽出刀來，逼迫士兵們重新投入戰鬥。

那些阿速戰兵卻躲開他，繼續向後逃去。在未知的恐懼面前，這群驕橫跋扈的職業強盜的表現不比經歷了嚴格訓練的義軍菜鳥好上多少。

「韃子退了，韃子退了，黃二狗，點火，快點火！追著他們的屁股再來一炮！讓他們逃得快一些！」

沒想到如此輕鬆就打退了阿速人的第一輪進攻，吳二十二、劉子雲等人興奮得大喊大叫，不停地催促擺放在臨時營地最高處，第三門裝了實心彈丸的火炮快速點火。

然而手握著艾絨的黃家老二卻好像徹底被嚇傻了，頭扭向車陣右邊，眼睛呆呆的望著營地外某個位置，雙腿不斷戰慄。

「刀盾兵，舉——盾！長矛兵，把長矛架在刀盾兵肩膀上，向外伸，盡力向外伸！」朱八十一迅速反應過來，不待伊萬諾夫提醒，就扯開嗓子大聲命令。

「刀盾兵，舉——盾！長矛兵，把長矛架在刀盾兵肩膀上，向外伸，盡力向外伸！你他奶奶的快向外伸啊！」

伊萬諾夫貼著車牆，低著頭快速奔跑。同時不斷將瑟瑟發抖的士兵們推回到他們原本應該在的位置。

「轟轟轟，轟轟轟！」劇烈的馬蹄落地聲將他們二人的吶喊迅速吞沒。

阿速軍左千戶禿魯麾下的馬隊衝上來了。此人與右千戶鮑里廝配合了多年，彼此之間早已形成了默契，見後者指揮士兵發起的第一波攻擊受挫，立刻果斷地發起了第二波。

一千匹戰馬奔跑時的氣勢，如同驚濤駭浪，還沒等靠近車牆，馬蹄敲打地面所引發的顫動，已經震得車牆後的紅巾軍將士搖搖晃晃。伊萬諾夫見勢不妙，立刻催促朱八十一把隊伍中僅有的一百名弓箭手再次投入了戰鬥。

只見大夥齊齊地拉開角弓，將一整排鵰翎羽箭朝飛奔而來的馬群射去。

「噗！」閃著寒光的羽箭砸進近千騎兵的隊伍前半段，僅僅濺起零星幾點血花，就宣告銷聲匿跡。

戰馬飛奔的速度太快，騎兵之間的距離也拉得足夠開，騎兵身上的鎖子甲還足夠結實，在七十多年的那場野蠻毀滅文明的戰鬥中，阿速人的祖先已經總結出足夠的騎兵對抗弓箭經驗。此刻被子孫輩拿出來照葫蘆畫瓢，依舊成效斐然。

「射馬，朝著馬身上射，不要停頓！」老兵痞伊萬諾夫頂著滿腦袋的汗水衝到弓箭手們身邊，大聲指點：「騎弓的距離短，他們不可能拿你們當目標，你們儘管不停射！」

然後又快速將頭轉向黃二狗，扯著嗓子叫嚷，「趕緊點火啊，趕緊啊！打不到人，至少能嚇到戰馬！」

負責保護黃二狗的親兵徐子魚朝此人背上狠狠拍了一巴掌，黃二狗被打了個趔趄，手中艾絨迅速舉起來，按在了火炮的引線上。

「嗤啦——！」藥捻拖著紅星，迅速竄入引火孔。青銅鑄造的原始火炮猛的向後一縮，「轟」地一聲，將一枚三斤多重的鐵球射到了半空中。

「嘶——」彈丸撕破空氣的聲音跟四周如潮的馬蹄敲地聲相比，幾乎微不足道，然而所有紅巾軍將士都清晰地聽到了它的初鳴。

火藥爆燃的能量，令炮彈以四百餘米每秒的初速度在半空中滑出一條隱約的弧線，然後一頭扎進疾奔而來馬群當中，濺起數道耀眼的紅光。

有匹身材高大的阿拉伯馬被彈丸直接命中了前腿，筋斷骨折。去勢未盡的炮彈先落在地上，然後快速彈起來，掃過第二匹戰馬的肚子、第三匹戰馬的脖頸和第四匹馬的屁股。

被擦中的戰馬立刻轟然而倒，傷口處露出潔白的骨頭，血水狂噴。馬背上的幾名阿速騎兵被直接甩飛了一丈多遠，然後被數十個碗口大的馬蹄踩過，轉眼間就徹底變成了一團包裹在鐵片當中的肉泥。

阿速騎兵的奔馳速度稍稍一滯，然後又迅速提到了最高。列隊衝鋒，停下來等於自己找死，所以他們除了繼續跟著大隊前衝之外，別無選擇。

「舉穩盾牌、舉穩盾牌，小心他們放箭！」按照伊萬諾夫先前的提醒，朱八十一扯著已經喊出血的嗓子，大聲命令。

阿速騎兵的衝擊方向，於車牆的外緣有一段非常清晰的間距。很顯然，這些傢伙不會直接拿戰馬往長矛尖上撞，那樣的話，他的戰術可能就是朱大鵬在二十一世紀的網路上看到過的那種蒙古人成名絕技，奔馬馳射。

彷彿與他的話語相印證，衝在最前方的五六名阿速騎兵同時直起腰，將手伸向了馬鞍。但是，他們從馬鞍後扯出來的，卻不是一把騎弓，而是個帶著鐵鍊和尖刺的鐵球。

就在朱八十一微微愣神的瞬間，幾名騎兵同時將胳膊掄了一個圓圈，鬆開五指，將帶刺的鐵球連同鏈子一併砸向了紅巾軍頭頂。

「轟！」在馬速和騎兵拋擲力量的疊加作用下，鐵球的撞擊力大得驚人，一枚砸在車牆上，濺起無數雪白的木頭渣子；另一枚飛到長矛兵身後空地上，砸出了一個深深的土坑；第三、第四枚則砸在盾牌上，將兩名站在車牆後刀盾兵連人帶盾給砸得向後倒去，盾牌內側棗木襯裡拍在自家臉上，血流如注。

另外兩名被第五、第六枚鐵球砸中頭盔的刀盾兵，可就沒有前者這樣幸運了，鐵球上的精鐵尖刺直接刺破了頭盔，貫入了頭顱深處。

在劇痛的作用下，這兩名紅巾軍戰士舉著盾牌，瘋狂地在原地旋轉，直到呼吸完全停止，才踉蹌了數步，貼著自家袍澤的身體軟軟倒了下去。

「盾牌舉高，舉高！」朱八十一看得雙目迸裂，扯開嗓子大聲命令。

不用他提醒，甲隊和乙隊的弟兄們已經牢牢地用盾牌護住了自家頭頂。但是，更多帶著尖刺的鐵球卻越過盾牌砸了進來，所落之處，血肉橫飛。

「擲彈兵！」這次，朱八十一不再是焦急之下隨口亂喊了，而是準確地發出了自己此刻能想到的最恰當命令，「車陣前二十步，連續投擲！」

「甲子隊，點火，陣前二十步，投！」

劉子雲擦了一把額頭上的汗，扯開嗓子大喊。他身後第一個擲彈兵百人隊用艾絨迅速點燃拴著皮索手雷，拎在手裡甩了幾圈，奮力朝車牆外二十步的區域砸了過去。

「轟！」第一枚手雷在戰馬的腹下爆炸，將戰馬和騎兵同時掀翻在地。

緊跟著是第二枚，第三枚和第四枚、第五枚……陸續爆炸的手雷，將正在準備投擲刺錘的四十餘名騎兵炸得人仰馬翻。數道又黑又濃煙霧迅速從馬群中鑽出來，籠罩了整個戰場，後續衝到車牆附近的戰馬揚起前蹄，大聲悲鳴，將背上的騎手接二連三摔在地上。

更遠方位置，一些正在衝鋒的戰馬試圖放慢腳步，逃避那些未知的風險。然而，下腹處傳來的刺痛又令牠們狂躁莫名。

如何讓坐騎克服對異常聲音的恐懼，阿速人的祖先在當初輔佐伯顏毀滅南宋時，就已經總結出了一整套經驗，並且將平素訓練戰馬和臨戰控制坐騎的手段一代代的傳了下來。那時候的宋人所使用的火器威力雖然不如眼前這些鐵疙瘩，發出的爆鳴聲卻一模一樣。

「轟！轟！轟——！」十幾枚引線太長的手雷在屍體間炸開，徒勞地揚起一股股煙塵。

沒等煙塵落下，另一個阿速騎兵百人隊已經疾馳而至，馬蹄毫不猶豫地踩過自家同夥的身體，引發了一陣鬼哭狼嚎。馬背上，阿速武士對來自腳下的哀嚎充耳不聞，按照平素的訓練，揮舞手臂，將又一輪帶刺的鐵球，砸進紅巾軍的隊伍。

他們的攻擊目標還是距離車牆最近的刀盾手和長矛手，一輪投擲之後，立刻撥偏馬頭，以最快速度遠離被攻擊對象。

劉子雲組織擲彈兵反擊，造成的殺傷效果卻小得出人預料。倉促投擲出來的大部分手雷沒等引線燃盡就被戰馬跳了過去。緊跟在馬尾巴後，徒勞地掀起一股又一股濃煙。

又一支阿速騎兵百人隊從陣地右側衝了上來，隔著老遠就將鏈錘甩進紅巾軍的陣地裡，然後加快馬速，向山坡左下遠飆。

然後，又是下一支。

「咚！咚！咚！」沉悶的金屬與鎧甲撞擊聲，不絕於耳。

「轟！」「轟！」「轟轟！」手雷的爆炸聲此起彼伏。

十幾名刀盾兵相繼倒下，吐血身亡，車牆外，則留下了雙倍數量的阿速人屍體。紅巾軍將士的血順著山坡淌了下去，淌過一具又一具屍骸，與阿速人的血漿混在一起，汩汩成溪。

「砰！」緊握大抬槍的徐洪三調整槍口，將一名阿速人百夫長身體打了個對穿。

在戰馬奔騰聲和手雷爆炸聲中，這一槍的威力，像先前幾槍一樣，除了他自己之外，沒有任何人注意得到。

所有將士目光都落在半空中不停飛來飛去的鐵彈丸上面，或者眼睜睜地看著自己人被砸得筋斷骨折，或者眼睜睜看著敵軍被炸得人仰馬翻，救不了任何人，也沒有任何辦法將死亡的陰影從自家袍澤的頭上驅散分毫。

「轟！」黃老歪手中的銅炮終於完成了炮膛清理、火藥裝填、彈丸裝填和復位、瞄準、點火等一連串複雜的動作，第二次噴出二十餘枚鉛彈。兩名向紅巾軍頭上扔完了鏈錘，正在脫離接觸的阿速騎兵被鉛彈從身後追上，脊梁骨附近出現了數個巨大的血洞，慘叫著落馬。其他投擲完鐵球的阿速人驚恐地朝火炮看了一眼，伏低身體，加速遠飆。

緊跟過來的一小隊阿速人卻奮力將刺球砸向了黃老歪。

奉命保護炮手的親兵們，紛紛舉起鐵盾，將刺球隔離在外。「咚咚，咚咚，咚咚……」因為距離的關係，這十枚鐵球未能傷到任何人，卻把黃老歪嚇得四肢發軟，哆嗦著，半晌也無法將抹布塞進炮口。

「轟！」黃家老大及時地射出一枚實彈，砸中一名騎兵的胸口，將此人砸得飛了起來，腸子肚子落了滿地。但是，這枚彈丸卻未能向先前那枚一樣形成跳彈效應，隨著騎兵的屍體一起落在了地上，然後了無聲息。

又一隊阿速騎兵飛奔而來，隔著十多步遠，奮力投擲出手中鏈球，砸進車牆後的紅巾軍隊伍裡，濺起一團團血花。

又一波手雷拖著披索從紅巾軍的臨時陣地後飛出，追著阿速騎兵的腳步，將數匹戰馬放翻在血泊當中，從馬背上摔下來的阿速人捂著傷口，翻滾哀嚎。

不知是因為慌亂沒點燃引線，還是因為落地時的衝擊力將引線震得脫離了鐵殼，這一輪，竟然有一小半手雷根本沒有爆炸，滾了幾下，靜靜地躺在了血泊當中，上面沾滿了紅色的污泥。受傷的阿速人嚇得魂飛魄散，哀嚎著滾動身體，遠離手雷。

他們躲過了手雷的爆炸，卻沒躲躲地府夜叉的追魂索，新一波阿速戰士策馬衝過，在向紅巾軍投擲鏈球的同時，也將自家受傷的同夥踩成了肉醬。

哀嚎聲很快又響了起來，紅巾軍的長矛手在朱八十一的指揮下，有兩個什的長矛手將長矛當做標槍，擲向了飛奔而來的阿速兵，將其中幾個連人帶馬穿在一起，栽倒於血泊當中。

十幾枚鏈球迅速砸向那幾個空了手的長矛兵，大半落在了地上，徒勞無功。另外一小半砸中了兩名長矛手的胸口，將護胸的鐵甲砸得向內凹了進去，把肋骨、內臟擠了個稀爛。

「哇！」深受重傷的長矛手大口大口地吐血，從腰間拔出備用短刃，搖搖晃晃走向車牆的間隙。他們準備用自己的性命去換更多敵人的性命，然而才走出了五六步，就一頭栽倒於地，氣絕身亡。

更多的阿速騎兵急衝而至，切著車牆的邊緣疾馳而過，用鏈球帶走一到兩名紅巾軍將士的性命，然後再付出同樣乃至翻倍的代價，策馬遠遁。

下一個梯隊踩著血泊和肉醬而來，重複先前的動作，重複先前的結果。

「轟！」黃老歪指揮這兩個徒弟將炮車推到被敵人砸出來的防禦缺口處，頂在車牆上射出了一排散彈。

一支恰恰衝過來的馬隊被打了個正著，五六匹戰馬被打得渾身都是血洞，悲鳴著逃走，將後續的隊伍攪得一片混亂。

「擲彈兵，投！」

劉子雲抓起一個截短了引線的手雷，向前助跑了幾步，奮力投出了車牆。

「嗖——！」幾十名膽子最大的擲彈兵學著他的模樣，讓手雷的引線先燃燒了數秒，隨即助跑幾步，徒手投彈。

「轟！轟！轟！轟！」這一次，手雷爆炸率超過了八成，並且有近半是凌空炸裂。衝過來的阿速騎兵被炸得人仰馬翻，連手中的鏈球都沒顧得上投，就倉惶逃了開去。

馬蹄聲先是快速減弱，隨即戛然而止。車牆外突然就安靜了下來，再也沒有低沉的角鼓，再也沒有戰馬的悲鳴，只有料峭的山風吹過，將濃煙吹得絲絲縷縷，飄飄蕩蕩，露出車牆前血淋淋的屍體和彈坑，宛若鬼域。

「阿速人退了，阿速人退了！」千夫長吳二十二抹了把臉上血，跳了起來，若癡若狂。

周圍的戰兵、弓箭手、擲彈兵先是一愣，隨即臉上露出了難以置信的表情，歡呼聲宛若山崩海嘯：

「阿速人退了，阿速人退了！」

「阿速人退了，阿速人退了！」

唯一沒有陪著大夥一道歡呼的，只有老兵痞伊萬諾夫。

只見此人他先跑到最高處，手搭涼棚向外看了幾眼，然後快速跑到朱八十一身邊，用力推了興奮不已的後者一把，鐵青著臉道：

「這一輪只是為了摸清彼此的本錢，**真正的進攻還沒開始！**」

第八章

大屠殺

這些原本在二十一世紀的朱大鵬眼裡，
只是被當作與人辯論的依據，冰冷而又陌生。
但是在徐州的城牆上親眼目睹了一場大屠殺之後，
朱八十一卻清楚地意識到，那不是故事，不是史料，
是自己正在經歷的，血淋淋的現實。

「卑職無能，請大人恕罪！」

五百步遠的山坡下，左千戶禿魯與右千戶鮑里廝雙雙跳下坐騎，向達魯花赤赫廝躬身，彼此的臉上的神色卻截然不同。

「唔！」達魯花赤赫廝點了點頭，算是還禮，然後朝著撤下來的左右兩個千人隊分別掃了一眼，沉聲臉問道：

「禿魯，左翼傷亡如何？」

左千戶禿魯被趕緊收起臉上的自得，裝作十分沉痛地回道：「稟告達魯花赤大人，左翼千人隊陣亡一百三十二、重傷三十四，還有……」回頭看了看硝煙剛剛散去的戰場，他的聲音聽起來愈發低沉，「還有大約二十多名兄弟，沒有撤下來，至今生死不明！」

「唔！」達魯花赤赫廝又沉吟了一聲，將目光轉向滿臉煙薰火燎的左軍將士，隱約有一些心痛。

「傷亡接近兩成？那紅巾賊的火器真的有那麼厲害麼？」

「我軍初次遇到此物，確實被打了個措手不及！」左千戶禿魯認真地回道：「但也並非沒有破解之道。那火雷雖然威力巨大，但攻擊範圍不過是落地之處三尺之內，並且十有七八不會立刻炸開，只要末將在下次進攻時，將戰馬的距離拉得再大一些，將每波參與進攻的將士減少，每個波次進攻的間隙拉到足夠長，應該能大幅度減小我軍傷亡。」

說著話，他微微躬身，低下頭，靜待達魯花赤赫廝決斷。

「嗯，聽起來頗有一番道理！」達魯花赤赫廝沒有立刻做出決定，誇獎了一句，然後迅速將目光轉向了右千戶鮑里廝，「你那邊傷亡如何？」

「末將，末將的右翼千人隊，方才陣亡了四十三人，輕傷十四人，沒有重傷！」明明右翼的戰損率遠遠小於左翼，鮑里廝這個千夫長卻嚇得滿頭大汗，結結巴巴地道。

「才傷亡不到六十人就退下來了？當時誰帶的隊？你自己又站在哪裡？」達魯花赤赫廝立刻豎起了眉毛，質問的話一句比一句陰冷。

「是，末將，是副千戶巴爾博帶隊！」

鮑里廝被嚇得一哆嗦，只好將自己的副手推出去頂缸。

「當時，末將在後邊指揮弓箭手，還沒等做出反應來，前面的幾個百人隊已經退下來了！」

「來人，把巴爾博和當時帶隊的幾名百夫長，全給我拖出去斬了！」

沒等他把話說完，達魯花赤赫廝眼裡已經射出了寒光，胳膊一揮，就命令親兵隊去執行軍法。

「是！」一群如狼似虎的親兵立刻衝進右翼千人隊，不由分說將副千戶巴爾博、百夫長布哈、邁登、葫蘆赤等六人拖出來，繩捆索綁。

「饒命啊，大人！」

巴爾博、布哈、邁登、葫蘆赤等六人不敢反抗，跪在地上，用力磕頭。

「饒命啊，大人！請大人給我等一個戴罪立功機會！我等願意戰死陣前，免得祖宗蒙羞，家人今後也受到拖累！」

「大人，請給他們一個待罪立功機會！」鮑里厮見狀，也趕緊跪倒在地，苦苦哀求。「他們當時都是步戰，隊伍站得密，不能像騎兵那樣一衝而過，又是第一次見到火雷……」

「怎麼才七個人，少了的兩個百夫長呢？」達魯花赤赫厮根本不聽他的解釋，皺起了眉頭，朝著自家親兵追問。

「馬蘇斯和季平當場就被炸死了，所以那兩個百人隊才亂了陣腳，在退下來時，衝散了其他幾個百人隊的陣形！」

右翼千戶鮑里厮回頭快速掃了一眼，然後繼續替自己的下屬們求情，一次被處死五個百夫長，今後自己這個千夫長也不用再當了，非但弟兄們不會再替自己拼命，接下來的戰鬥組織也成了問題。

「如今馬蘇斯和季平已經為他們的愚蠢付出了代價，請大人念在弟兄們以前的功勞分上，免了其他人的死罪吧！大人，鮑里廝求您了，大人！」

「大人，的確是馬蘇斯和季平兩個的百人隊先崩潰的，我們跟在這兩個百人隊後面，被衝得穩不住陣腳……」得到鮑里廝的提示，巴爾博、布哈、邁登、葫蘆赤等六人也連忙將責任朝被炸死的兩個百夫長身上推。

達魯花赤赫廝聽聞，眉頭又是輕輕一跳，斷然做出決定：

「未戰先潰，當斬全軍，念在你等是被潰兵衝動的分上，百夫長每人打二十軍棍，先記下來，戰後當眾行刑。至於你麼……」

他把眼睛一瞪，目光再度變得陰冷無比，「副千戶巴爾博，統兵無方，臨陣棄軍，推下去，斬！首級挑起來傳示全軍！」

「饒命，大人饒命啊——！」右翼副千戶巴爾博頓時嚇得魂飛魄散，以頭搶地，哭喊著請求饒命。

達魯花赤赫廝急著殺雞儆猴，哪裡肯再聽他哭喊！側開頭輕輕一皺眉，眾親兵立刻如虎似狼般撲上去，從地上拖起倒楣蛋巴爾博，向後便走。

離開主將旗四十多步，當著兩千七百多名將士的面一刀砍了，然後用長矛將頭顱挑起來，高舉著讓大夥看清楚。

眾將士看得心頭發寒，一個個低下頭，大氣都不敢再多出一口。

達魯花赤赫廝騎在馬上，目光隨著滴血的頭顱轉動，直到頭顱圍著三個千人隊被完整地展示了一圈，才嘆了口氣，吩咐道：

「收起來，和屍體一起裹好放在旁邊，等打完了眼前這仗，把隨軍神父從運河邊請過來，與陣亡的其他弟兄一起行覆油禮吧。希望天上的君王能寬恕他生前的懦弱，阿門！」

說罷，似模似樣地在額頭、胸前、右肩、左肩點了幾下，以示哀悼。

「阿門！」眾將士齊齊按照額頭、胸前、右肩、左肩的順序畫起了十字，為所有陣亡的同夥低聲禱告。

「行了，天上的君王在看著我們！」達魯花赤赫廝將手平伸，向下壓了壓，然後大聲吩咐，「左千戶禿魯──」

「末將在！」左千戶禿魯趕緊向前走了半步，躬身聽命。

「你帶著左翼千人隊和右翼千人隊的七百戰兵，一起去剛才發起進攻的位置，等我這邊鼓聲一響，就按你剛才說的辦法，以小股、多波次、持續地給我向車牆中的叛軍發起攻擊。記住，從左到右，然後迅速退下來，再回左邊重新投入進攻。不要停，直到把他們壓垮了為止！」

「是！」左千戶禿魯又驚又喜，回頭快速看了滿臉死灰的右千戶鮑里廝一眼，上前接過將令。

不等他轉身離開，達魯花赤赫廝又舉起另外一支令箭，令道：

「鮑里廝，你帶著右翼剩下的弓箭手，從正面壓上去，將隊形分散開，用弓箭伺機狙殺敵人！這次不求你能克敵制勝，只要你能不斷地朝車牆內放箭，打亂他們的反擊動作，就算功過相抵！」

「末將遵命！」右千戶鮑里廝無可奈何地答應一聲，上前接過令箭，然後回自家隊伍裡調配弓箭手去了。

達魯花赤赫廝看著他的背影搖了搖頭，將第三支令箭抽出來，交到了副指揮使朵兒黑手中。

「你帶五百騎兵，跟在鮑里廝後邊，如果他那邊有誰再敢轉身後退，就給我直接斬了他。咱們阿速軍的榮譽，不容褻瀆！」

「是！」副都指揮使朵兒黑愣了愣，將令箭緊緊抓在了手中。

這些年四處平叛，哪怕是當年對上燕帖木兒家族的死士，他都沒見到達魯花赤大人的神情如此鄭重過，不由得心中暗暗吃驚。

彷彿猜到了他在想什麼，達魯花赤用馬鞭向遠方的紅巾軍陣地指了指，低聲道：「這不是一般的蟻賊，也難怪去年冬天兀剌不花會死在他們手裡。一千多顆鏈球，即便唐其勢那廝統率的鐵甲軍也早崩潰了，而區區蟻賊居然始終站在那裡，沒有向後退上半步。」

「大人目光如炬！」副都指揮使朵兒黑伸長脖子向紅巾軍的車牆後看了幾眼，佩服地點頭。

「那個姓朱的屠戶，居然趁著這個機會在重新調整部署，準備繼續跟咱們硬撼到底，果然是個知兵的，弄不好是漢軍的將門之後也有可能！」

唐其勢乃為權臣燕帖木兒之子，父親死後，因為不滿另一個權臣伯顏跋扈，起兵作亂，帶著家臣和一般舊部和伯顏派出的平叛人馬打了個難解難分。

當時赫廝和朵兒黑都參加了平叛戰鬥，雖然都還沒坐到現在的位置上，卻也親眼目睹了在關鍵幾次戰鬥中，阿速軍如何將唐其勢麾下的鐵甲一鼓而破。兩相比較起來，眼前的紅巾蟻賊，無論軍容、士氣還是韌性方面，都比唐其勢帳下的精銳強出了許多。

「如果一會兒你看到機會的話，不用請示，直接正面強攻！」達魯花赤赫廝盯著遠處的紅巾軍車牆又仔細看了片刻，繼續吩咐：

「我自己也會帶著剩下的人馬頂到三百步左右，隨時為你等提供接應！記住，必須全殲了這夥蟻賊。那個朱八十一，活要見人，死要見屍！不能再給他翅膀長硬的機會。否則，萬一被他逃掉，早晚會成為朝廷的心腹大患！」

「這次來的韃子的確很厲害，據伊萬說是韃子皇帝的親衛，如果打贏了他們，天底下就沒有任何敵人再是咱們的對手！」

就在赫廝發誓要將眼前這支紅巾軍扼殺在幼苗狀態的時候，朱八十一也把自己麾下的千夫長和百夫長們召集到一起，做最後的動員。

大夥能想到的戰術調整都群策群力調整過了，陣亡者的屍體和受傷的輕重彩號，也都拖到了後山交給輔兵們去安置。連同先前基本上沒起到作用的陷馬坑，都根據騎兵的進攻和撤離路線，派遣輔兵重新挖了一次。

這次，陷阱挖得更細，更深，同時還在陣地前揀了一些破爛的彈片和兵器殘骸，丟在了馬蹄痕跡最密集的位置，以期能給敵軍一個意外的驚喜。

「是！」吳二十二、劉子雲、徐洪三、許達、王大胖等人肅立抱拳，齊聲回應。

然而，大夥的士氣卻不是很高。特別是戰兵千夫長吳二十二，聲音裡明顯帶著心虛的味道。

剛剛那一輪戰鬥中，他麾下的刀盾兵傷亡超過了兩成半，跟在刀盾兵身後的長矛手也減員超過兩成。而對手留在陣地前的屍體，總數加起來不過是一百七十多人，僅比紅巾軍這邊稍微多出了一點點，從某種程度上而言，相當於一命換一命。

山腳下的敵軍有三千多人，車牆後的自家袍澤只有一千五，並且其中還有四百多人是五天才訓練一次的輔兵，戰鬥力基本等於零。即便把輔兵也都算上，按照敵我雙方目前的傷亡交換比例，紅巾軍前景也不太光明。所有將士都拼光了，敵軍至少還能剩下一千餘，依舊可以把大夥辛辛苦苦徵集來的金銀細軟，銅錠鐵塊全部推走。

「阿速人遠道而來，沒有輔兵跟著，也沒有攜帶作戰物資！」見眾將臉色不對，伊萬諾夫跳起來，用非常生硬的話語強調，「他們手裡那些鏈球很快就會扔完，然後他們能做的，只能是跳下馬，徒步強攻車牆。一旦把他們拖到那個時候，咱們就贏定了。陣形太稀疏，強攻等於找死，陣形太密集的話，咱們的手雷一炸就是一大片！」

「呵呵呵……」見老兵痞張牙舞爪的模樣，眾將臉上陰雲終於消散了一些，裂開嘴巴，放聲大笑。

但是，很快，他們的笑聲就又被憋回了嗓子裡，「咚咚，咚咚咚，咚咚咚，咚咚咚……」一陣沉悶的鼓聲貼著地面，震得大夥腳下微微顫抖。

韃子又開始進攻了，這回，他們投入了更多的士兵，更多的戰馬。

「準備戰鬥！」朱八十一沒有時間再鼓舞士氣，撿了把被砸扁的盾牌跳起來，率先衝向車牆。

「打完了這仗，我把徐州城裡最好的酒館包下來請你們，咱們不醉不歸！」

「不醉不歸！」吳二十二扯開嗓子回應了一聲，抄起盾牌，快步擋在了朱八十一正前方，與親兵齊禿子、張狗蛋等人一道，阻止自家主將繼續向車牆靠攏。

「不醉不歸！」劉子雲、徐洪三、許達、王大胖也跳起來，奔向各自應該在的位置，匆匆忙忙，如同趕著去吃一頓平生從沒見過的奢華酒席。

朱八十一繞了兩次沒能繞過人牆，只好搖了搖頭，轉身向長矛兵隊伍走去。

就在這個時候，伊萬諾夫卻偷偷跟了過來，附在他耳邊說道：「都督，派幾個人去後面的小溪上把浮橋修起來吧！」

「什麼？」外邊傳來的鼓聲越來越高，越來越揪人心肺，導致朱八十一沒能聽清楚對方的話，愣了愣，詫異地回頭。

「修一道浮橋，萬一……」老兵痞難得臉紅了一次，低著頭，蚊蚋一般呻吟。

「你剛才不是說，只要耗到韃子下馬強攻，咱們就贏定了麼？」朱八十一又愣了愣，手慢慢伸向腰間刀柄。

老兵痞伊萬立刻向後退了兩步，急頭白臉地解釋：「我的意思是以防萬一，萬一弟兄們撐不到那時候……」

「滾！」朱八十一用刀尖指著他的鼻子，大聲喝道：「該幹什麼幹什麼去，如果你敢再亂我軍心……」

「不敢，不敢！敵軍進攻開始了，都督你自己小心！」老兵痞像兔子一般向後又竄了幾步，撒腿朝擲彈兵那邊跑去，再也不肯回頭。

「該死！」朱八十一心裡湧起一團陰影，恨恨地罵了一句。抬腿向高處跑了幾步，轉過身，俯覽整個戰場。

敵軍的騎兵已經開始加速，依舊從車牆右側兩百步左右的位置開始，呈弧線向車牆正前方靠攏。但是，這次他們的隊伍拉個更散，每個波次的間隔距離更長。每一波的參戰騎兵，也從一個百人隊變成了三十人左右的小組，騎兵們彼此間都隔著小半丈遠，將戰馬的速度越催越急，越催越急。

「轟！」敵軍的騎兵距離車牆還有一百步，黃二狗掌控的火炮搶先射出鐵彈丸，像旋風一樣從幾匹戰馬的腹下掃過，帶起一道道耀眼的紅光。

又是一枚跳彈，這個黃家二小子動作遠比其父兄緩慢，運氣卻好得出奇。這次形成的跳彈，直接放翻了三匹戰馬，將後續跟過來的整波騎兵攪得一片混亂。

「擲彈車！射！」

趁著這個機會，劉子雲迅速下壓短劍，五輛臨時組裝起來的小型投石機，五枚鐵殼手雷迎著騎兵衝來的方向砸了出去。

投石機的攻擊範圍比擲彈兵的手臂遠了至少五倍，那一波騎兵剛剛重新加起速度，就被手雷砸了個正著。

「轟！」「轟！」兩枚手雷凌空炸開，另外兩枚因為落地時震盪過於劇烈而啞火，還有一枚，則在騎兵們被轟得不知所措的時候，突然在他們的腳下爆炸。四個破片朝著四個方向高速飛射，將另外兩匹戰馬肚子上刺出了個血淋淋的大窟窿，哀鳴一聲，當場身死。

馬背上的騎兵被摔了個七暈八素，還沒等爬起來，下一波阿速人又如飛而至。馬蹄踏過他們的胸口，將他們直接送進了鬼門關。

「轟！」黃家老大掌控的火炮也射出了一枚實心彈，狠狠地砸在一名騎兵的胸口上，將此人直接洞穿。趨勢未盡的彈丸帶著內臟碎片，再度砸中一匹馬的前腿，將這匹馬砸得悲鳴一聲，帶著身上的主人一道摔出半丈多遠，隨即被無數隻馬蹄踩過，變成一堆軟軟的紅泥！

「就這樣！炸！炸他！狠狠地炸死他們！」

臨時陣地後方沒有奉命參戰的輔兵們，在王大胖的組織下，扯開嗓子大聲替自家弟兄助威。

然而，讓他們略微感到失望的是，無論是黃家兄弟操縱的火炮，還是劉子雲指揮的擲彈車，操作起來都非常麻煩。沒等第二輪彈丸裝填就位，前後兩波騎兵已經滙合在一處，丟下被炸死和炸傷的同夥，再度加速朝車牆撲來。

「右前方六十步，破甲錐——射！」弓箭兵百夫長許達的聲音響起，明顯比上一輪戰鬥乾脆得多。

聽到他的命令，建制還基本完整的弓箭手們舉起弓，將破甲錐以六十度角射上了半空。

「嗖——！」「嗖——！」「嗖——！」白色的羽箭掠過九十米距離，猛然迎著敵軍的腦袋撲落，將衝在最前方的七名阿速人同時推下了坐騎。

衝在第二排的一匹戰馬連同其背上的主人，至少中了六支破甲錐，人和馬都像喝醉了酒一般，搖搖晃晃，猛的被更後面衝上來的戰馬一帶，轉了個圈子，轟然而倒，旋即被馬蹄踏了個血肉橫飛。

「右前方四十步，破甲錐——射！」

弓箭步百夫長許達看都不看，僅憑著耳朵中的馬蹄聲，就判斷出敵軍騎兵最密集位置，指揮著麾下弓箭手，發起了第二輪羽箭阻截。

「嗖——！」「嗖——！」「嗖——！」又是九十餘支破甲錐撕破空氣，撕破札甲，撕破人和馬的皮膚，將死亡的陰影直接送進目標的心臟當中。

兩波糾集在一起衝過來的騎兵又被放翻了十多個，剩下的愣了愣，立刻在同伴的屍體前側轉馬頭。

放著這麼好的目標不去攻擊，黃老歪就是傻子，當即將艾絨按在火炮引線上，「轟！」地一聲，迎著亂成一團的敵軍，噴出了炙熱的彈丸。

「啊——！」慘叫聲瞬間成為戰場上的主旋律，壓過了低沉的戰鼓。被彈丸射中的阿速人無不腸穿肚爛，卻偏偏無法立刻死去，歪在戰馬的背上，聲嘶力竭地哀嚎、求救，身後留下一道道紅色的血跡。

「舉——盾！」還沒等黃老歪發出得意的笑聲，老兵痞伊萬突然從背後衝過來，用盾牌遮住黃老歪的腦袋。

「啪啪啪，啪啪啪，啪啪啪！」弓箭與盾牌的碰撞聲不絕於耳。阿速人的弓箭手不知道什麼時候又摸上來了，在自家騎兵的必經路線之外，射出了數百支銳利的鵰翎。

得益於老兵痞伊萬的及時提醒，前排的刀盾兵大多數都搶先調整了盾牌的高度和角度，將射過來的弓箭擋在了盾面上。但是，也有二十幾支弓箭掠過了盾牆，落在了擲彈兵身上，濺起數串血花。

「輔兵，輔兵過來，把彩號抬走！」劉子雲扯開嗓子，招呼輔兵過來處理傷患。

不能讓彩號和屍體躺在戰兵身邊影響士氣，這是趁阿速人的進攻間歇，大夥總結出來的經驗。所以在開戰之後，沒有任何人再是旁觀者，每個人都必須為整體的生存而竭盡全力。

一小隊輔兵扛著木桿子和繩索跑了過來，將兩名面部受傷的擲彈兵綁在桿子上，抬了就跑。剩下的三名被流矢射入了鎧甲縫隙的擲彈兵看到此景，打了個哆嗦，立刻狠狠咬了咬牙，自己將弓箭拔了出來，然後重新忍著傷口的劇痛走向山後，再也不敢勞煩輔兵們的大駕。

「右前方——六十步——射！」百夫長許達的聲音又響了起來，指揮著弓箭手，向新一波衝過來的阿速騎兵發起了攔截射擊。

羽箭落處，血光飛濺，沒有被射中的阿速騎兵仰起頭，將一個拖在鏈子的鐵球拎在手中，用力甩著圈子。

火炮還是沒有裝填完畢，擲彈車又射出了一排彈丸，卻因為引線過慢，大部分都炸在了敵軍馬後，徒勞無功。幾排擲彈兵徒手抓著手雷，點燃了擲出車牆外，剛一轉身，就被敵軍的弓箭從背後找上，瞬間鎧甲插滿了鵰翎。

在阿速弓箭手的配合下，第三波衝上來的騎兵，在又付出了五個人的代價之後，如願衝到了車牆近前，猛的一鬆手，將三十餘枚鏈球砸進了紅巾軍的陣地裡。

大部分鏈球被盾牌擋住，徒勞無功，兩三枚最為沉重者，卻越過了盾牌阻攔，直接砸在了後方長矛手的頭盔上，當即奪走了目標的性命。

紅巾軍的陣形登時一亂，長矛手們將手中兵器當作標槍，接二連三向正在遠遁的騎兵擲去，卻徒勞地落在地上，就像長了一叢叢醜陋的蒿草。

車牆外的阿速弓箭手趁此機會，又射過來兩排鵰翎。三名長矛手臉部重箭，蹲在地上，嘴裡發出痛苦的悲鳴。其他長矛手的身體上也被射中了三、四箭，虧了羅剎大葉甲足夠結實，才逃過了一死，但每個中箭者都嚇得臉色煞白，兩腿不停地打哆嗦。

幾乎在轉眼之間，紅巾軍依靠火炮和擲彈車取得的優勢就蕩然無存，更多的敵軍騎兵衝上來，將沉重的鏈錘成排成排地扔進紅巾軍的陣地，將盾牌手們砸得東倒西歪，露出無數致命的縫隙。

阿速人的弓箭順著縫隙射進來，或者射在長矛手的鎧甲上，濺起一串串火花，或者貼著鎧甲的縫隙鑽進人體，引起一連串厲聲哀嚎。

「甲卯隊，正前方二十步，投！」劉子雲急得眼睛都紅了，指揮者擲彈兵們，向衝到車牆前的敵軍展開追殺。

完全靠導火線擊發的手雷，性能非常不可靠，幾乎每一次拋射，都有將近一小半無法爆炸，並且爆炸的延遲時間也長短不一，有的還沒等飛到目標上方，已經凌空炸成了兩半，有的卻冒著黑煙在地上打滾，直到敵軍的戰馬都跑出十餘米外了，才轟隆一聲巨響，徒勞地掀起一大團泥土。

早已發現這個弱點的阿速騎兵，則開始在飛馳中不斷拉開彼此間的距離。看到手雷落到自家衝鋒的必經之路上，就立刻撥偏馬頭，只要跳開半丈左右，就脫離了爆炸的波及範圍，然後再將馬頭兜回來，將鏈錘借著慣性砸入盾牆，再用力一抖韁繩，順著車牆的另外一側揚長而去。

阿速騎兵像潮水一樣疾馳到車牆前，拋出鏈錘，然後又像潮水般從車陣左側遁去，一浪接著一浪，無止無休。

每逢浪起，便有二十多枚鏈錘帶著呼嘯砸入車牆，濺起一串串淒厲的血花。每逢浪落，便是阿速弓箭手逞威之機，只見他們分成小股，東一簇，西一簇，在距離車牆六十餘步的正面，將鵰翎沿著鏈錘砸出了縫隙，不停地射入車陣。將紅巾軍士兵射得防不勝防，疲憊不堪。

羅剎人的大葉子鐵甲和朱八十一用水錘鍛造的板甲，都有非常好的防禦力。但再好的甲冑也不可能將人的全身上下遮擋的全無縫隙，隨著時間一寸寸推移，很多身穿羅剎甲的長矛手胸前都扎了五六根鵰翎，走路時像刺蝟一般搖搖晃晃。雖然不足以立刻致命，但血流得太多太久，依舊令人頭暈目眩。

身穿板甲的親兵，則更多死於鏈錘之下。因為板甲防禦力強，他們都被朱八十一推到第一線去填補空檔，所以無論阿速軍中的弓箭手還是冒著被手裡炸翻的騎兵，都把他們當成了第一打擊目標，只要看到，就齊心協力痛下殺手。

親兵什長張狗蛋從面甲和頸甲的銜接處，扯下一支箭，狠狠扔在地上，然後順手從地上的袍澤屍體旁撿起一根長矛，奮力投向車牆外的一名阿速騎兵，將後者推下馬背，牢牢釘在了地上。

下一個瞬間，一枚凌空而至的鏈球正中他的面門。張狗蛋發出一聲痛苦的尖叫，轟然倒地。

「狗蛋——！」

與張狗蛋同一個村子裡出來的齊二禿子跑上前攙扶，卻只扶起了一具頭顱破碎的屍骸。

他大聲哭喊著，從血泊中撿起另外一根長矛，奮力擲出，然後不管不顧地跑到另外一具袍澤的屍體旁，從後者手中奪過另外一根長矛，舉起來，身體後仰，當作標槍再度投向敵軍的戰馬。

數枚鏈球同時砸中他的身體，以防禦力而著稱的新式板甲擋住了鏈錘的尖刺，卻無法卸掉鏈錘上面的力道。齊二禿子張開嘴，噴出數片破碎的內臟，然後揮舞著短刃衝出車牆，擋在一群高速奔來的戰馬前，**宛若一個身穿銀甲的天神，頂天立地。**

這一刻，他的身影永遠的凝固在青史當中。

「二哥——！」看到齊二禿子戰沒，眾長矛兵雙目欲裂。舉起手中的長矛，接二連三朝車牆外的騎兵擲去。

六名阿速騎兵被長矛射中，慘叫著落馬，更多的鏈球從下一波騎兵手中飛出去，砸到車牆後紅巾軍長矛手身上，造成同樣數量的傷亡。

仗打到這種地步，已經完全成了**意志力的比拼，一方憑著祖輩父輩做強盜做出來的驕傲，不肯輕易放棄；另一方則憑著求生的本能和七個月的嚴苛訓練苦苦支撐。**

站在緊貼著車牆處的兩百名刀盾手，傷亡已經逼近三分之一，先前整齊的隊形早已千瘡百孔。

緊貼在刀盾手身後的三百長矛兵，傷亡率也超過了兩成，其中絕大多數都是死亡或者重傷，即便是輕傷，也波及了內臟和骨骼，今後能重返戰場的機會接近於零。

然而，他們卻沒有像去年在徐州城外那次一樣倉惶後退。隊伍中的牌子頭沒退，百夫長沒退，千夫長沒退，都督大人也始終站在了第一線，作為士兵，他們有什麼後退的理由?!況且兩條腿無論如何跑不過四條腿，即便投降，也有沛縣的先例在眼前擺著，同樣是死，為什麼不像齊禿子那樣，死得像個男人！

又一波阿速騎兵疾馳而來，高高地揚起手臂。

「擲！」伊萬諾夫親自帶領十名臂力出眾的士兵，將手中長矛迎面向他們投了過去。

一丈四尺長的長矛刺破空氣，發出尖利的呼嘯聲，像穿豆腐一樣穿破鐵甲，將四名阿速騎兵牢牢地釘在了戰馬的脊背上。

受了傷的戰馬連蹦帶跳，將騎兵小隊的陣形攪得七零八落。即便如此，仍然有三名阿速騎兵將鏈球投進了車牆後，將一名躲避不及的長矛兵砸得當場氣絕。

「轟！」黃二狗掌控的火炮再次射出鐵彈丸，將數匹疾奔而來的戰馬挨個掃倒。

又是一枚跳彈，後續的蒙元騎兵驚恐地看著在地上繼續打轉的血球，猶豫著將坐騎放緩。另一波騎兵從更遠的地方衝來，推著他們，繼續向車牆迫近。

「找死麼？巴爾博的腦袋還在那掛著呢！」馬背上，百夫長破口大罵。同時拔出刀來，衝著被自己追上的士兵亂砍。

已經心生畏懼的阿速騎兵「嗡」地一聲，像蒼蠅一般再度發起衝刺。前進，可能被炮彈打死，被手雷炸死，被弓箭射死，但好歹還有活下來的希望；如果後退的話，連右翼副千戶巴爾博都被達魯花赤大人毫不猶豫地砍了，他們這些小兵誰肯憐惜？

「轟！」「轟！」「轟！」「轟！」數枚手雷凌空爆炸，將四名騎兵推下戰馬。但其他騎兵卻拼命磕打馬鐙，繼續向寨牆迫近，迫近，迫近。

一排的羽箭飛來，將另外五名騎兵射成了刺蝟，剩餘的騎兵依舊拼命磕打馬鐙，將坐騎的體力壓榨到最大。

又飛來一波手雷，落在馬蹄下，「嗤——嗤——」冒著白煙。阿速騎兵或者被炸死，或者縱馬從手雷上跳了過去，揚起手臂，甩動罪惡的鏈錘。

從車牆後投出來的長矛搶在鏈錘脫手之前，將數名騎兵射翻。依舊有十餘枚鏈錘落入了車牆後，又濺起了一片血光。

敵我雙方已經徹底陷入了苦鬥當中，以二比一甚至一比一的交換比，不斷加大了雙方的傷亡。

只有陣地中的三門銅炮偶爾射出一顆鐵球，才能將這個比例迅速提高到三比一甚至四比一。然而三門銅炮的發射速度卻又緩慢得令人髮指，往往敵軍已經衝過來五六波了，才能突然發威一次，並且大多數情況下都形不成跳彈，無法一炮克敵。

「砰！」弓箭兵百夫長許達手中的角弓斷了弦，反抽回來，打在他的臉上濺起一團血花。

「嘎嘎嘎，噹！」一輛精心打造的擲彈車也支架破裂，像個力盡而死的勇士般，緩緩癱倒。

兩名盾牌手轉過頭，試圖從車牆後逃走，被吳二十二從背後追上，一刀一個，砍下了腦袋。

幾名長矛兵擠在一起，既沒力氣再投擲長矛打擊敵軍，又沒勇氣逃走，滿臉是淚，身體抖得就像篩糠。

「都督，派輔兵去山後搭一座浮橋吧！」

當又一波阿速騎兵被打退之後，老伊萬倒拖著身體跑到朱八十一面前，以極低的聲音說道。

傷亡超過三分之一就會崩潰，這是他在數十次戰鬥中總結出來的經驗。而擋在車牆後的戰兵傷亡率已經遠遠超過了這個數字，萬一突然發生潰敗情況，陣地中的擲彈兵和輔兵們將無一倖免。

剛剛賺到的金子還沒來得及花，他不想死，也不想讓朱八十一這麼好的主顧現在就死。**壯士斷腕，是現在的最佳選擇**。留下一個忠心的部將，如吳二十二領著剩餘的戰兵繼續抵抗，其他人迅速從後山撤走，如果阿速人捨不得雞公車上的財物，也許就不會派太多力量來尾隨追殺。

「回去！」開戰以來一直對他言聽計從的朱八十一，卻突然翻了臉，拔出特製的殺豬刀，用刀尖直著他的鼻子大聲命令，「回去，指揮長矛手繼續還擊！今天要麼死在這兒，要麼打退這群阿速人，沒有第三條道路可選！」

「你瘋了！」老兵痞一邊快步後退，一邊大聲嚷嚷，「阿速人還有一個千人隊沒有動，到現在為止，上來的全是騎兵。你看看你腳下已經死了多少人？即便一個換別人兩個，等騎兵退下去之後，你手中還能剩下幾個能站著的？」

周圍跑上前給戰兵運送備用長矛的輔兵們，紛紛停下腳步，愣愣地看著老伊萬。

後者說的是實話，敵軍數量是自己這邊的兩倍，即便傷亡是這邊的兩倍，也足以將陣地內的人換光。況且眼前發生的事實也證明了，自家這邊的擲彈兵戰鬥力並不如想像中那麼強大。手雷只要不是當場爆炸，基本上就能被敵軍騎兵迅速躲過，而萬一戰兵陣列被敵軍突破，在近距離內，擲彈兵非但攻擊不了敵人，甚至連自保之力都沒有。

朱八十一也知道老兵痞伊萬諾夫說的是實話，作為左軍的主將，他將麾下每一名士兵的傷亡都看得清清楚楚。他知道兩個刀盾手百人隊已經瀕臨崩潰的邊緣；他也知道如果不是戰兵中的牌子頭、百夫長都是悍勇之輩，至今沒有一人帶頭逃跑。眼前剩餘的三百多名弟兄，早就已經分崩離析。

他甚至還知道，如果自己再不帶一部分弟兄撤離戰場的話，也許一刻鐘之後，左軍就要全部葬送在這裡。沒有一個人能逃脫阿速騎兵的屠殺。

但是他卻**不甘心現在就承認失敗，不甘心接受眼前這樣的結果，更不甘心把自己花費了無數心血，幾乎是用金子堆出來的三門火炮，全都拱手交給阿速人，交給蒙元朝廷！**

徐州軍上下，依舊沉浸在前一次戰鬥自己製造出來的奇蹟當中，對手雷的寵愛簡直到了無以復加的地步。至今沒有任何人知道，擲彈兵在戰場上優點和缺點一樣明顯，生存能力也非常難以保證。至今還沒有人能夠接受火炮的誕生，就像他們以前拒絕接受新式火藥一樣，對這種造價高昂且射速緩慢的東西嗤之以鼻。**沒有人相信，火炮和火槍將是未來戰爭發展的方向，除了他這個融合了兩世靈魂的穿越者**。但是，他知道如果這三門火炮落到蒙元朝廷手裡，憑著廣袤的領土和豐厚的物資儲備，憑著原始火槍已經列裝的事實，憑著自己剛才從吳家莊搶來的數百車銅錠，一支裝備著大量火炮的部隊將應運而生。

萬一元軍將火炮推到徐州城下，**自己就成了導致芝麻李、毛貴等人消失於歷史洪流中的罪魁禍首**。而朱元璋、常遇春、徐達這些重塑了歷史的英雄豪傑，會不會成為炮口下的犧牲品，還不得而知！

經歷了一場詭異的穿越與融合，朱八十一不在乎成為煽動颶風的那隻蝴蝶，卻無法不在乎因為自己的到來，導致整個華夏文明徹底陷入沉淪。

崖山戰後，有十萬軍民蹈海，所以日本人說崖山之後無中國。

宋代朝臣站在皇帝面前論政，可以爭得面紅耳赤，到了蒙元之後，就只能跪在地上，像一隻隻沒有骨頭的磕頭蟲。

伯顏當政，要殺光張、王、李、趙四大姓，只因為漢人當中這四個姓氏的人口最多。漢人在衝突中打死蒙古人要誅九族，蒙古人殺了漢人卻只需要賠漢人的主人一頭驢！

這些，不需要多深的歷史知識，在二十一世紀，只要識字的人，都能清晰地看見！

這些原本在二十一世紀的朱大鵬眼裡，只是被當作論壇上與人辯論的依據，冰冷而又陌生。但是在徐州的城牆上親眼目睹了一場大屠殺之後，朱八十一卻清楚地意識到，**那不是故事，不是史料，是自己正在經歷的，血淋淋的現實**。

他朱八十一即便不能親手結束這段屈辱的歷史，至少也不能讓這段歷史因為自己的到來而向下無限期的繼續延續。

「去前邊，去給我繼續反擊！」

像發了瘋一般，他把刀尖頂在伊萬諾夫的鼻子上，一寸一寸慢慢向前推進，「要麼打退阿速人，要麼讓我親手殺了你。你自己選！」

「你瘋了！」老兵痞瞪圓了眼睛，絕望地看著他，弄不清楚他的腦袋到底出了什麼問題。

「我瘋了，的確瘋了！」

朱八十一將刀尖向前推，同時扭過頭來，衝著輔兵們大聲喊叫：

「給我把兵器都拿起來，找到你們能用的，都給我拿起來。今天這裡，沒有戰兵和輔兵之分！」

「是！」輔兵們習慣性地答應著，卻不知道如何去執行。

不像頂在最前方的戰兵，他們平素大部分時間都在種地、蓋房子、幹雜活，平均五天才集中起來操練一次，大部分根本不能熟練使用兵器，叫他們頂上去，無異於叫他們集體自殺。

「這裡有三門火炮，二十車手雷，還有五台投雷機！」

不管陣地前方傳來的馬蹄聲和手雷爆炸聲，朱八十一舉起殺豬刀，衝著所有人大聲叫喊：

「是用他們打敗敵人，還是讓那個敵人拿著他們去攻打徐州，去殺你們的老婆孩子，你們自己選！」

「這裡有三萬斤銅，可以鑄六十門火炮，當韃子把六十門火炮架在徐州城下，城內的弟兄們能支持多久，城破之後，裡邊會剩下幾個活人？」

「今天，要麼戰死在這裡，要麼回去對你家老婆孩子說，我親手把火炮送給了韃子，讓他們來殺光你們！」

「兩條路，你們自己選！」

「他真的瘋了，連這種話都敢說出來！」

老兵痞身體迅速晃了晃，躲開一支羽箭，順手撿起一個鏈錘，砸向高速跑來的戰馬。

「萬一他說的話成為現實，即便他今天被阿速人殺死了，也得被人從墳墓裡挖出來，拆得七零八落。」

然而，周圍的情況卻完全出乎他的意料，當聽說自家老婆孩子即將死於手雷之下的時候，幾乎所有輔兵都紅了眼睛，手中的長矛不再遞給前方的戰兵，而是高高地舉了起來，隨著朱八十一的聲音用力舞動。

「阿速人也不是鐵打的，他們已經反覆向咱們頭上扔了好幾輪鐵錘子，他們早已精疲力竭！」朱八十一深深吸了口氣，衝著輔兵們繼續喊道：「把長矛舉起來，準備出擊！既然守不住，咱們就殺出去。即便今天大夥死在這裡，至少也要死得像個男人！」

「出擊！」

「出擊！」

「去死，死得像個男人！」

徐洪三丟下操作複雜，幾乎無法瞄準任何目標的大抬槍，揮舞著利刃，向朱八十一擠了過來。

「去死，死出個人樣來！」王大胖子放下擔架，從傷兵腰間解下朴刀，快步走向了輔兵隊伍的正前方。

「去死，死得像個男人！」輔兵們一個接一個從安全處走出來，將原本該送到戰兵手中的長矛緊緊地握在手中，慢慢走向朱八十一身後。

第九章

一代名將

眼前這個百夫長有勇有謀，觀察力強，
這樣的人才，在普遍不識字的紅巾軍中絕對罕見。
如果假以時日，未必不是一代名將。
「你叫徐達？」
朱八十一身體晃了晃，差點兒沒一頭栽到地上。

「劉老四帶著甲卯隊留下，許達帶著弓箭兵留下，如果戰事不利，就給我炸了所有火炮，順便把所有手雷一起點了，別落下一枚到韃子手裡！其他人，準備出擊！」

千夫長劉子雲也吸了口氣，拔出從羅剎兵手裡繳獲來的短劍，帶頭跟在了輔兵身後。

「轟！」黃老歪打出最後一枚實彈，將發燙的火炮推給徒弟，從腳下撿起一柄鐵錘，笑著跟在了隊伍末尾。

活了大半輩子，就最近七八個月活得像個人樣，那就不妨像個人一樣死去，總好過繼續給韃子當奴隸！

「都督大人且慢！」岩漿般的隊伍前，忽然撲過來一個冰塊般的漢子，雙手抱拳，擋住了所有人的去路。

「你，你敢抗命！」

朱八十一毫不猶豫地將刀尖頂在了對方的下頦之上，只待對方再哆嗦一句，就順著鎧甲的縫隙捅進去，嚴正軍法。

「許達，許達，你瘋了麼？快退下！」擲彈兵千夫長劉子雲衝到朱八十一身邊，扯開嗓子大聲咆哮。

攔路的漢子是弓箭兵百夫長許達，按編制也隸屬於他的麾下，如果因為對方貪生怕死影響了整個左軍的士氣，他這個千夫長也難辭其咎。

「大人，許達沒瘋！」百夫長許達抬起頭看著朱八十一的眼睛，身體緊張得直打哆嗦，腳步卻半寸也不肯後退，「大人說過，只要把敵軍拖到下馬步戰，我軍就已經鎖定了勝局；大人說過，步兵在野戰中與騎兵遭遇，必須選擇對自己有利的地形和陣形；大人還說過，將沒有經過嚴格訓練的士兵拉上戰場，等同於謀殺了他們；大人還說……」

「閉嘴！你這個膽小鬼，不想跟韃子拚命就明說，別給自己找藉口！」

沒等他把話說完，王大胖、黃老歪等人已經跳起來破口大罵。

許達提起的那幾句話，一部分的確出自朱八十一之口，另外一部分，即便不是朱八十一親口所說，至少也得到了他本人的確認，但那些話都是針對正常情況說的，而眼下，左軍只剩下了拚命這唯一的選擇！

「姓許的，平時看你還人模狗樣，關鍵時刻卻是個孬種！」站在前排的一名輔兵，彎腰撿起一塊石頭，重重地砸了許達的胸口。

「姓許的，趕緊滾蛋，念在是老鄉的分上，咱不想親手殺了你！」

另外一名平素跟許達關係不錯的弓箭手，將已經拉斷的角弓丟過來，砸在百夫長許達的頭盔上，叮噹作響。

「殺了他，殺了他！殺了這個孬種！」

已經被朱八十鼓動得熱血沸騰的擲彈兵和輔兵們，也紛紛扯開嗓子，要求拿這個攔路的懦夫祭旗。

聽到朱八十一背後山崩海嘯般的吶喊聲，百夫長許達忽然雙腿一彎，重重跪了下去，誠惶誠恐地道：

「大人，咱們還沒有到山窮水盡的地步！咱們還有取勝的希望！阿速人這一輪進攻已經持續了一個時辰，前後加起來有六十餘波，就算把三千人全投進來，差不多也都輪了個遍了！他們此番根本沒有帶輔兵，哪來的那麼多鏈錘可以扔？」

彷彿在與他的話相互驗證，幾支短短的羽箭朝車牆外射了進來，落在長矛手身後的泥地微微顫抖。

「是馬箭！」

老伊萬眼尖，迅速躬身將比正常羽箭短了一大截的箭矢撿起來，衝著朱八十一用力揮舞，「馬箭，都督，是馬箭，阿速人的鏈錘用完了！」

話音未落，一枚鏈錘呼嘯而來，正砸在他的左肩上，將老兵砸得一個踉蹌栽倒於地，磕了個滿臉是血。

「都督！」趁著大夥都一愣神兒的機會，許達抬起手，摸了一把臉上的血，繼續說道：「您說過，韃子也不是鐵打的，也有支撐不住的時候，他們現在想必已經筋疲力竭，就跟咱們拼誰能撐到最後了。**再撐一刻鐘**，末將請都督再命令大夥多撐一刻鐘，如果一刻鐘之後韃子還不退，末將願領軍法！」

「怎麼撐？」注意到對方臉上那道被弓弦抽出來的血口子，朱八十一心中不禁一軟。

這是他成為左軍都督之後，第一次被屬下頂撞。並且還是在危急關頭，當著所有人的面頂撞！因此肚子裡始終有一股邪火在不停地翻滾，隨時都想將刀子捅過去，以維護自己作為主將的威嚴。

然而，對方臉上的傷口，和因為拉弓拉脫了皮的手掌，都讓他無法將短刀再向前伸出分毫。更何況，老兵痞伊萬手中此刻還舉著一支標準的騎弓用箭。

「把前面的刀盾兵和長矛手都撤下來，撤到您目前所在位置！」許達毫無停頓地回道：「先前大人將刀盾手安排在緊靠車牆的位置，是為了防止敵軍的強弓硬弩。從第二輪攻擊開始到現在，韃子至少向車牆內部射出了五十輪箭，即便是三排輪射，每個人也足足拉了十五次弓。此刻咱們這邊一大半弓箭兵手都累得抬不起來了，韃子那邊的弓箭手未必比咱們的弓箭手強到哪去，把車牆讓出來，讓那些騎兵隨便砸，反正他們的戰馬無法跳過車牆，剩下多少鏈球都是白扔！」

「要是他們跳下馬往裡衝呢？」朱八十一迅速朝車牆處望了一眼，迫不及待地追問。

二十幾步外，阿速人的騎兵依舊保持著先前的節奏，輪番向車牆發起衝擊。但是，他們扔出來的鏈球已經減少了許多，至少有一少半的騎兵都拿起短弓，改用蒙元士兵成名的「馳射」絕技。而從陣地正前方射過來的鵰翎羽箭，也正如許達所說的那樣，越來越稀疏，越來卻稀疏。

「要是韃子跳下馬步戰，就正如都督大人和伊萬大人先前所說，他們必輸無疑！」許達毫不猶豫地接了一句，血肉模糊的臉上寫滿了驕傲和自信。

「去傳令，讓刀盾兵和長矛手撤下來休整，把車牆讓給韃子！」根本來不及多想，朱八十一推了親兵隊長徐洪三一把，讓他依照許達的說法調整部署。

「大人——？」徐洪三根本不相信許達的判斷，愣了愣，腳步慢慢向後挪動。

「快去！」朱八十一瞪了他一眼，大聲斷喝，「許兄弟說得對，讓開車牆，放韃子進來，反正咱們自己早晚都要衝出去，何必不先放他們進來多殺幾個！」

「是！」徐洪三扯開嗓子回答了一聲，撒腿跑向戰兵千夫長吳二十二。

朱八十一吸了口氣，把心一橫，將目光再度轉向跪在地上不肯起身的許達，「你還有什麼好辦法，可以一起說出來！」

「末將請求帶一百名弟兄，從側面繞過去，繞到韃子的帥旗前，給他們致命一擊！」

許達知道即便敵軍不像自己預料得那樣，很快就停止這一輪進攻，都督大人也不會治自己的罪了，卻沒有就此滿足，將血肉模糊的雙手抱在身前行了個禮，繼續說道：

「若是韃子決定下馬步戰，必求一鼓作氣將我等擊潰。屆時，其主帥身邊未必能留下多少名護衛，末將請求效仿大人徐州之戰中的壯舉，帶著一個百人隊去炸了他的帥旗！」

「你想效仿我上一次的做法？」

朱八十一再次愣住，為許達的膽大，也為此人所想方法的簡單而訝異不已。

「我已經用過了一次，趙長史還把當時的情況寫成了公告，張貼得到處都是！」

「**只要有效，就是好辦法，無論用過多少次！**」百夫長許達非常執拗，點了點頭，毫不猶豫地回應。「只要帥旗一倒，都督這邊趁勢發起反擊，韃子必然全線崩潰！即便末將不能成功，亦可令韃子對大夥這邊的進攻放緩一些，給都督更多的時間組織反擊！」

「韃子吃過一次虧，不可能不在戰場上多放斥候！」知道這樣做，許達將面臨多大的風險，朱八十一將聲音壓低了些，猶豫著回應。

眼前這個和自己年齡差不多大小的百夫長有勇有謀，並且觀察力非常強，激戰中，許多人都沒有注意到的細節都被此人注意到了，並且一一牢記在心，這樣的人才，在普遍不識字的紅巾軍中絕對罕見。如果假以時日，未必不是一代名將。朱八十一起了愛才之心，所以不願意讓對方輕易陷入死地。

誰料百夫長許達卻不領情，又拱了一下手，說道：

「末將今日當眾頂撞都督，按律當斬！若是都督採納了末將之計，結果還是讓韃子攻到了都督帥旗前，末將亦當斬。混戰當中，刀箭無眼，末將更不敢奢求能僥倖活到最後，既然早晚都是個死，都督何不讓末將死得更值得些？若是僥倖得手，則末將死罪可贖，都督和弟兄們也得以脫離險境，此乃末將一念之私，請都督務必成全！」

「你，你……」朱八十一將殺豬刀插在地上，雙手拉起許達，不知道該說些什麼好。對方的確當著所有弟兄的面頂撞了他，但是對方這份磊落之心，卻令他說不出任何拒絕之詞。

吳二十二帶著戰兵們從車牆附近撤了過來，在幾個百夫長的幫助下，緊貼著帥旗重新整隊。

衝到車牆前的阿速人明顯沒有預料到這一招，手中鏈錘扔也不是，不扔也不是，猶豫著晃了兩個圈子，最後「轟」地一下，砸在了大夥身前的泥地中。

那些擎著騎弓的阿速人更是尷尬，想要鬆開弓弦，卻找不到任何合適目標。騎弓只有三十步的有效殺傷距離，甭說射穿紅巾軍戰兵身上的鎧甲，在逆著山坡的情況下，就連飛到大夥腳下都成了問題，只能胡亂射出一箭，然後打著馬跑遠了。

見到此景，剛剛撤下來的戰兵們立刻鬆了一口氣，舉起已經變了形的盾牌，衝著阿速騎兵大聲起鬨，「噢——！噢——！有種你跳進來，跳進來，老子在這裡等你！跳進來，有種就跳進來！」

「都督！」百夫長許達對周圍的哄鬧聲充耳不聞，又躬了下身子，大聲催促。「除了剛撤下來的戰兵之外，一百個人，我隨你挑，還需要什麼，也可以直接說出來！」朱八十一猶豫再三，艱難地做出決定。

許達的計策很冒險，弄不好就是白白出去送死，但如果自己努力創造機會的話，待阿速人下馬衝進車牆之內，大夥一樣要面臨全軍覆滅的危險。

「先前護著火炮的那些大人的親兵，請都派給末將。還有，甲寅隊的擲彈兵，也請大人全交給末將。」

許達根本不懂得什麼叫做客氣，聽朱八十一答應了自己的請纓，立刻獅子大開口。

「可以！洪三，你把王十三、薛六子他們叫過來，讓他們兩個連同各自麾下的弟兄，從現在起，聽從許隊長指揮。」

既然採納了百夫長許達的建議，朱八十一就決定給予後者一切盡可能的支持，「大劉，把甲寅隊補滿兵員，也歸許隊長指揮。」

「是！」徐洪三和劉子雲兩個嫉妒地看了許達一眼，小跑著去執行命令。

「你還需要什麼？儘管說！」趁著阿速軍還沒來得及調整戰術的時候，朱八十一問。

「沒有了！」許達想都不想，搖頭道：「大人給末將的已經夠多了，如果……」

他緩緩從腰間解下一個木製的腰牌，雙手捧起，鄭重地交到朱八十一面前，「如果末將今天醉臥沙場，就請都督為末將收屍時，把這面腰牌改一個字，末將姓徐，雙人徐，不是言午許。蘇長史當日做腰牌時寫錯了，一直忘記給末將更正回來。」

「**你叫徐達**？」朱八十一身體晃了晃，差點兒沒一頭栽到地上。

眼前這個精壯的百夫長是當日追隨他去炸兀剌不花的勇士之一，加入紅巾軍之前給人放牛為生，平素話不多，訓練中表現也只是中等偏上。

他一直跟弟兄們許達、許達地叫著，誰料對方居然是姓徐，而不是許！原來竟是歷史課本中朱大鵬少數幾個能記住名字的元末豪傑之一！

站在他對面的徐達弄不清發生了什麼事，訕訕地咧了下嘴，道：

「是末將的錯，末將說話口齒不清楚，蘇長史登記名字時，估計是聽岔了。後來發腰牌時，就稀裡糊塗變成了言午許！末將覺得不是什麼大事，就沒急著去請他老人家更正！」

不是沒什麼大事，這個年代，人把祖宗看得比性命都重要，怎麼會不是大事兒！只是他是個放牛出身的百夫長，而蘇先生卻是左軍的長史，日理萬機，所以說過之後，也沒顧得上給他改回來，就這樣一錯便是三、四個月！

「我記住了，無論偷襲是否得手，你務必給我活著回來！」朱八十一雙手接過腰牌，鄭重叮囑。

無論此徐達是不是彼徐達，但是，**就憑對方敢冒死去炸韃子主將，就憑此人**

能在激戰當中清楚地記得元軍扔了多少波鏈錘，射了多少波箭，就值得他將此人當作名將來對待。

他朱重九不是朱重八，虎軀震斷了，也未必能讓歷史上的那些英豪納頭便拜，但是他可以自己培養，自己挖掘，自己打造一個不同於時代的文武班底。英雄莫問出身！假以時日，此徐達成就未必比另一個徐達低！

「如此，末將就去了！」徐達感動地點點頭，又給朱八十一行了個禮，轉身大步走向剛剛奉命集結起來的將士，「諸位兄弟，徐某奉大都督之命，帶領爾等去炸韃子主帥，有膽怯者，儘管自行留下！徐某絕不會……」

「黃老歪、黃大、黃二，你們爺仨把火炮都推到這裡來！」

朱八十一帶著嘉許的表情看了幾眼正在做鼓舞士氣的徐達，快步走向臨時營地最高處。

「弓箭手都過來幫忙推炮車，李子魚帶五十名擲彈兵留下保護火炮和擲彈機，其他擲彈兵原地拉開，按照所在的百人隊排成三排，彼此間相隔五步，長矛兵手裡有矛的輔兵，到擲彈兵身前列陣。刀盾手合併成一個百人隊，到隊伍最前排待命！連老黑，去管好你的大抬槍，待會兒即便用不上，也別讓他落在韃子手中……」

「是！」

知道最後決戰的時刻即將到來，眾弟兄都按照他的吩咐，快速整理隊形。沿著山坡，在臨時營地內排成一個整整齊齊的長方形。

一百出頭刀盾手，兩百出頭長矛兵，三百七十多名擲彈兵，還有四百多名剛剛從雞公車上拿出長矛的輔兵，再加上負責保護火炮並為黃家父子裝填彈藥的弓箭手，一千出頭紅巾將士，面對著山腳下兩倍於己的敵軍，緩緩舉起手中兵器。就像一頭受了傷的鳳凰，在陽光下，緩緩張開了驕傲的火焰翅膀。

阿速人又上來了，畢竟是職業強盜，他們對陣前戰術調整這種事情駕輕就熟，發現紅巾軍主動放棄了車牆之後，很快就停止了沒有意義的朝空地上投擲鏈球行為，重新在車牆左前方兩百步遠位置集結，然後以非常緩慢的步伐，向車牆正前方壓了過來。

「紅巾賊完了！」看到三百步外車牆後矛影晃動，赫廝阿速左軍達魯花赤赫廝悄悄鬆了一口氣，笑著搖頭。

這一仗，贏得實在有點艱難。

為了向車牆內的紅巾軍將士持續施加壓力，他已經將身邊備用的五個百人隊也派上去了三個。如果在一刻鐘內還未能砸爛紅巾軍的防線的話，將面臨沒有任何備用力量可派的尷尬局面。

好在那夥紅巾賊先撐不住了，畢竟是一群剛剛放下鋤頭沒多久的農夫，雖然有紅巾軍中難得一見的勇將坐鎮，也終究輸在了韌性不足上。

不知不覺間，在阿速左軍達魯花赤赫廝的心中，朱八十一已經從讀過幾本兵書的蟊賊，漢軍將門之後，上升到了罕見的勇將級別。並且隨著時間推移，還有繼續向上飆升的趨勢。

對付一名少見的勇將，當然什麼時候都不能掉以輕心。

想到這兒，阿速左軍達魯花赤深吸了一口氣，發出了一個足以讓他自己後悔一輩子的命令：

「通知禿魯，讓他把隊伍停在距離敵軍百步之外，保持對車牆內的威懾力。給副都指揮使朵兒黑下令，讓他帶著麾下的五個百人隊，還有那三個右翼的弓箭手，立刻衝上去，打開車牆！他麾下帶的是生力軍，沒有理由放在別人後面！」

「是！」親兵們大聲答應著，用戰鼓和彩旗，將最新命令傳遍全軍，「咚咚咚，咚咚咚，咚咚咚咚，咚咚咚咚……」

正在發愁接下來該派哪支隊伍上前接受紅巾賊垂死一搏的左千戶禿魯聽到，立刻拉住了馬頭，轉過身，衝著麾下所有人喊道：

「停下，整頓隊形，距車牆一百步內替朵兒黑大人掠陣！」

「停下，停下，左千戶有令，我等停在這裡，替朵兒黑大人掠陣！」

眾親兵聞聽，鐵青的臉上立刻露出笑容，策動坐騎，將這個英明體貼的命令以最快速度傳了出去。

先前的戰鬥中，禿魯指揮的左右兩翼騎兵和後續派上來的三個援軍百人隊，傷亡也接近七百人，相當於總人數三分之一，完全是依賴嚴苛的軍法和骨子裡作為職業強盜的驕傲在苦撐。

此刻聽聞最後一擊交給別人先來進行，將士們非但不覺得沮喪，反而一個個都把懸在嗓子眼兒出的心臟放回了肚子裡，在馬背上坐直身體，一邊用靴底兒擦拭著彎刀，一邊緊張地觀起戰來！

只見車牆正前方一百步左右，所有士兵都在副都指揮使朵兒黑的命令下，翻身跳到了地上，一隻手拔出彎刀，另外一隻手則用力拉住了戰馬的韁繩。

這是一個標準的騎兵步戰動作，牽在手裡的坐騎，可以為騎兵馱著長槍、盾牌和弓箭等武器，以便隨時替換。此外，戰馬的身體也可以充當肉盾來阻擋對方的羽箭漫射，為自己的主人創造躲避之機。

先前分散成簇的弓箭手們，則緩緩集結成排，記取上次被車牆內怪異武器當靶子打的教訓，他們彼此之間不敢靠得太近，在距離車牆五十步的位置上，就重新分散成左右兩部，給後面的騎兵讓開最中央的通道。

然後隨著百夫長的一聲令下，舉起角弓，將隨身攜帶的最後幾支羽箭，一個不落地射向了紅巾軍的頭頂。

「舉——盾！」

「擺——矛！」

「低——頭！」

對於遠距離射過來的普通羽箭，紅巾軍的各位百夫長經過長達一個多時辰的打擊，已經總結出了一套非常完整的應對經驗。紛紛扯開嗓子，搶在羽箭抵達之前，將對不同兵種的不同命令喊了出來。

擋在所有他前方的刀盾手立刻側著身體，將盾牌舉過了頭頂。

緊跟著，長矛手將矛舉直，以左右四十五度角來回晃動。位置稍稍靠後的擲彈兵則低下頭，用鐵盔的頂部對準斜前方。

「叮叮噹噹！」越過七十多步遠的羽箭，與盾牌、槍矛和盔甲相撞，發出雨打芭蕉一般的聲音。

阿速弓箭手在此之前每人至少都開了十四、五次弓，手臂已經沒有力氣將弓臂再度拉到全滿。射出的羽箭與盾牌、矛桿或者盔甲相撞，立刻軟軟地落在了地上，偶爾有一、兩支撞大運般射中了鎧甲的縫隙，也沒有力氣扎得太深。受傷的紅巾將士咬緊牙關，站在隊伍裡一動不動。

「韃子沒力氣了！」

「韃子軟了！」

「這種箭，給老子撓癢癢還差不多！」

什麼將帶什麼兵，朱八十一是個大咧咧的性子，麾下的士卒們也以沒心沒肺者居多，察覺到迎面射過來的羽箭威力大不如前，紛紛扯開嗓子，自己給自己打起氣來！

「哈斯，帶著你的百人隊，上去把車牆搬開！」被自家弓箭手的表現氣得兩眼冒火，副都指揮使朵兒黑擺擺手中闊刃短劍，大聲命令。

「弟兄們，跟我上！」

百夫長哈斯立刻鬆開戰馬的韁繩，從馬鞍後取下一面圓盾抓在左手中，彎下腰，快速朝車牆衝了過去。

「衝啊！衝上去，殺光他們！」

整整一百名阿速人學著百夫長哈斯的模樣，一手舉著圓盾，一手舉著短劍，呈分散隊形湧向車牆。

紅巾軍中有弓箭手，有那種會噴彈丸的銅管子，所以阿速士兵們彼此之間都保持了足夠的距離，並且用盾牌死死護住自己沒有鎧甲遮擋的臉部。

然而，事實證明，這些動作純屬多餘，正在全心應對羽箭攢射的紅巾軍將士，根本沒功夫理睬他們的衝鋒，就站在原地，任由這一個百人隊完完整整地撲到車牆上。

「紅巾賊嚇傻了，每個什一輛車，立刻推開！」百夫長哈斯心中大喜，舉著盾牌，向麾下士卒招呼。

「呯！」不遠處突然傳來一聲巨響，連老黑手中的抬槍噴出一股黑煙。緊跟著，百夫長哈斯的腦袋像爛西瓜一樣炸來，紅的白的落了滿地！

「啊——」阿速人嚇了一跳，立刻舉著盾牌藏到了雞公車下面。

兩股戰戰等了好一會兒，也沒聽見第二次轟鳴聲，幾個膽大的探出半個腦袋偷看，只見先前噴出黑煙的那個細長管子，被其主人倒過來豎在地上，正拿著一根棍子朝管口處來來回回地猛捅。

「趕緊推車，那個東西需要擦乾淨了才能用第二次！」

幾個牌子頭像發現了驚天秘密般高喊著，命令麾下士兵繼續執行任務。

百戶大人稀裡糊塗就被打爆了腦袋，如果完成了任務，他們這個幾個牌子頭還有機會向上補位。如果完不成任務就逃回去，按照軍律，幾個牌子頭都該被處斬，腦袋要在旗桿上懸掛三天才能跟屍體縫在一起。

「推，一二，用勁！」在己方的弓箭手的掩護下，阿速士兵們丟開圓盾和短劍，齊心協力推動雞公車。

這種在中原百姓手裡就像玩具一樣的東西，對於他們來說，卻重如泰山，十個人對付一輛車，累得咬牙切齒，才勉強將裝滿了銅錠和鐵塊的雞公車移開四五尺距離。

「甲子隊，車牆正前方，投彈！」劉子雲看到機會，毫不猶豫地下達了命令。早已等待多時的擲彈兵立刻點燃引線，將手雷奮力朝車牆丟了過去。還沒等手雷落地，彎腰推車的阿速士兵已經發現不妙，調轉身體，撒腿就逃。

「轟！」「轟！」「轟！」「轟！」

三十多枚手雷貼著車牆前後爆炸，將逃得最慢的十幾名阿速人送上了西天。另外三十多枚手雷則像示威一般，慢吞吞在地上冒著煙，打著轉，東炸一個，西炸一個，沒完沒了！

「蠢貨，廢物！」近距離觀看了屬下所有舉動的副都指揮使朵兒黑被氣得七竅生煙，掄起短劍，一劍一個，將帶隊逃回來的牌子頭接連砍倒了仨，才勉強恢復了冷靜。

用血淋淋的刀尖朝車牆後一指，大聲咆哮：

「鑾都、胡力赤、漢斯，你們三個帶著各自的百人隊直接衝進去，將紅巾賊殺散！其他人，全給我壓上去推車！」

說罷，鬆開了戰馬的韁繩，身先士卒朝車牆撲了過去。

正所謂一將拼命，三軍振奮，見到副都指揮使大人親自帶著侍衛衝上去了，幾個被點了將的百夫長不敢怠慢，立刻帶領著各自的隊伍朝車牆猛撲。

轉眼間，就撲到了目標附近，或者翻身跳上車牆，或者從紅巾軍預先留下的通道魚貫而入。然後以迅雷不及掩耳之勢撲向朱八十一的帥旗。

整個過程中，朱八十一都沒有下令反擊，也沒有命令擲彈兵做出任何干擾動作，只是將殺豬刀握在掌心，手指不停地曲曲伸伸。

他在計算時間，儘量給徐達創造將對方主將斬首的機會，如果偷襲不成，也要把握好最佳反擊點，打敵軍個措手不及。

近了，近了，眼看著帶隊的一名百夫長距離自己已經不足十步，猛的一揮手，他將殺豬刀向前指去。

「放！」

「轟！」「轟！」「轟！」三門填了散彈的銅炮，同時噴出一團死亡之焰。

十步的距離相當於頂著前衝而來的阿速士兵胸口開了火，衝在最前方的百夫長鑾都和與他並行的十幾名最勇敢的阿速武士，被打得直接倒飛了回去。胸前的鐵甲千瘡百孔，血漿和內臟碎片同時噴湧而出！

「啊！」誰也沒想到一炮之威竟銳利如斯。正在順著通道往車陣裡鑽的，和正在努力翻越車牆的阿速士兵全都愣住了，兩眼盯著尚在冒煙的炮口，一時間竟茫然不知所措。

朱八十一要的就是這一個瞬間，立刻邁動雙腿，帶頭撲了下去：

「殺韃子！」

「殺韃子，殺韃子！」

所有刀盾兵、長矛手、擲彈兵和剛剛拿起武器的輔兵，就像山洪一樣突然爆發，緊跟在朱八十一身後，呼嘯著撲向正在發愣的阿速軍。轉眼間，就把跑在最前排的數十人捅翻在地，然後直接踏成了一堆肉泥。

剩餘衝進車牆裡的阿速人，在一名百夫長的指揮下，背靠著車牆列陣。給其頭頂上的同夥創造繼續翻越進來助戰的機會。

朱八十一踢開擋在面前的屍體，怒吼著衝了上去，刀尖處寒光閃爍，直奔百夫長的左胸。

百夫長胡力赤被嚇了一跳，旋即從來人招數中看到了無數破綻。側轉身，左手盾牌用力一推，就將刺過來的殺豬刀擋了開去，隨即右手利刃快速橫掃，「鐺——！」

預料中的血肉橫飛情況沒出現，利刃掃在朱八十一的板甲上，砍出了一條深深的口子，隨即被內部的軟牛皮襯裡擋住了，無法再深入分毫。

就在他用力往回抽刀的瞬間，朱八十一手中被格歪的殺豬刀突然以一個非常詭異的角度轉了回來，從後背直奔他的頸窩。

「噗！」鋒利的刀尖直達心臟，血一下子噴出來半丈高。

朱八十一迅速推開百夫長的屍體，撲向車牆上的一條大腿。刀刃貼著大腿的根部快速向上，「嗤——！」

那名剛剛爬上車牆的阿速武士根本來不及躲閃，襠部猛的一涼，緊跟著，丟下盾牌和短劍，雙手捂住下體厲聲慘嚎，「啊——」

朱八十一看都不看，甩掉掛在刀刃上的兩個圓圓的肉團，抬腿衝向進入車牆的通道。

狹窄的通道中只能容下一個人進出，迎面而來的阿速士兵單手舉盾，另外一隻手將短劍向前猛捅。

朱八十一側開身子，用往日夾豬的力氣，夾住此人刺過來的胳膊，猛的一擰腰，「喀嚓！」白色的骨頭從對手的臂甲下倒著刺了出來，阿速士兵嘴裡發出一聲慘叫，兩眼翻白，立刻昏了過去。

一支短劍迎面刺來，被他用殺豬刀猛的向上一磕，「叮」的一聲，冒著火花飛上了天空。失去兵器的阿速人迅速後退，將背後跟過來的同夥擠得站立不穩，踉踉蹌蹌，朱八十一抬起包著鐵皮的靴子，向前狠狠一踹。

「轟！」以往捆豬時，這一下要求連兩百多斤重的生豬都必須踹翻。那名阿速士兵雖然體形高大，重量也達不到兩百斤，被踹得噴著鮮血向後便倒！

朱八十一箭步跟上，屈膝壓住此人胸口，殺豬刀順著頸窩向下一探，又是「噗」地一聲，血逆著刀身噴出來，噴得他滿臉都是紅。

沒等他從屍體上站起身，兩把短劍已經砍到，一左一右直取他的脖頸。

「鐺！」徐洪三從後邊衝上來，用盾牌隔開左邊來的一把。

「中！」老兵痞大喝一聲，手裡的長矛飛了出去，將另外一名阿速士兵直接釘在泥地上。

「都督，回車牆！」徐洪三用盾牌推開不斷撲上來的敵軍，扭過頭，衝著朱八十一大喊。

不知不覺間，二人已經都殺到車牆之外。左、右、前三個方向都是阿速人，只有身後還留著一條血淋淋的通道。

「殺韃子！」

朱八十一對徐洪三的提醒充耳不聞，殺豬刀貼著徐洪三的肋骨捅過去，將一名身穿札甲的阿速人捅了個透心涼。隨即抬起大腿，狠狠踹在了另外一名阿速士兵的褲襠上，將對方踹得躺在地上哀嚎著來回打滾！

「殺韃子！」他舉起血淋淋的殺豬刀，回頭招呼了一聲，然後猛的撞進另外幾個阿速人之間，前胸、左臂和大腿同時中刀，傷口處鑽心地疼。

已經殺紅了眼的他根本顧不上檢視，捅穿一名阿速武士的喉嚨，砍斷另外一人的胳膊，又從背後追上第三個，將此人的脖子大筋齊根抹斷。

「殺韃子，殺韃子！」

吳二十二舉著一根長矛，從另外一條通道中衝了出來。三下兩下捅開擋路的敵軍，拼命朝朱八十一身邊靠攏！通道中的紅巾軍戰兵魚貫而出，借著山勢，宛若洪流。

周圍的阿速士兵被打得節節敗退，轉眼就被殺出了一塊空檔來，與已經跳上車牆的同夥彼此不能相顧。

朱八十一快速抬頭看了看，敵軍的帥旗沒有動，徐達所帶的百人隊顯然還需要更多的時間。

將刀尖朝距離自己最近的那面將旗一指，他繼續大聲招呼，「殺韃子，別管車牆，先隨我殺了那個當官的！」

「來人，跟我去殺了那個紅巾賊頭！」

親眼見到自己引以為傲的本族將士被一群剛剛放下鋤頭的農夫撞了個四分五裂，阿速左軍副都指揮使朵兒黑也火冒三丈，闊背短劍向前一揮，親自帶著數十名精銳衝了上來。

兩支規模差不多的隊伍一上一下，高速靠近，誰也不肯停下腳步。猛然間，「轟」地一聲，像海浪般撞在了一起，血流成河。

迎面對衝的雙方士兵瞬間都倒了下了十多個，剩下的則紅著眼睛，舉著血淋淋的刀槍，撲向距離自己最近的敵人，用盡各種手段，努力奪取對方的性命。

一名使用短斧的親兵牌子頭，咆哮著撲到朱八十一面前，衝著他的肩膀用力猛剁。朱八十一側身跳開，然後一刀砍在了此人的肩胛處，將整條胳膊卸了下來。

失去了手臂的牌子頭厲聲慘叫，跪在地上，試圖用另外一隻手去撿短斧。朱八十一又一刀砍了下去，乾淨俐落地砍斷了此人的喉嚨。

另外一名身穿鐵甲的傢伙持劍而上，壓低劍鋒去刺他的胸甲和腿甲銜接處。朱八十一雙腿拔地而起，像撞車一樣撞在此人的腦門上，將此人脖子撞得後仰成直角，倒在地上不知死活。

更多的阿速士兵湧到他身邊，試圖奪走他的性命，朱八十一砍掉一隻胳膊，順手將此人的短劍抄在左手。然後東一刀、西一劍，剁豬肉餡一般亂砍亂剁。

身體上的傷口在流血，他感覺到自己的腦袋一陣陣發木。但是，眼前的敵軍動作卻越來越緩慢，越來越清晰。

朱八十一腳下猛的一絆，跪了下去，渾身上下無處不疼，伸手朝腰間掏了一把，卻沒有電玩遊戲中的補給品可吃！他怒吼著又站了起來，撲向距離自己最近的一個敵人。

那是一個身穿黑色鎧甲的傢伙，甲葉每一片都像巴掌大小，不帶任何光澤。朱八十一第一刀砍在此人臂甲上，只濺出了一串金色的火花，與此同時，他看到一把手掌寬的短劍砍了過來，直奔自己前胸。

出於本能，朱八十一將左手的短劍擋在了自己胸前，然後眼睜睜地看著他被敵軍的兵器砍成了兩段。雙腿迅速向後退了兩步，他躲開了此人劍鋒的攻擊範圍，然後左手猛的一掄，將半截短劍朝此人的頭頂砸了過去。

「噹啷！」來人的頭盔和鎧甲一樣結實，半截短劍只砸出了一溜火星，但撞擊產生的餘波卻令此人如喝醉了酒一般，步履踉蹌。

「去死！」朱八十一借助山勢衝了下去，刀尖刺在此人的胸口崩斷，但是也將此人推翻在地。緊跟著，他用膝蓋緊緊壓住此人的上半身，半截殺豬刀熟練地下捅，「噗！」地一聲，順著頸窩上護肩的縫隙，直沒到柄！

「敵將死了，都督殺了個當大官的！」四周響起一片歡呼聲，似夢似真。

朱八十一將半截殺豬刀抽了出來，丟在地上，順手撿起此人的闊背斷劍。仍覺得不解氣，又一劍將腦袋從屍體上砍了下來，拎著耳朵，高高舉在了左手中。

「都督威武，都督威武！」

眾紅巾將士潮水般湧來，圍在朱八十一身邊又叫又跳，渾然不顧就在他們右下方二十幾步，已經有上千騎兵促動坐騎湧了過來。

「擲彈兵，攻擊前進！」忽然間，劉子雲扯開嗓子大叫一聲，將點燃手雷的引線用力向下拋去。

「擲彈兵，攻擊前進！」無數人大聲響應，舉起冒著煙的手雷，徒步衝向了蜂湧而來的戰馬，義無反顧！

「擲彈兵，攻擊前進！」

聽到從斜對面高處傳來的吶喊，阿速左軍左千戶禿魯的心臟猛的哆嗦了一下，正在磕打坐騎的雙腿也瞬間僵硬在馬鐙之上。

瘋了，那些紅巾賊全都瘋了，居然在瀕臨崩潰之際，突然主動從車牆後衝了出來。

在短短幾個呼吸時間擊垮了副都指揮使朵兒黑統率的五個百人隊，然後將朵兒黑本人也淹沒在了瘋狂的洪流當中。

當左千戶禿魯接到來自達魯花赤赫廝的命令，率領騎兵全軍押上的時候，已經完全來不及。沒等戰馬衝起速度，副都指揮使朵兒黑的人頭已經被一個渾身是血的大高個子舉了起來，然後那些殺紅了眼睛的蟻賊們就愈發瘋狂，居然迎著騎兵的馬頭發起了反衝鋒。

二十幾步的距離，又是逆著山勢，戰馬根本無法將速度提到最快。然而那些殺紅了眼睛的蟻賊們，卻順著山坡飛奔而下，手臂向一揮，就把上百個冒著煙的鐵疙瘩砸進了馬群當中。

「轟！」「轟！」「轟！」「轟！」正在努力加速的阿速騎兵隊伍登時凹下去了一大塊。數以十計的戰馬倒在血泊當中，翻滾哀嚎。地面上，還有手雷冒著煙，不停地向下滾動，滾著滾著，就又「轟隆」一聲，拋起一具人和馬的屍體。

「繞過去！」誰也不確定地面上剩餘的鐵疙瘩會不會爆炸，什麼時候爆炸，避開紅巾賊的正面，從側翼迂迴包抄，就成了此刻最佳選擇。

不待左千戶禿魯做出決定，右千戶鮑里廝已經高喊著拉偏了馬頭。帶著隸屬與自己的幾百騎兵，直接隊伍中分了出去，從更遠的地方朝紅巾軍後背迂迴。

「該死！」看到騎兵隊伍被一分為二，左千戶禿魯恨不得追上去，從背後將鮑里廝一刀梟首。即便再不服氣屈居自己之下，對方也不該在這個節骨眼上搗亂。

紅巾賊的氣勢宛若山洪咆哮，這個時候，任何避其鋒穎的行為，都將極大地助漲他們的囂張氣焰，進而造成一場無法挽回的災難。

他的判斷非常準確，果然，在看到阿速騎兵突然分成左右兩股的一瞬間，順著山坡衝下來的紅巾軍將士將腳步又加快了一倍，冒著被自家手雷炸死的危險，像一把鋼刀一樣，插到兩支騎兵的中央，然後手臂又是一揚。下一個瞬間，雷聲滾滾，濃煙捲著血光，染紅了整個天空。

「殺韃子，殺韃子！」身上有甲的戰兵和身上無甲的輔兵們一道高聲吶喊著，順著敵軍讓開的道路長驅直入。沿途看到躲避不及的騎兵，便是兜頭一刀；看到試圖躲避的戰馬，也是兜頭一刀。

所有人都陷入了戰鬥的狂熱當中，此刻他們個個都是無敵猛將。既感覺不到恐懼，也感覺不到疼痛和疲倦。除了戰鬥，戰鬥，一刻不停的戰鬥之外，別無所求。

而那些先前看起來高大兇猛的阿速人，先前看起來威風凜凜的戰馬，此刻在大夥眼睛裡，都變成了土偶木梗。你只要探出刀去，就能砍斷他們的大腿。然後將他們掀翻在地上，又一刀割去頭顱。

靠近紅巾軍將士的阿速士兵被殺得肝膽俱裂，拉扯著韁繩努力避讓。從側面迂迴上來的其他阿速騎兵，則被這些膽小鬼擋住，好不容易衝起一點的馬速，不得不再度放慢，以免與自己人撞在一起，活活被馬蹄踩成肉醬。

轉眼之間，九百多名紅巾軍將士已經殺入了阿速騎兵的深處，**就像一頭衝進羊群的老虎，四下張開血淋淋的大口，每一次牙齒開合，都引起一片絕望的哀嚎。**

第十章

生存之道

這就是規矩！

非常簡單實用的規矩，誰刀子快，誰就手握大義。

從女真滅北宋、蒙元滅南宋再到現在，

幾百年來，黃河兩岸的豪強世家早總結出的生存之道，

不用人來教，沒學會的，早就屠成一片白地了！

「避開，避開，往上繞，繞到他們身後！」左千戶禿魯氣得全身血漿都湧到了腦門上，撞開擋在自己前面的騎兵，大聲命令。

「避開紅巾賊，繞到他們身後去！」周圍的親信扯開嗓子，將這個正確無比的命令傳遍全軍。

然而，就在這一瞬間，突然有四枚冒著煙的特大號木頭殼子手雷，從紅巾軍遺棄的臨時陣內飛了出來，落在眾人的馬前，「轟隆隆」，炸出了四團又濕又濃的黃煙。

「咳咳，咳咳，咳咳……嗚嗚……」

「唏唏唏——吁吁——奈奈——」

黃煙過處，響起一片人和馬的悲鳴。

加了巴豆、砒霜、花椒和茱萸的發煙雷，味道可不是一般人能受得了的，眼淚、鼻涕和唾液順著被波及者的雙目、鼻孔和嘴巴同時往外淌。

甭說是奉命向紅巾軍側後方迂迴了，就是連現在的隊形都無法保持，一個個被發了瘋的坐騎帶著，橫衝直撞，將自己同夥撞得東倒西歪。

「推上火炮，去幫都督殺韃子！」

奉命留下保護火炮和擲彈車的擲彈兵百夫長李子魚，將冒著煙的艾絨丟進了擲彈車下的火藥堆中，紅著眼睛喊道。

「嗤！」烈焰騰空而起，將搖搖欲墜的擲彈車瞬間燒成了一架巨大的火把。留守在臨時陣地內的弓箭兵、擲彈兵們彎腰推起三門銅炮，與黃氏父子一道，順著山坡，將炮車向阿速騎兵頭頂推了過去。

「等等我，等等我！過來幾個人幫我扛抬槍啊！」

正在操作著抬槍瞄準的連老黑大急，想要像李子魚那樣果斷地將抬槍毀掉，心中卻好生捨不得，扛著抬槍跟在炮車之後。

這東西失去了支架，單人根本無法操作，接連叫了幾聲，見大夥都不肯將腳步停下，只好咬著牙，繼續轉動槍口尋找新的目標。

距離車陣五十餘步的位置，紅巾軍已經與阿速騎兵戰成了一團。以他的準頭，可不敢保證一槍過去打到誰的腦袋上，頂著滿腦子的汗珠瞄了半天，將槍口轉了轉，瞄向了三百步遠的阿速人帥旗。

帥旗下，蒙元達魯花赤赫廝正氣得七竅生煙。一千五六百騎兵，五百多養精蓄銳的步卒，還有三百多弓箭手，居然被不到一千的紅巾賊打得節節敗退，副都指揮使朵兒黑的人頭還被人給砍了下去。

這一仗，即便最後贏了下來，也足以讓阿速人的祖先顏面無光。

「不行，無論如何都得儘快結束戰鬥，把那個姓朱的傢伙碎屍萬段！」目光盯著戰團中那個往來衝殺的殺豬的屠戶，他握著刀柄的手指攥得「咯咯」直響。

「阿斯蘭，帶著這兩個百人隊——」咬著牙關，他準備把身邊最後的備用力量也投了出去。

還沒等百夫長阿斯蘭接過令箭，耳畔忽然傳來一聲吶喊：

「殺韃子啊！」緊跟著，就在他背後四十幾步處的灌木叢中，有名手持長纓的少年跳了出來，帶領百餘名無盔無甲的烏合之眾，直撲阿速左軍的帥旗。

「給我殺光他們！」達魯花赤赫廝立刻將原本指向紅巾軍帥旗的刀尖指向了那個突然冒出來的莽撞少年。

太可惡了，太卑鄙了，那個愚蠢的朱八十一，居然想用同樣的招數來對付本大人！以為本大人是兀剌不花那蠢驢麼？即便是蠢驢，也不可能連上兩次同樣的當！給我殺，先殺光他們，再去砍朱八十一的腦袋。

「是！」親兵百夫長阿斯蘭帶著兩百騎兵，立刻將馬頭轉向手持長纓的吳良謀。

這下，可把吳良謀給嚇傻了，拎著紅纓槍，繼續向前衝也不是，掉頭跑也不是，停住腳步，雙腿再也無法挪動分毫。

眼看著阿斯蘭就要將他踩在馬下，忽然間，左側又傳來一聲吶喊：「殺韃子！」徐達帶著朱八十一的親兵和一個擲彈兵百人隊衝了出來，前排弟兄的腰間赫然掛著數顆人頭，正是赫廝隨意撒在陣地左側的幾個斥候。

「保護大人！」親兵隊長阿斯蘭嚇得魂飛天外，顧不上再去砍吳良謀的腦袋，撥轉坐騎，直取徐達。

馬頭剛剛轉過一半角度，耳畔忽然又傳來「呯！」地一聲巨響，猛回頭，看見赫廝的戰馬猛然跳了跳，脖子上冒出一股老血，將達魯花赤大人狠狠地摜在了地上。

按照蒙古軍法，主將戰死，所有保護他的親兵如果搶不回他的屍體，都要被斬首示眾。親兵隊長阿斯蘭這回徹底嚇傻了，想都不想，立刻再度調轉馬頭，飛奔回去搶救自家主子赫廝。

如此好的機會，徐達豈肯輕易讓他溜走！手中鋼刀向前一指，緊追在阿斯蘭等人的馬尾巴後去砍赫廝，包著鐵皮的戰靴雙腿邁動起來，踩得地面上下起伏。

「韃子主帥死了，韃子主帥死了！」

剛剛在鬼門關打了個轉的吳良謀瞬間回過神來，跳著腳大聲嚷嚷：「跟我一起喊：韃子主帥死了。韃子主帥死了！快喊，用最大力氣喊！」

吳家莊的莊丁聞聽，立刻齊齊扯開了嗓子：

「韃子主帥死了，韃子主帥死了！快看啊，韃子主將死了！」

「胡說，我沒死！」達魯花赤赫廝頂著一腦袋血水，從地上站起來大聲反駁。

猛然間，他看到了緊跟在阿斯蘭身後高舉著手雷撲過來的擲彈兵，愣了愣，一把將衝過來保護自己的親兵隊長阿斯蘭從馬背上推落，翻身跳了上去，掉頭邊走。

「阿卜（編按：走之意。），掌心雷來了，快走！」

眾親兵見狀，哪裡還敢掉頭迎戰？跟在達魯花赤赫廝背後狼奔豕突，將象徵著阿速軍祖輩父輩榮譽的羊毛大纛旗撞翻了踩在馬蹄下，轉眼之間就踩了個稀巴爛！

「榮譽——！」左千戶禿魯率領一百多名騎兵，終於迂迴到了紅巾軍側後方，高高地舉起了手中馬劍。

身後原本該傳過來的吶喊卻悄然無息，他愣然扭過頭去，看見所有騎兵都不約而同地將目光轉向了山坡下，原本豎立著阿速左軍帥旗的位置，此刻已經變得空空蕩蕩。

更遠的地方，身穿鎏金鎧甲的達魯花赤赫廝大人，此刻居然被一群布衣草鞋的農夫趕著，像喪家的野狗一般落荒而逃。

「嗚！」剎那間，禿魯嘴巴一張，大口的血噴到了馬脖子上。

「榮譽，為了阿速人的榮譽！」他咬了咬通紅的牙齒，流著淚高呼，試圖喚醒周圍人的自尊。

但是已經沒有用了，所有看到帥旗倒下的阿速人都瞬間愣在了當場，任周圍的紅巾軍將冒著煙的手雷扔到了腳下，也想不起來拉動馬頭避上一避。

「轟！」一門火炮在距離禿魯僅有三十步的地方噴出濃煙，成片的散彈掃了過來，將他身側的五名親信全都打成了篩子。

下一個瞬間，所有正在發愣的阿速騎兵都被炮聲喚醒，猛的一拉韁繩，撥轉馬頭，衝著山腳下亡命奔逃！

「擺正，瞄準了，放穩了，對，就這樣，點火！」黃老歪揮舞著打鐵的錘子，像個無敵大將軍般指揮著自家兩個兒子調整炮口，衝著阿速騎兵的馬屁股噴出彈丸。

「轟！」「轟！」

正在轉身逃命的阿速騎兵，如同被雹子打了的莊稼一般，整整齊齊倒下兩大排。剩下將頭貼在馬脖子上，繼續用雙腳拼命磕打馬腹，誰也不敢回頭。儘管只要他們當中隨便衝上幾個人來，就能將黃家父子連同火炮旁邊筋疲力竭的紅巾軍士兵剁成肉醬。

「韃子跑了！韃子跑了！追上去，殺光他們！」

戰團中的紅巾軍將士也迅速發現了情況的最新變化，撒開雙腿，一邊追著阿速騎兵的馬屁股亂砍，一邊大聲招呼。

「殺馬，殺了馬，他們就逃不掉了！」

有人頭腦清醒，提出最為可行的建議。當即，所有刺向阿速騎兵的武器就都對準戰馬的屁股和小腹。

可憐的畜生還沒等加起速度，身上就出現了無數個血窟窿，悲鳴一聲，將鞍子上的主人重重地摔在地上。

沒等落地者掙扎著爬起來，數根長矛已經捅了過去。阿速騎兵吃痛不過，手抓著矛桿淒厲地哀嚎：「啊——！」「啊——！」

周圍的阿速同夥非但不敢停下馬來相救，反而將速度加得更快。不指望一定能逃脫紅巾軍的追殺，但是一定要快過身邊的同伴，兩條腿肯定追不上四條腿兒，只要紅巾軍把時間耽誤在殺死落馬者身上，其他阿速人就有了更多機會活命。

「榮譽，阿速人的榮譽！祖輩遺留給阿速人的榮譽——！」整個戰場上唯一沒有掉頭逃走的阿速人，就剩下了左千戶禿魯自己。

只見他揮舞著一把又寬又長的馬劍，嘴角淌著血，不停地在戰場上奔走呼號。

沒有任何人理睬他，阿速騎兵自己不理，正在忙著追亡逐北的紅巾軍也忽略了這個連逃命都不會的瘋子，任由他一個人騎在馬背上，不停地奔走呼號，聲音越來越啞，越來越淒厲，最後猛的又噴了兩口血，頭一歪，軟軟地掉了下去。

「都別搶，都別搶，這個是我的！」

在旁邊已經歪著頭等了好一陣的伊萬諾夫立刻大叫著跑上前，先彎下腰一刀抹斷了左千戶禿魯的脖子，再一抬手拉住了戰馬的韁繩，四下快速望了望，從人群中找到了渾身是血的朱八十一，滿臉堆笑地跑了過去。

「都督大人，請上馬，這匹馬是大食良駒，您看看牠的眼睛，牠的鼻子，還有牠的毛色和肩高，簡直是專門為您送上門來……」

「行了！」朱八十一喘得像只風箱一般，根本沒功夫聽老兵痞東拉西扯。

「肩膀上的傷重不重？如果你不太重的話，就騎上馬去傳令，讓大夥別追得太遠，敵軍的輔兵說不定會跟上來，小心樂極生悲！」

「不重，不重！」老兵痞聞聽，明白朱八十一不會再追究自己先前提議棄軍逃走的罪責了，連聲答應著跳上了坐騎，一抖韁繩，如飛而去！

「這老滑頭！」朱八十一衝著此人的背影罵了一句，笑著搖頭。

老兵痞對他的忠誠，到目前為止還完全依靠金子來維繫，所以對此人在危急關頭的表現，他也不覺得有多失望。唯一遺憾的是，老兵痞在此戰中表現出來的能力，看起來也就是個千夫長水準。距離他自己先前期望的高級參謀型人才，差得可能不止是一點半點。

「好在又找到了一個徐達！雖然很有可能只是同名同姓！」想到曾經頂撞過自己，最後又帶頭去執行斬首行動的那個年輕漢子，朱八十一心裡多少感覺到了一絲安慰。

「同名同姓也沒關係，朱元璋的本名是朱六十四，徐達的本名十有七八是徐大，還有什麼胡大海，張九十四，這些人的名字一聽，就知道都是草莽之輩。到最後還不就是他們將蒙古人趕回了漠北！**憑什麼彼徐達跟著朱元璋就能成為無敵統帥，此徐達跟著自己就註定一生平庸？**」

抬起頭，他試圖從戰場上尋找徐達的身影。卻只看到弟兄們在東一搓西一簇繼續追殺敵軍，根本無法分辨出誰跑到了什麼位置。而先前那群如狼似虎的阿速騎兵，則像進了屠宰場的牲畜一樣，只顧低著頭四處亂竄，既沒有勇氣負隅頑抗，也找不到正確逃命方向，只要被拎著長矛的紅巾士兵追上或者迎面堵住，就立刻丟下兵器哭喊求饒。

朱八十一看見有個身材瘦削的輔兵，像猴子般跳了一匹戰馬的背上，扯住鎧甲上的皮索，將阿速人單手扯下了坐騎，然後撥轉馬頭，用馬蹄朝著落地者臉上猛踩，一下，兩下，三下……

那阿速士兵明明手裡拿著短劍，卻忽然間忘了如何使用，躺在血泊中，努力躲避著馬蹄的踐踏，嘴裡發出連聲的哀嚎！

職業強盜被擊潰了之後，表現不比職業農夫強多少，朱八十一不忍心繼續看，將頭轉到另外一個方向。卻發現吳良謀帶著幾十名莊丁，像趕羊一般將數量與他們自己差不多的阿速騎兵押了回來。

他們都是徒步，對手全騎著高頭大馬，但徒步者卻個個昂首挺胸，威風不可一世，騎在馬背上者則耷拉著腦袋，眼睛盯著地面，宛若一群沒有靈魂的土偶木梗。

戰場上其他地方的情況大抵也是如此，那些沒來得及逃走的阿速人，要麼被紅巾軍士兵推下馬來當場斬殺，要麼被數量遠遠少於自己的紅巾軍士兵像趕羊一樣驅趕回來，沒收掉武器鎧甲，集中看押。

還有很多身上帶著傷的，則被憤怒的紅巾軍士兵當場斬首，腦袋像葫蘆一樣掛在腰間，以便過後統計戰功。

「嘶——！」朱八十一被周圍的血光晃得有些頭暈，走了幾步，慢慢彎下了腰。弟兄們在報復，報復剛才阿速人對他們的瘋狂進攻，但這報復的手段，也太酷烈了些！他們這樣做，與蒙元的士兵還有什麼分別！

一支所向披靡的現代化軍隊，必然對武力的使用非常克制，而越是喜歡濫殺者，在遇到挫折時表現越差，哪怕他們拿著超過對手整整兩個時代的武器，哪怕他們打著各種道義的大旗。

正憤懣間，親兵隊長徐洪三的聲音從側面傳過來，聲音裡帶著難以掩飾的狂喜。

「都督，屬下保護不周，都督大人恕罪！」

「罪什麼？剛才大夥都打亂了套，誰還顧得上誰！」朱八十一迅速扭過頭，假裝自己剛才什麼都沒看見，笑著說道。

「多謝，多謝都督不究之恩！」

徐洪三將砍豁了的樸刀丟在地上，彎著腰，大口大口喘粗氣。他的臉上和手背上各有一道血口子，身上的板甲也到處都是凹進去的傷痕，鮮紅的血水正順著傷痕深處往外湧，淅淅瀝瀝流了滿地。

「你受傷了？」朱八十一看得心中一驚，趕緊伸手去攙扶。

「沒事，沒事！都督折殺小人了！」徐洪三立刻跳開半步，用手在板甲上混亂抹了幾下，繼續大口大口地喘粗氣，「不全是屬下的血，是阿速人的，屬下身上的都是皮肉傷，虧了這身鎧甲結實，否則屬下今天就真看不到主公了！」

說著話，他又向前踉蹌了幾步，抬頭看了看渾身紅彤彤的朱八十一，關心地問道：「主公您……」

「應該也沒事吧！」朱八十一低頭看了看自己的前胸和小腹，忽然感覺到好幾處地方傳來鑽心的疼。

「來人，快來人，幫都督大人卸甲！」徐洪三立刻衝著附近正在給阿速身上傷兵補刀的輔兵們大喊道：「幫都督大人卸甲，然後圍在這裡，免得大人受風！」

為了避免造成軍心擾動，他儘量把命令說得委婉。周圍的輔兵們聞聽，皺了皺眉頭，不情不願地走了過來。

「都督——！」看到像從血泊裡撈出來的朱八十一，所有人都立刻閉上嘴巴。

太恐怖了，那原本像鏡面般光潔的板甲上，大大小小的刀痕竟然有十多條！大夥都忙著跟敵軍拼命，誰也沒顧上保護自家主帥，此刻看在眼裡，才知道剛才的戰鬥有多麼危險！如果不是敵軍主將突然棄軍逃走了，而是都督大人提前一步倒下，也許此刻躺在地上等著被補刀的，就是大夥自己。

「沒事，皮外傷，都是皮外傷！」朱八十一強忍住失血過多引起的暈眩感，微笑著向大夥擺手。

「這位兄弟，你過來幫我脫掉頭盔，這位，你過來搭把手，幫我把腋下的帶子解開。洪三，你別在那哭喪著臉，就跟天塌下來了一般，趕緊去傳個令，讓弟兄們別再殺人了，只要放下武器的就留一條命，咱們是義軍，不是韃子！」

「是！」徐洪三答應著，邁動雙腿去傳遞命令。

只是他走出自家主將的視線之外，就停住了腳步。

不殺韃子，如果這一仗韃子贏了，會對弟兄們手下留情麼？憑什麼韃子們可以對手無寸鐵的百姓肆意舉起屠刀，紅巾將士打垮了他們之後就要大發慈悲？留下他們，又不會種地，又不像高麗人那樣聽話，徐州城裡哪來的那麼多糧食，養這群綠眼睛大爺？

他一邊腹誹著自家主將的婦人之仁，一邊檢視身上的傷口，一低頭，剛好看到腳邊有具屍體動了動，緩緩地向自己伸出一隻血淋淋的手臂。

「啊！」徐洪三被嚇了一跳，本能地閃開數步，又快速撿了把阿速人的短劍走了回來，準備給傷者一個痛快。

那是一個非常年輕的阿速兵，充其量也就在十六歲左右，生著雙水綠色的大眼睛，嘴角上還帶著一圈軟軟的絨毛。

看到徐洪三拎著短劍走向自己，他的眼睛中立刻寫滿了恐懼，一邊用力擺手，一邊拼命滾動身體，口中虛弱地道：

「饒，饒命！大叔，饒命！我沒殺過你們的人，我，我願意給您當奴隸！我願意寫信讓我爹娘出錢來贖人！我，我會養馬！會擦靴子！會——啊——！」

「誰叫你來打我們的？」徐洪三根本不願意聽，一刀下去，正戳在此人心窩上。

因為體力消耗過大的緣故，刀尖被少年身上的札甲擋歪了些，未能直接命中心臟。那少年雙手握住刀刃，拼命掙扎，碧綠色的眼睛裡充滿了哀怨。

「誰叫你來打我們的！誰叫你來打我們的！」徐洪三被少年哀怨的目光看得難受，鬆開刀柄，大聲嚷嚷著快速後退。

他以為對方臨死前會大聲詛咒自己，誰料少年人卻忽然噴出一口血，然後用盡最後的力氣，喊出了他無比熟悉的一個詞：

「媽——！」

戰場上，對敵軍傷兵和俘虜的殺戮很快就宣告一段落。

大部分紅巾軍將士在起義之前，都是老實巴拉的農夫，對阿速騎兵的恨，也是由於曾經親眼目睹自家袍澤倒在了暴雨般的鏈錘之下。然而隨著將不敢反抗的敵軍傷號一個接一個捅死，他們心中的憤怒就像晚春時節陰溝裡的積雪般迅速融化，轉眼間，寬容的本能就又佔據了上風。

不待徐洪三上前傳令，就有人將刀劍插回了鞘中，然後從血跡斑斑的地面上扶起受傷的自家袍澤，將後者扶到山坡高處稍微乾淨的地方，互相幫忙處理傷口。

對那些逃過一劫的阿速傷號，則有專人押著沒受傷的俘虜將他們抬到一起，畫地為牢，命令他們自己救治自己。

已經被嚇破了膽子的阿速官兵們，此刻身上再無半點先前的驕橫之氣，像一群待宰的羔羊般唯唯諾諾。偶爾有三、兩個試圖反抗者，則被他們自己人搶先一步牢牢按在地上，拳打腳踢。

看到俘虜乖覺成這般模樣，徐洪三愈發覺得心裡不是滋味，蹣跚著在敵人和自己人的屍體之間又轉了半圈，便轉身朝自家主將的位置走了過去。

前後不過小半炷香功夫，朱八十一身邊已經圍上了一大堆將士，大夥七手八腳地架起鐵鍋，燒了加了鹽的開水，然後小心翼翼地兌涼了，用乾淨的布蘸著，替都督大人清理傷口。

鹽水抹進傷口裡，疼得朱八十一眼前陣陣發黑，但是他卻不得不咬緊牙關忍著。在這個沒有任何抗生素的時代，濃鹽水幾乎是唯一滅菌手段，萬一傷口感染，他少不得就又要穿越一回！

好不容易傷口清洗完畢，親兵又拿出一瓶綠色的藥膏。將刀尖湊到火堆上烤了一會兒，挑起藥膏，就將油汁朝傷口裡滴，「滋——」

「啊——！」這下朱八十一可是徹底受不了了，雙腿一直，彈簧般跳起老高。

徐洪三見狀，趕緊和其他幾名親兵一起跑上前將都督大人牢牢抱住，「大人，忍忍，就幾滴，就幾滴，滴過就好了，您這都是皮外傷，用不了太多油膏！」

朱八十一疼得額頭汗珠滾滾，就在這時，吳良謀快步跑了過來，從腰間摸出一個拳頭大的瓷瓶，「都督！用這個！」

吳良謀不待眾人發問，就指了指自己手背上一處淺淺的傷口，道：「金玉續斷粉，我們吳家秘傳的，止血、去疽、化毒，對刀傷最好不過，我剛抹過，希望都督大人不要嫌棄！」

最後一句是為了證明自己沒有惡意才說的，朱八十一聽了，笑著點點頭。用剛剛拿火燒過的匕首挑開瓷罐塞子，沾了一些罐子裡的藥粉，輕輕撒在另外一個拿鹽水洗過的傷口上。

比起紅巾軍自己配製的油膏來，藥粉的效果竟是出人預料的好使，幾乎一撒在傷口上，血流的速度就迅速變慢，然後漸漸停止。

有股熱辣辣的感覺取代了疼痛，讓朱八十一忍不住說道：

「這東西很管用，你還有麼？多拿一些出來，給受傷的弟兄們都抹上！」

「這——」吳良謀的笑容立刻僵在了臉上，不知道該如何回答才好。

秘傳之所以被稱為秘傳，就是因為其使用範圍有限，取材也非常艱難。如果隨隨便便是個人都能用上，並且可以大規模製造的話，就跟軍中普通金創藥沒任何區別了，吳家日後又拿什麼來遺澤子孫?!

「沒有啊，沒有就算了！」朱八十一反應非常靈敏。發現吳良謀的臉色不對，便笑了笑，主動收回自己的要求。

他是個隨意的性子，從來不願意逼迫自己人，可其他紅巾軍將士卻不高興了，一個個抱起肩膀看著吳良謀，彷彿對方是韃子的幫凶一般。

吳良謀好不容易才憑藉著冒死偷襲阿速左軍達魯花赤赫廝的行動，樹立起自己的光輝形象，怎甘心再度被大夥排除在外，咬了咬牙，硬著頭皮說道：

「也不是沒有！這東西需要的藥材都不是常見物，很難搜羅得齊，因此末將家裡也只儲備了很少一部分，如果都督需要的話，末將這就可以派人回家去拿！」

「這樣啊？」朱八十一抽了抽鼻子，勉強能從藥粉中分辨出依稀的海產品味道。對於這個時代的內陸地區來說，的確藥材不太好弄。

「這樣吧，反正此處距離你家不遠。你派個人回去跟吳老莊主說，我向他買這種金創藥，用……」

四下看了看，除了剛剛從吳家莊搬來的銅錠之外，他卻發現自己沒任何東西可以頂帳。

猶豫再三，壓低了聲音跟吳良謀商量：

「你乾脆親自回去一趟，問問他老人家，我拿阿速俘虜和彩號頂帳，問他願不願意？這幫傢伙被我押回徐州去，估計也不肯老老實實幹活贖罪，乾脆讓你爹聯合附近的其他幾個莊主把他們買回去，然後再轉手獻給韃子朝廷，為了今後長遠打算，我覺得即便朝廷以後發現你在我這裡，也會選擇睜一隻眼閉一隻眼了！」

「啊——」這個提議的確太朝前了些，嚇得吳良謀接連後退了幾步，差點兒沒坐在地上。

然而畢竟是個裝了一肚子書的人尖子，雖然缺乏歷練，心思轉得卻比普通人迅速。很快，他就明白了朱八十一的提議對吳家有百利而無一害，立刻一邊擦著汗，一邊語無倫次地答應：

「藥粉……我的行李中還有一些，我立刻派人去拿。其他，末將……末將這就回去跟家裡人商量，請…請都督……都督大人借給末將一匹戰馬，然後靜待末將佳音！」

「好，我借給你五匹馬，你帶四個莊丁一起回去，以免路上碰見落了單的阿速人！」朱八十一痛快地答應。

用被俘虜的阿速士兵換可以救弟兄一命的金玉續斷散，這筆買賣在他看來，沒有一點虧本的地方，況且買賣做成之後，徐州軍和以吳家為首的黃河沿岸土豪們，彼此間的關係就又近了一層，不再是簡單的威逼與屈服，而是可以互通有無，甚至慢慢達到互相傳遞消息，互相扶持，休戚與共的效果。

當然，這對現在的徐州軍來說，還純屬幻想，那些黃河兩岸的堡主、莊主們，即便是有像吳有財這樣心思活絡者，眼下也只敢偷偷地派一兩名子弟加入徐州軍，以期起到有備無患作用。事實上，真正看好紅巾軍未來的，根本沒有任何一個。

但事情總在人為，這次北岸之行，讓朱八十一隱隱感覺到，眼下紅巾軍的形象，在普通百姓心目中並不是怎麼正面，特別是在那些地方士紳心目中，完全被視作土匪流寇的同類。雖然芝麻李在佔領徐州之後，對弟兄們約束越來越嚴格，除了最開始那幾天之外，其餘大部分時間裡，都可以用秋毫無犯四個字來形容。

然而士紳們給北元朝廷繳賦納稅繳得心甘情願，讓他們給紅巾軍一點兒錢糧方面的支持，就推三阻四，民族大義在他們心中沒有絲毫概念，雖然北元官兵屠掉的沛縣就近在咫尺，北元朝廷那些歧視漢人的政策，就明明白白寫在紙面上。

信念上無法取得對方的支持，則退而誘之以利。為了得到穩定的銅鐵來源，他可以毫不猶豫地答應吳莊主把兒子安插在自己軍中，可以毫不猶豫地幫忙砸爛吳家莊的大門和城牆。

當然也可以做得更多一些，把黃河兩岸這些堡主、寨主、土豪劣紳們統統視作自己的生意夥伴，一件事一件事單獨地跟他們討價還價。

這種務實的舉動，很快就得到了對方的積極回應。

大約在下午申時，紅巾軍將士剛剛押著俘虜掩埋了戰場上最後一具屍體，吳良謀就帶著一大票陌生的面孔和五輛馬車趕了回來。遠遠地便停下了裝滿貨物的馬車，然後恭恭敬敬地站在大太陽底下，等待都督大人的接見。

「都督。附近的劉家、韓家、李家、孫家都把管家派了過來，還有運河上船幫的副瓢把子，常三石常副幫主也來了，他們都想拜見您！」

唯恐弟兄們多心，吳良謀一溜小跑來到朱八十一面前，大聲彙報：

「末將剛到家沒一會兒，他們就都趕到末將家裡了，末將不敢擅自做決定，所以將他們全都帶了過來！」

「那就讓他們一起上山來吧！」朱八十一對這個時代土豪劣紳們的敏銳嗅覺感到非常吃驚，笑著叮囑。

「謝都督！」吳良謀替大夥道了聲謝，立刻小跑著下山去請人。須臾，便領著五個中年漢子走了上來。

「這就是我家都督，大夥趕緊施禮！」

「不知道都督虎駕蒞臨，草民有失遠迎，死罪，死罪！」六名看上去頗為精明的中年漢子同時跪倒在地，衝著朱八十一輕輕磕頭。

「行了，都起來說話吧。地上都是血，沾在衣服上很難洗掉！」

好歹也當了七個多月左軍都督了，硬要裝的話，朱八十一還是能擺出幾分官架子來，坐在手雷箱子臨時堆成的椅子上，擺擺手示意。

「謝都督！」五名漢子像預先排練過的一般，又磕了個頭，同時站起身，然後異口同聲說道：「為了表示敬畏之心，草民們略備了一份薄禮……」

即便他們不說，朱八十一也能猜到馬車上裝的是禮物，又笑著擺了擺手，「那我就愧領了。諸位別客氣，我這個人喜歡直來直去，如果有什麼能幫到諸位的地方，請儘管直說！」

「這——」

眾人非常不習慣朱八十一這種上來就直奔主題的說話方式，齊齊用目光向吳良謀探詢。

見後者亦是滿臉茫然，只好互相看了看，然後推舉出一名年齡最大的漢子，代表大夥說道：「我們韓家、劉家、李家、孫家和吳大少爺所在的吳家，感念都督好生之德，願意替官府出面買下這批俘虜，但是……」

「不妨，有什麼難處，儘管說！咱們商量著辦！」朱八十一非常體貼地說道。

「那就多謝都督了！」年齡最大的韓府管家臉色微紅，猶豫再三，吭吭哧哧地道：「都督的好心，草民們都明白，但是草民畢竟不是官府。替官府出些錢糧可以，但人卻不敢領回自家莊子去！」

「嗯？」朱八十一有點不理解對方的意思，皺了下眉頭，問道：「那你們的意思是……」

「不敢，不敢！」韓管家用衣袖擦著汗，連連躬身，「草民們不敢跟都督提條件，草民只是希望都督先養俘虜們幾天。草民們回去之後，立刻把都督的善意知會給運河對面的豐縣官府，他們知道草民們願意替朝廷出這筆錢糧，肯定會派人過來跟都督商量接收俘虜事宜！」

「這麼複雜？」朱八十一皺了下眉頭，有些擔心長期滯留黃河北岸的風險。剛剛那場大戰，紅巾軍雖然取得了最後的勝利，但自身損失也非常慘重，光是陣亡和重傷就高達四百餘人；還有三百多輕傷的彩號，如果再遇到敵軍來襲，根本不可能立刻走上戰場。

「都督儘管放心！」劉府的代表劉二推開韓管家，補充道：「附近就有一座莊園，屬於我等名下，弟兄們馬上就可以開進去休息。無論留在這裡多少天，糧草都有我們幾家共同承擔，彩號們需要的傷藥，還有替彩號們診治的郎中，也由我們幾家一起派過來！」

「最近朝廷忙著在汴梁附近跟劉福通作戰，這附近已經沒有任何可犯都督虎威的兵馬。如果有，我等也會提前向都督通風報信，請您早做提防！」孫府管家不甘居於人後，也湊上前道。

「這樣啊！」朱八十一又愣了愣，對鄉親們熱情好生感動，「這樣，官府過後不會找你們麻煩麼？」

「多謝都督掛懷！」韓管家瞪了劉二一眼，拱起手來回應，「都督沒打敗阿速軍之前，的確會有一些麻煩！如今阿速軍都被您給擊潰了，我等能自己出錢出糧，勸得您老停步，不去一鼓作氣攻打豐縣縣城，當官的感激我等都來不及，哪還會再多生出別的心思！」

以前蒙元朝廷刀子快，誰敢不俯首貼耳就殺誰全家，所以黃河兩岸的豪強們都乖乖繳賦納稅，即便被官府逼得賣房子賣地，也絕不敢多哼一聲。遇到敢反抗的，甚至與朝廷一道將他碎屍萬段。

如今朱八十一打贏了朝廷的兵馬，並且是以少勝多，以步勝騎，用輝煌戰績證明了他的刀子比朝廷派來的阿速軍還快，所以短時間內，他就是黃河以北，沛縣、豐縣、魚台這一帶唯一的江湖總瓢把子！非但豪強們「願意」助糧助餉，蒙元的地方官吏也會看他的臉色行事。

這就是規矩！

非常簡單實用的規矩，誰刀子快，誰就手握大義。

從女真滅北宋、蒙元滅南宋再到現在，幾百年來，黃河兩岸的豪強世家早總結出一套完整的生存之道，根本不用任何人來教，沒學會的，早就屠成一片白地了！

至於什麼五德輪迴，什麼正朔反朔，在豪強們眼裡，那都是殺完了人之後擦刀子的抹布，根本不具備任何價值！

請續看《燕歌行》3 逆勢而上

燕歌行 卷2 刺客出擊

作者：酒徒
發行人：陳曉林
出版所：風雲時代出版股份有限公司
地址：10576台北市民生東路五段178號7樓之3
電話：(02) 2756-0949
傳真：(02) 2765-3799
執行主編：朱墨菲
美術設計：許惠芳
行銷企劃：林安莉
業務總監：張瑋鳳

初版日期：2020年4月
版權授權：蔡雷平
ISBN ：978-986-352-805-0
風雲書網：http://www.eastbooks.com.tw
官方部落格：http://eastbooks.pixnet.net/blog
Facebook：http://www.facebook.com/h7560949
E-mail：h7560949@ms15.hinet.net
劃撥帳號：12043291
戶名：風雲時代出版股份有限公司

風雲發行所：33373桃園市龜山區公西村2鄰復興街304巷96號
電話：(03) 318-1378
傳真：(03) 318-1378
法律顧問：永然法律事務所 李永然律師
北辰著作權事務所 蕭雄淋律師

行政院新聞局局版台業字第3595號 營利事業統一編號22759935
©2020 by Storm & Stress Publishing Co.Printed in Taiwan
◎ 如有缺頁或裝訂錯誤，請退回本社更換

定價：270元
版權所有 翻印必究

國家圖書館出版品預行編目資料

燕歌行 ／ 酒徒 著. -- 初版 -- 臺北市：風雲時代，
2020.02- 冊；公分

ISBN 978-986-352-805-0（第2冊；平裝）

857.7 109000129

風雲時代